P9-BXZ-385

Veneno de cristal

Seix Barral Biblioteca Formentor

Donna Leon
Veneno de cristal

Traducción del inglés por
Ana M.ª de la Fuente

Diseño original de la colección:
Josep Bagà Associats

Título original:
Through a glass darkly

Primera edición: mayo 2006
Segunda impresión: junio 2006

Avda. Diagonal, 662-664 - 08034 Barcelona
www.seix-barral.es

ISBN-13: 978-84-322-2802-5
ISBN-10: 84-322-2802-8
Depósito legal: M. 25.131-2006
Impreso en España

Para Cecilia Bartoli

Das Feuer, das in mir glimmt, wird mich nicht verzehren.

(El fuego que arde en mí no me consumirá.)

MOZART, *La flauta mágica*

1

Brunetti estaba delante de la ventana, saludando a la primavera. La tenía justo enfrente, al otro lado del canal, en los brotes que empezaban a asomar de la tierra. Durante los días anteriores, alguien —en todos aquellos años nunca había visto a nadie trabajar en aquel jardín— habría pasado el rastrillo, aunque él no lo había notado hasta ahora. Entre la hierba se veían minúsculas florecillas blancas, y de la tierra recién removida brotaban esas otras cuyo nombre no recordaba —eran amarillas y rosas—, que se entreabrían, pequeñas pero atrevidas, a ras del suelo.

Abrió las ventanas y un aire puro inundó el caldeado despacho, trayendo aroma de brotes tiernos, de savia nueva o de lo que sea que en primavera hace bullir la sangre y despierta atávicas ansias de felicidad. Observó que los pájaros picoteaban en el suelo afanosamente, muy contentos sin duda de que algo hubiera hecho salir a la superficie los gusanos. Dos se disputaban un bocado, uno voló y Brunetti lo vio desaparecer a la izquierda de la iglesia.

—Perdón —oyó a su espalda y, antes de volverse,

el comisario borró la sonrisa que tenía en los labios.

Era Vianello, vestido de uniforme y con una cara mucho más seria de la que cabía esperar en un día tan hermoso. Al observar la expresión del inspector y la rigidez de su actitud, Brunetti se preguntó si debía tratarlo de usted, formalidad que habían dejado de lado cuando Vianello fue ascendido a inspector.

—¿Sí? ¿Qué ocurre? —preguntó Brunetti con tono cordial, soslayando la duda protocolaria.

—¿Tienes un momento? —dijo Vianello, que con el tuteo daba a entender que la conversación sería de carácter extraoficial.

Para distender aún más el ambiente, Brunetti dijo:

—Estaba mirando esas flores de ahí delante. —Señaló el jardín con un movimiento de la cabeza—. Me preguntaba qué hacemos aquí encerrados con este día.

—Es el primero en que se deja sentir la primavera —convino Vianello, sonriendo por fin—. Yo siempre hacía novillos.

—Yo también —mintió Brunetti—. ¿Adónde ibas?

Vianello se sentó en la silla de la derecha, la suya, y dijo:

—Mi hermano mayor repartía fruta en Rialto y allí iba yo. Me fumaba las clases. Iba al mercado, buscaba a mi hermano y pasaba la mañana ayudándolo a llevar cajas de fruta y verdura. Luego volvía a casa a comer a la misma hora en que solía llegar de la escuela. —Sonrió otra vez y luego se rió—. Mi madre siempre lo sabía. No sé en qué lo notaba, pero siempre me preguntaba qué tal por Rialto y por qué no le había traído unas alcachofas. —Vianello meneó la cabeza al recordarlo—. Y ahora Nadia hace igual con los chicos: es como si pudiera leerles el pensamiento; siempre sabe cuándo no han ido a la escuela o han hecho algo que no deberían. ¿Tienes idea de cómo lo hacen?

—¿Quiénes? ¿Las madres?

—Sí.

—Tú lo has dicho, Lorenzo. Leen el pensamiento. —Brunetti, estimando que el ambiente ya estaba más relajado, preguntó—: ¿Para qué querías verme?

La pregunta reavivó el nerviosismo de Vianello. Descruzó las piernas, juntó los pies e irguió el tronco.

—Se trata de un amigo. Tiene un problema —dijo.

—¿Qué clase de problema?

—Con nosotros.

—¿La policía?

Vianello asintió.

—¿Aquí? ¿En Venecia?

Vianello negó con la cabeza.

—No. En Mestre. Es decir, en Mogliano, pero los llevaron a Mestre.

—¿A quiénes?

—A los detenidos.

—¿Qué detenidos?

—Los que estaban en la puerta de la fábrica.

—¿La fábrica de pinturas? —preguntó Brunetti, recordando la noticia que había leído en el diario de la mañana.

—Sí.

El *Gazzettino*, en la primera página de la sección local, informaba del arresto de siete personas, efectuado la víspera en Mogliano Veneto, durante una protesta «antiglobalización» frente a una fábrica de pinturas. La fábrica había sido multada repetidamente por incumplimiento de la normativa sobre la eliminación de residuos tóxicos y había preferido pagar las irrisorias multas a invertir en modificar sus sistemas de producción. Los manifestantes exigían el cierre de la fábrica y trataban de impedir la entrada a los trabajadores. Ello había provocado un enfrentamiento entre unos y otros, la intervención de la policía y el arresto de siete personas.

—¿Tu amigo es trabajador o «antiglobalización»?

—Ninguna de las dos cosas —respondió Vianello, y puntualizó—: Bueno, no es un «antiglobalización» propiamente dicho. No lo es más que yo. —Al propio Vianello debía de parecerle ambigua la explicación, porque aspiró profundamente y volvió a empezar—: Marco y yo fuimos juntos al colegio, pero después él fue a la universidad y estudió para ingeniero. Pero siempre le ha interesado la ecología y por eso volvimos a encontrarnos: coincidíamos en reuniones y demás actividades. De vez en cuando, nos tomamos una copa después de una reunión.

Brunetti prefirió no indagar en aquellas reuniones. El inspector prosiguió:

—Le preocupa mucho lo que está pasando en esa fábrica. Y también en Marghera. Me consta que ha tomado parte en las protestas que se han hecho allí, pero nunca se había visto involucrado en algo así.

—¿Como qué?

—Acciones violentas.

—No sabía que hubiese habido violencia —dijo Brunetti. El diario informaba únicamente del arresto de varias personas, pero no hablaba de violencia—. ¿Qué pasó? ¿Quién empezó? —Sabía cómo contestaba siempre la gente a esta pregunta, tanto si hablaban de sí mismos como si se referían a sus amigos: siempre había empezado el otro.

Vianello se arrellanó en la silla y volvió a cruzar las piernas.

—No lo sé. Sólo he hablado con su esposa. Me ha llamado esta mañana para preguntar si se me ocurría alguna manera de ayudarlo.

—¿Hasta esta mañana no te ha llamado? —preguntó Brunetti.

Vianello asintió.

—Me ha dicho que él la llamó anoche desde la comisaría de Mestre para pedirle que se pusiera en contacto conmigo, pero que me llamara esta mañana. Me ha pillado cuando ya me iba. —Y, volviendo a la pregunta de Brunetti, añadió—: Por consiguiente, no sé quién empezó. Tanto pudieron ser los obreros como los manifestantes.

Brunetti se sorprendió al oír a Vianello admitir tal posibilidad.

—Marco es un chico pacífico —prosiguió el inspector—. No puede haber empezado él, me consta, pero algunos de los que van a esas manifestaciones, en fin, creo que en realidad van buscando diversión.

—Una palabra un poco extraña: «diversión».

Vianello alzó una mano y la dejó caer en el regazo.

—Ya lo sé, pero así es como lo ven algunos. Marco me ha hablado de ellos, dice que no le gustan y que le desagrada cuando se unen a una protesta, porque su presencia aumenta el riesgo de que haya problemas.

—¿Sabe tu amigo quiénes son los violentos? —preguntó Brunetti.

—No me lo ha dicho. Sólo que le ponen nervioso.

Brunetti decidió llevar la conversación a su objetivo original:

—¿Qué querías de mí?

—Tú conoces a la gente de Mestre. Mejor que yo. Y a los magistrados, aunque no sé a quién se ha adjudicado este caso. He pensado que podrías llamar, para informarte.

—Sigo sin comprender por qué no llamas tú —dijo Brunetti, haciendo que la frase sonara como lo que era: una petición de información y no como lo que no era: la sugerencia de que Vianello se arreglara solo.

—Me parece que sería preferible que la pregunta partiera de un comisario.

Brunetti lo pensó un momento y dijo:

—Quizá sí. ¿Sabes cuáles son los cargos?

—No. Probablemente, desorden público o resistencia a la autoridad en el ejercicio de sus funciones. La mujer de Marco no lo sabía. Le he dicho que no hiciera nada hasta que yo hablara contigo. He pensado que tú, que nosotros, podríamos hacer algo... en fin, extraoficialmente. Le ahorraría complicaciones.

—¿Te ha contado ella algo de lo sucedido?

—Sólo lo que le había dicho Marco: que él estaba en la calle con su grupo, unas doce personas, y que portaba una pancarta. De repente, tres o cuatro individuos a los que no conocían empezaron a gritar y escupir a los trabajadores y alguien lanzó una piedra. —Antes de que Brunetti pudiera preguntar, Vianello dijo—: No. Él no vio quién fue; dijo que no había visto nada. De la piedra le habló otra persona. Y entonces llegó la policía, a él lo tiraron a suelo, luego lo subieron a un furgón y lo llevaron a Mestre.

Nada de esto sorprendió a Brunetti. A menos que hubiera estado allí alguien con una videocámara, nunca se sabría quién había dado el primer golpe o tirado la primera piedra, de manera que era imposible adivinar cuáles serían los cargos y contra quién serían formulados.

Después de una pequeña pausa, Brunetti dijo:

—Tienes razón. Vale más hacerlo personalmente. —Al menos, pensó Brunetti, era una excusa para salir del despacho—. ¿Preparado?

—Sí —dijo Vianello poniéndose en pie.

2

Cuando salían de la *questura*, Brunetti vio acercarse una de las lanchas.

Venía al timón Foa, el piloto nuevo que, tras parar en el embarcadero, saludó a Brunetti y a Vianello con una sonrisa y un ademán.

—¿Adónde van? —preguntó, y añadió—: señor —para dejar claro a quién estaba dirigida la pregunta.

—A *piazzale* Roma —dijo Brunetti.

Había llamado a aquella comisaría para pedir que tuvieran un coche preparado. Como por la ventana no había visto ninguna lancha disponible, había supuesto que tendrían que tomar el *vaporetto*.

Foa miró el reloj.

—Estoy libre hasta las once, comisario. Tengo tiempo de llevarlos y volver. —Y a Vianello—: Vamos, Lorenzo, hoy hace un tiempo estupendo.

No necesitaban más para animarse a saltar a cubierta. Foa los llevó por el Gran Canal arriba. En Rialto, Brunetti miró a Vianello y dijo:

—Primer día de primavera y los dos volvemos a hacer novillos.

Vianello se rió, por la satisfacción de gozar de un día perfecto, por cómo relucía el agua frente a ellos y por el placer de hacer novillos el primer día de primavera.

Cuando la embarcación se detuvo en una de las paradas de taxis de *piazzale* Roma, los dos hombres dieron las gracias al piloto y subieron al muelle. Más allá del edificio de la ACTV, la empresa de transportes públicos de Venecia, les esperaba un coche de la policía con el motor en marcha que, en cuanto ellos subieron, se incorporó a la corriente de tráfico que circulaba por el puente en dirección al continente.

Una vez en la central de Mestre, Brunetti averiguó que el caso de los manifestantes detenidos había sido asignado a Giuseppe Zedda, un comisario con el que había trabajado años atrás. Zedda, un siciliano que apenas le llegaba al hombro, le había impresionado en aquel entonces por su absoluta integridad. No se habían hecho amigos, pero se respetaban como colegas. Brunetti sabía que Zedda se encargaría de que las cosas se llevaran correctamente y que ninguno de los detenidos sería inducido a hacer declaraciones de las que después pudiera retractarse.

—¿Podríamos hablar con uno de ellos? —preguntó Brunetti, después de que él y Vianello rehusaran el ofrecimiento de Zedda de tomar un café en su despacho.

—¿Con cuál? —preguntó Zedda, y Brunetti descubrió que del detenido no sabía sino que se llamaba Marco y que era amigo de Vianello.

—Ribetti —apuntó el inspector.

—Vengan conmigo —dijo Zedda—. Los llevaré a una sala de interrogatorios y se lo traeré.

La sala era como todas las salas de interrogatorios

que había visto Brunetti: podían haber fregado el suelo aquella misma mañana —podían haberlo fregado diez minutos antes—, pero bajo las suelas de los zapatos crujía la tierra y al lado de la papelera había dos vasitos de plástico con restos de café. Olía a tabaco, a ropa sucia y a derrota. Al entrar, Brunetti sintió el deseo de confesar algo, cualquier cosa, con tal de poder salir de allí cuanto antes.

Al cabo de unos diez minutos, Zedda volvió seguido de un hombre más alto que él y que debía de pesar cinco kilos menos. Con frecuencia, a Brunetti le parecía que a los detenidos, los que pasaban la noche en el calabozo, les estaba grande la ropa, como si el cuerpo se les hubiera encogido, y esta impresión tuvo ahora. El hombre arrastraba los bajos del pantalón, y la pechera de la camisa, que le asomaba de la abotonada chaqueta, le hacía arrugas. Al parecer, no había podido afeitarse y el pelo, oscuro y espeso, se le levantaba de un lado. Unas orejas de soplillo eran el complemento de la desaliñada figura. El detenido miró a Brunetti inexpresivamente, pero, al ver a Vianello, sonrió con alivio y alegría. La sonrisa suavizó sus facciones, y Brunetti pensó que debía de ser más joven de lo que le había parecido a primera vista: no tendría más de treinta y cinco años.

—¿Te ha llamado Assunta? —preguntó el hombre y abrazó a Vianello y le dio palmadas en la espalda.

El inspector pareció sorprendido de tanta efusión, pero devolvió el abrazo y dijo a Ribetti:

—Sí. Cuando ya me iba a trabajar y me ha preguntado si podía hacer algo. —Dio un paso atrás y miró a Brunetti—. Mi superior, el comisario Brunetti, que se ha ofrecido a acompañarme.

Ribetti tendió la mano y estrechó la de Brunetti.

—Muchas gracias por venir, comisario. —Miró a Vianello, a Brunetti y otra vez a Vianello—. Yo no quería... —No terminó la frase—. Bueno, no quería causarte tantas molestias, Lorenzo. —Y a Brunetti—: Ni a usted, comisario.

Vianello fue hacia la mesa mientras decía:

—Ninguna molestia, Marco. Es lo que hacemos habitualmente, hablar con la gente. —Apartó dos de las sillas de un lado de la mesa y la de la cabecera, que ofreció a Ribetti.

Cuando se sentaron, Vianello miró a Brunetti, como poniendo el asunto en sus manos.

—Díganos qué pasó —dijo Brunetti.

—¿Todo? —preguntó Ribetti.

—Todo —respondió Brunetti.

—Llevábamos allí tres días —empezó Ribetti, mirando a los dos hombres, para ver si estaban enterados de la protesta. Cuando ellos afirmaron moviendo la cabeza, él prosiguió—: Ayer éramos unos diez. Con pancartas. Hemos tratado de convencer a los trabajadores de que eso que están haciendo es malo para todos.

Brunetti no era muy optimista en cuanto a la buena disposición de los trabajadores a renunciar a su puesto de trabajo por más que se les dijera que lo que hacían era malo para infinidad de desconocidos, pero asintió de nuevo.

Ribetti juntó las manos sobre la mesa y se miró los dedos.

—¿A qué hora llegaron ustedes a la fábrica? —preguntó Brunetti.

—Era por la tarde, sobre las tres y media —respondió el hombre mirando a Brunetti—. La mayoría de los que estamos en el comité trabajamos y no podemos salir hasta después del almuerzo. Los trabajadores vuelven a entrar a las cuatro, y queremos que nos vean y, si es posible, que nos escuchen y hablen con nosotros. —En la cara de Ribetti se pintó una gran perplejidad, que a Brunetti le recordó a su hijo, cuando dijo—: Si conseguimos que se den cuenta de lo que está haciendo la fábrica, no sólo a ellos sino a todo el mundo, quizá entonces...

Una vez más, Brunetti se reservó la opinión. Fue Vianello quien rompió el silencio al preguntar:

—¿Sirve de algo hablarles?

Ribetti respondió, con una sonrisa:

—Quién sabe. Si vienen solos, a veces, te escuchan. Si son más de uno, pasan de prisa, y a veces te dicen cosas.

—¿Qué cosas?

Ribetti miró a los dos policías y luego se miró las manos.

—Pues que eso no les interesa, que ellos han de trabajar, que tienen una familia —respondió Ribetti, y añadió—: O nos insultan.

—¿Pero sin violencia física? —preguntó Vianello.

Ribetti lo miró y movió la cabeza negativamente.

—No, ninguna. Tenemos la consigna de no reaccionar, no discutir ni provocar. —Seguía mirando a Vianello como tratando de convencerle de la veracidad de sus palabras con la sinceridad de su expresión—. Estamos allí para ayudarles —dijo, y Brunetti comprendió que él lo creía así.

—¿Y esta vez?

Ribetti meneó la cabeza.

—No sé qué pasó. Se nos acercaron varias personas, no sé de dónde venían, si estaban con nosotros ni si eran trabajadores, y se pusieron a gritar, y los trabajadores también. Entonces me dieron un empujón y se me cayó la pancarta, me agaché a recogerla y cuando me levanté era como si todo el mundo se hubiera vuelto loco de repente. Todo eran empujones y forcejeos, oí las sirenas de la policía y me encontré otra vez en el suelo. Dos hombres me levantaron, me subieron a un furgón y nos trajeron aquí. Ya era casi medianoche cuando una mujer de uniforme vino a la celda y me dijo que podía hacer una llamada. —Hablaba de prisa, tan confuso como los hechos que relataba. Miraba a Brunetti y a Vianello alternativamente y, dirigiéndose a este último, dijo—: Llamé a Assunta, le dije dónde estaba y lo que había pasado. Entonces me acordé de ti y le pedí que intentara ponerse en contacto contigo y que te dijera lo que había pasado. —Cambiando de tono, preguntó—: ¿No te llamaría entonces, verdad? —olvidando que Vianello ya se lo había dicho.

—No. Me ha llamado esta mañana —sonrió Vianello.

Brunetti observó el alivio de Ribetti al oírlo.

—Pero no tenían que haberse molestado en venir hasta aquí —dijo Ribetti—. De verdad, Lorenzo, no sé por qué se me ocurrió decirle que te llamara. El pánico, seguramente. Pensé que podrías llamar por teléfono a alguien de aquí, por ejemplo, y que todo se solucionaría. —Levantó una mano en dirección a Vianello y dijo—: De verdad, no pensaba que vinieras —y a Brunetti—: Ni usted, comisario. —Volvió a mirarse las manos—. No sabía qué hacer.

—¿Lo habían arrestado antes, *signor* Ribetti? —preguntó Brunetti.

Ribetti lo miró sin poder disimular el asombro: no hubiera reaccionado de otro modo si Brunetti le hubiera dado una bofetada.

—Por supuesto que no.

—¿Sabes si alguno de los otros ha sido arrestado alguna vez? —preguntó Vianello

—No, nunca —dijo Ribetti, alzando la voz con el énfasis de la reiteración—. Ya te he dicho que el lema es no alborotar.

—¿Y una protesta como ésa no es una forma de alborotar? —preguntó Brunetti.

Ribetti reflexionó, como si repasara la pregunta mentalmente, en busca de indicios de sarcasmo. Al no encontrarlos, dijo:

—Lo es, desde luego. Pero sin violencia. Sólo pretendemos hacer comprender a los trabajadores lo peligroso que es lo que hacen. No sólo para nosotros sino también, e incluso más, para ellos.

Brunetti advirtió que Vianello suscribía esta afirmación, y preguntó:

—¿Cuál es el peligro, *signor* Ribetti?

Ribetti miró al comisario como si le hubiera preguntado cuántos suman dos más dos, pero borró la expresión y dijo:

—Sobre todo, los disolventes y las sustancias químicas que manipulan. Por lo menos, en la fábrica de pinturas. Se salpican, se los echan por encima y están todo el día respirándolos. Para no hablar de la cantidad de residuos de los que tienen que deshacerse. Cualquiera sabe dónde los echan.

Brunetti, que hacía tiempo que tenía que oír esos argumentos de boca de Vianello, rehuyó la mirada del inspector al preguntar:

—¿Y cree usted, *signor* Ribetti, que sus protestas harán cambiar las cosas?

Ribetti alzó las manos.

—Eso Dios lo sabe. Pero, por lo menos, es algo, es una pequeña protesta. Y quizá otras personas vean que es posible protestar. Si no —agregó con voz lúgubre y cargada de convicción—, ellos nos matarán a todos.

Por haber mantenido muchas veces una conversación parecida con Vianello, el comisario no necesitó preguntar a Ribetti quiénes eran «ellos». Brunetti era consciente de la medida en que él mismo se había convencido, durante los últimos años, de la validez de estas ideas, y no únicamente merced a la militancia ecológica de Vianello, sino porque cada vez hacían más mella en él los artículos sobre el calentamiento del planeta y la ecomafia y sus vertidos incontrolados de residuos tóxicos por todo el hemisferio sur; incluso había llegado a creer que existía una relación entre el asesinato de un reportero de televisión de la RAI, ocurrido en Somalia hacía varios años, y el vertido de residuos tóxicos en aquel pobre y martirizado país. Pero lo sorprendía que hubiera personas que aún creyeran que protestando contra estas cosas, en su modesta escala, podrían conseguir algo. Y también reconoció que no le gustaba nada que eso lo sorprendiera.

—Vamos a lo práctico —dijo Brunetti con cierta brusquedad—. Si nunca ha tenido problemas con la policía, quizá podamos hacer algo. —Miró a Vianello—. Quédese aquí, yo voy a hablar con Zedda y a ver el informe. Si no hay heridos ni se han presentado cargos, no veo razón por la que el *signor* Rosetti deba permanecer bajo custodia.

Ribetti le dirigió una mirada en la que se mezclaban el alivio y la aprensión.

—Muchas gracias, comisario. —Y, rápidamente, añadió—: Aunque no pueda usted hacer nada, aunque no dé resultado lo que haga, muchas gracias.

Brunetti se levantó, fue a la puerta y se alegró de que no estuviera cerrada con llave. En el pasillo, preguntó por Zedda, al que encontró en su despacho, que medía una cuarta parte del suyo y tenía una ventana que daba a un aparcamiento.

Sin dar a Brunetti tiempo de hablar, Zedda dijo:

—Lléveselo a casa, Brunetti. No tiene sentido retenerlo. No hay heridos, no hay denuncia y, desde luego, no queremos problemas con ellos. Son un incordio, pero son inofensivos. Así que diga a su amigo que puede irse a casa.

Un Brunetti más joven quizá hubiera creído necesario puntualizar que Ribetti era amigo de Vianello, no suyo, pero, después de tantos años de trabajar con el inspector, Brunetti ya no era capaz de hacer tal distinción, por lo que dio las gracias a Zedda y preguntó si había que firmar algún formulario. Zedda denegó con un ademán, dijo que se alegraba de haberle vuelto a ver y dio la vuelta a la mesa para estrecharle la mano.

Brunetti volvió a la sala de interrogatorios, dijo a Ribetti que podía irse a casa y que, si quería, ellos lo acompañarían. Brunetti abrió la marcha en busca del coche que los esperaba.

3

Los tres hombres salieron por la puerta principal de la *questura* de Mestre y empezaron a bajar la escalera. Vianello apoyó un brazo en los hombros de Ribetti y dijo:

—Vamos, Marco, lo menos que podemos hacer es llevarte hasta *piazzale* Roma.

Ribetti sonrió y le dio las gracias. Se pasó una mano por los ojos rozando la mejilla al retirarla, y Brunetti casi pudo percibir la abrasión de la barba. Mientras bajaban la escalera hacia el coche, llegó un taxi, del que se apeó un hombre bajo, fornido y con el pelo blanco. El pasajero se inclinó para pagar al taxista, se volvió y levantó la mirada hacia el edificio. Y los vio.

El hombre cerró la puerta del taxi de un brusco empujón.

—¡Estúpido de mierda! —gritó echando a andar por la acera. El taxi se fue. El viejo se detuvo agitando una mano con gesto amenazador—. ¡Estúpido de mierda! —repitió y empezó a subir la escalera.

Brunetti y los otros se pararon, atónitos.

El hombre tenía la cara crispada de furor y enrojecida por años de abusar de la bebida. Era tan bajo que a Brunetti no le llegaría ni al hombro y casi el doble de ancho que el comisario, aunque la musculatura del torso se ablandaba y expandía a la altura del abdomen.

—Tú y tus animales y tus árboles y tu naturaleza, naturaleza, naturaleza. Sales a armar jaleo, te dejas arrestar y haces que pongan tu nombre en el periódico. Imbécil. No tienes juicio y nunca lo has tenido. Y ahora esos mierdas del *Gazzettino* me llaman ¡a mí!

Brunetti se puso entre el viejo y Ribetti.

—Perdone, pero está mal informado, *signore*. El *signor* Ribetti no ha sido arrestado. Al contrario, está aquí para ayudar a la policía en su investigación.

Brunetti no sabía por qué mentía. No habría investigación, por lo que en nada podía ayudar Ribetti, pero de alguna manera había que parar los pies al viejo, y a las personas de edad se las frena más fácilmente mencionando a las fuerzas del orden.

—¿Y quién puñetas es usted? —inquirió el viejo alzando la cabeza para mirarle a la cara.

Sin esperar respuesta, trató de sortear a Brunetti, que fue primero hacia la derecha y después hacia la izquierda para cerrarle el paso.

El viejo se paró, levantó el índice hasta la altura de su propio hombro y hundiéndolo en el pecho de Brunetti dijo:

—Quítese de ahí, desgraciado. Quién es usted para meterse en mis asuntos. —Dio medio paso hacia la izquierda, pero Brunetti volvió a pararlo—. ¡Que se aparte le digo! —gritó el viejo, y ahora puso la mano en el brazo de Brunetti.

No se puede decir que lo agarrara ni que tirase de él, pero tampoco era el gesto del que trata de llamar la atención de un amigo. Vianello bajó dos escalones y se paró a la izquierda del viejo.

—Haga el favor de retirar su mano del brazo del comisario, *signore*.

Pero al viejo la indignación ya no le dejaba oír. Apartó la mano con brusquedad y señaló a Vianello.

—¡Y usted no se meta, idiota! —Tenía la cara muy encendida y Brunetti pensó que podía darle un ataque. Nunca había visto a una persona enfurecerse con tanta rapidez. Le sudaba la frente, le temblaban las manos, tenía saliva en las comisuras de los labios y sus ojillos oscuros parecían más pequeños todavía.

Entonces Brunetti oyó que Ribetti decía detrás de él:

—Por favor, comisario, déjelo. No causará problemas.

Vianello no pudo disimular la sorpresa. La de Brunetti tampoco le pasó desapercibida al viejo, que dijo:

—Es verdad, *signor* comisario o quien sea. No causaré problemas. Él es el que causa problemas. Estúpido de mierda. —Su mirada fue de Brunetti a Ribetti, que ahora estaba a la izquierda del comisario—. Él me conoce porque está casado con la tonta de mi hija. Fue derecho a donde sabía que había dinero y se casó con ella. Y luego le llenó la cabeza con esas estupideces. —El viejo hizo como si fuera a escupir a Ribetti pero cambió de idea—. Y ahora se deja arrestar —añadió mirando a Brunetti para que quedara claro que no había creído su explicación.

Ribetti puso la mano en el brazo de Brunetti para atraer su atención.

—Gracias, comisario —dijo. Y a Vianello—: Y a ti también, Lorenzo.

Sin mirar al viejo, se desvió hacia la izquierda y acabó de bajar la escalera. Cuando llegó a la acera, Brunetti vio que miraba al coche de la policía, pero siguió andando y desapareció por la primera esquina.

—Cobarde —gritó el viejo—. Sólo eres valiente para salvar a tus malditos animales o tus malditos árboles. Pero frente a un hombre de verdad...

De pronto, agotó los improperios. Miró a Vianello y a Brunetti como si quisiera grabarse sus caras en la memoria, pasó por su lado empujando, subió la escalera y entró en la *questura*.

—¿Y eso? —preguntó Brunetti.

—Por el camino te contaré —dijo Vianello.

Los hechos que Vianello relató a Brunetti durante el viaje de vuelta a Venecia los había ido siguiendo durante los seis meses en que un antiguo compañero de clase, un tal Loreno, había trabajado de *maestro* en la vidriería de Giovanni de Cal, el viejo atrabiliario, antes de despedirse e ir a trabajar a otro *fornace*. En un principio, fue la clásica historia de amor que acaba en boda. Un día, en Rialto, a ella se le cayó una bolsa de naranjas que rodaron por el suelo, y un desconocido que compraba gambas la ayudó a recogerlas. Ella le dio las gracias riendo, le invitó a un café por su gentileza y estuvieron una hora charlando. Él la acompañó al barco, anotó su número de *telefonino*, la llamó, le preguntó si quería ver tal película y, cuatro meses después, vivían juntos. El padre de la muchacha, Giovanni de Cal, se oponía a la relación, insistiendo en que aquel joven era un desaprensivo que la quería por su dinero. Assunta ya no era joven, nunca había sido muy bonita y no había trabajado más que en la fábrica de su padre: ¿quién iba a quererla más que por el interés? Pero interiormente él se hacía otra pregunta, que guardaba para sí: ¿quién cuidaría de él, viudo y solo, siempre metido en la fábrica, y de la casa de diez habitaciones?

Amigo, ella se casó. Pero lo peor llegó cuando los principios y las actividades del yerno, su preocupación por el medio ambiente y su desconfianza hacia el actual gobierno, chocaron con las ideas del suegro: este mundo se rige por la ley del más fuerte, y los trabajadores han de trabajar y no estar cobrando de los patronos por no hacer nada; el crecimiento y el progreso siempre son buenos y cuanto más crecimiento y más progreso, mejor.

Pero lo peor de todo, desde el punto de vista del viejo, eran la carrera y la profesión del joven. No sólo tenía estudios universitarios, es decir, era uno de esos «*dottori*» inútiles que lo estudian todo y no saben nada, sino que, para colmo de males, era ingeniero de la empresa francesa que había obtenido el contrato para construir vertederos de residuos en el Véneto, y estaba encargado de realizar los estudios de los emplazamientos, tomando en consideración el curso de los ríos y las aguas subterráneas y la composición del suelo. Redactaba informes que obstaculizaban y encarecían la construcción de vertederos, que se hacían con dinero del bolsillo de gente como los dueños de las fábricas, que pagaban impuestos, para que los vagos y los débiles pudieran chupar de la teta del Estado, y para que los ingenieros pudieran obligar a las ciudades a gastar dinero a fin de que los peces y otros animales estuvieran limpios y sanos.

Ribetti y su esposa, Assunta de Cal, vivían en Murano, en una casa que ella había heredado de su madre. Atrapada entre el padre y el marido, Assunta trataba de mantener la paz y cuidar del hogar, empeño nada fácil, trabajando todo el día con su padre, un hombre colérico, como habían tenido ocasión de comprobar Brunetti y Vianello, en aquella fábrica que pertenecía a la familia desde hacía seis generaciones.

Vianello hizo un inciso en su relato para decir:

—Ahora, mientras hablaba, me he dado cuenta de que no sé cómo he podido enterarme de tantas cosas sobre esa familia. No creo que Loreno me las contara mientras trabajaba allí. Por otra parte, a pesar de que Marco y yo fuimos juntos al colegio, nos habíamos perdido de vista hasta hará unos tres años, y no me parece lógico que me diera tantos detalles. Tampoco somos amigos íntimos: él ni me había hablado del viejo. —Vianello, desde el asiento trasero del coche que los llevaba por el Ponte della Libertà, veía la cabeza de Brunetti recortarse sobre el fondo de las chimeneas de Marghera.

Brunetti pensaba que quizá Vianello, a pesar de sus años de servicio, aún no era consciente de su poder para inducir a la gente a entrar en conversación con él y hasta a hacerle confidencias. Quizá era un don innato, como el de la puntería o la predisposición para el baile, y el que lo poseía lo veía completamente natural.

Vianello volvió a atraer la atención de Brunetti señalando las fábricas de Marghera:

—Mira, yo estoy de acuerdo con él, ¿tú no?

—¿En la protesta?

—Sí —respondió Vianello—. Yo, por mi trabajo, no puedo unirme a ella, pero pienso que hay que protestar y deseo que sigan haciéndolo.

—¿Y qué te parece De Cal? —preguntó Brunetti, desviando la conversación, al ver que faltaba poco para llegar a *piazzale* Roma, a fin de evitar que Vianello se lanzara a una de sus diatribas sobre el futuro del planeta.

—Oh, ya lo has visto, es un energúmeno —dijo Vianello—. En Murano se ha peleado con todo el mundo: por las casas, por los sueldos, por... en fin por todo lo que la gente pueda reñir.

—¿Y cómo consigue retener a sus trabajadores? —preguntó Brunetti.

—Lo consigue y no lo consigue. Por lo menos, eso tengo entendido.

—¿Lo sabes por Ribetti?

—No. Por él no. Ya te he dicho que él no habla del viejo, ni tiene nada que ver con el *fornace*. Pero tengo parientes en Murano y un par de ellos trabajan en los *fornaci*. Y allí todo el mundo está enterado de la vida y milagros de todo el mundo.

—¿Y qué dicen?

—Hace un par de años que tiene a los dos mismos *maestri* —dijo Vianello, y añadió—: Para él es un récord, aunque no son muy buenos. De todos modos, tampoco importa mucho, me parece.

—¿Por qué no?

Detrás de la cabeza de Vianello, Brunetti vio el costado del autobús Panorama: pronto llegarían.

—No fabrican más que chorradas para turistas. Marsopas que saltan de las olas. Y toreros.

—¿Con capote y pantalón negro? —preguntó Brunetti.

—Sí; es demencial. Como si aquí tuviéramos toreros. O marsopas.

—Creí que ahora esas cosas ya las hacían en China o en Bohemia —dijo Brunetti, repitiendo lo que había oído a personas a las que suponía enteradas.

—Muchas, sí —dijo Vianello—. Las piezas grandes aún no pueden hacerlas. Pero dentro de cinco años ya todo vendrá de China.

—¿Y qué harán tus parientes?

Vianello levantó las manos con las palmas hacia arriba, en ademán de impotencia.

—Tendrán que aprender a hacer otra cosa, o acabarán como tu esposa dice que acabaremos todos: vestidos con ropa del siglo diecisiete, paseándonos por la ciudad y hablando en veneciano para divertir a los turistas.

—¿Nosotros también? —preguntó Brunetti—. ¿La policía?

—Sí —respondió Vianello—. ¿Te imaginas a Alvise con una ballesta?

La risa puso fin a la conversación y el tema quedó olvidado en la corriente de chismes que circula por Venecia, no mucho más clara que el agua de los canales.

Cuando llegaron a la *questura*, Brunetti fue al despacho de la *signorina* Elettra, para ver si ya tenía la lista de las guardias para las fiestas de Pascua.

—Ah, comisario —dijo ella al verle entrar—. Lo buscaba.

—¿Sí?

—Es por la lotería —dijo ella con naturalidad, dando por descontado que él sabía de qué le hablaba—. ¿Quiere un boleto?

Antes de tratar de adivinar de qué lotería se trataba, de si estaba relacionada con la Pascua o con alguno de los proyectos ecológicos de Vianello, Brunetti respondió:

—Por supuesto. —Y sacó la billetera del bolsillo de atrás—. ¿Cuánto vale?

—Sólo cinco euros, comisario —dijo ella—. Hemos pensado que, como íbamos a vender muchos boletos, podíamos darlos baratos.

—Muy bien —dijo él distraídamente, sacando un billete.

Ella le dio las gracias y se acercó un bloc.

—¿Qué fecha desea? —Buscó un bolígrafo en la mesa y, cuando lo encontró, miró al comisario—. Elija una a partir del primero de mayo.

Brunetti estuvo tentado de elegir el 10 de mayo, el cumpleaños de Paola, sin hacer más averiguaciones, pero se dejó vencer por la curiosidad.

—Me parece que no la entiendo, *signorina*.

—Tiene que elegir una fecha, comisario. El que acierta se lleva el bote. —Ella sonrió y añadió—: Ah, sí, puede elegir más de una fecha, pagando cinco euros por cada una.

—Está bien —dijo Brunetti—. Reconozco que no sé de qué me habla.

La *signorina* Elettra se llevó la mano a los labios y a él le pareció ver un poco de rubor en sus mejillas.

—Ah... —ella dejó escapar un suspiro largo, como el de un balón de fútbol que se desinfla.

Él observó las expresiones que se sucedían en su cara, la vio buscar una mentira y luego optar por la verdad. Brunetti no entendía el porqué de su comportamiento ni sabía muy bien cómo es que lo veía tan claro.

—Se trata del *vicequestore*, señor.

—¿Qué le pasa al *vicequestore*? —preguntó Brunetti sin impaciencia.

—El puesto en la Interpol.

—¿Es que lo ha solicitado? —preguntó Brunetti sin poder contener la sorpresa que le causaba que Patta se hubiera decidido.

Quizá sea más exacto decir que lo sorprendía no haberse enterado de que Patta había solicitado el cargo. En el nivel de Patta, a los puestos se les llamaba cargos.

—Sí, señor. Hace cuatro meses.

Brunetti no recordaba cuál era exactamente la naturaleza del cargo que interesaba a su superior. Tenía la vaga idea de que una de las tareas —o «cometidos», como decían los cargos— consistía en colaborar con la policía de otro país, cuyo idioma Patta no hablaba, pero había olvidado de qué país se trataba.

Ella dio la respuesta a la pregunta contenida en el silencio.

—Londres, Scotland Yard, experto en la Mafia.

Como solía ocurrirle cuando de la trayectoria profesional de Patta se trataba, Brunetti se quedó sin palabras.

—¿Y la lotería? —preguntó al fin.

—La fecha de la carta en la que se le comunique que su solicitud ha sido desestimada —dijo ella con voz implacable.

Los detalles no importaban. Él deseaba saber. Pero ¿cómo preguntar?

—Parece estar muy segura de la respuesta, *signorina*.

Sí. Ésa era la fórmula.

—Lo estoy —dijo ella sin más explicación. Sonriendo, llevó el bolígrafo al bloc—. ¿La fecha, señor?

—El diez de mayo, por favor.

Ella escribió la fecha en la parte superior de la pequeña hoja, que arrancó y le entregó.

—No la pierda, señor.

—¿Y si hay varios acertantes? —preguntó él, guardando el papel en la billetera.

—Oh, eso está previsto. Si varias personas han elegido la fecha exacta, se ha propuesto que el dinero se entregue a Greenpeace.

—Es típico de él.

—¿De quién, comisario? —preguntó ella con todos los síntomas del desconcierto.

Él resopló, dando a entender que hasta un ciego vería quién era el autor de la propuesta.

—Vianello.

—En realidad, comisario —dijo ella sin alterar la afabilidad de su sonrisa—, la idea fue mía.

—En tal caso —repuso él sin transición—, hago votos para ganar conjuntamente con otra persona, a fin de poder contribuir a que el dinero sea destinado a tan noble causa.

Ella lo miró inexpresivamente, pero enseguida recuperó la sonrisa para decir:

—Miren qué hombre más falso.

Brunetti se sorprendió por sentirse halagado y volvió a su despacho, olvidando la lista de las guardias para las fiestas.

4

La primavera avanzaba y Brunetti seguía midiéndola por la escala floral. En las floristerías aparecieron las primeras lilas, y él llevó a Paola un gran ramo; al otro lado del canal acabaron de salir las florecillas amarillas y rosas, después vinieron unos narcisos dispersos y, más adelante, ordenadas hileras de tulipanes bordearon el sendero que recorría el jardín. Y un sábado Paola le encargó la misión de bajar los grandes tiestos del oscuro y frío *sottotetto* donde habían pasado el invierno y sacarlos a la terraza, en la que estarían hasta noviembre. Desde la terraza, observó que en las jardineras del balcón del otro lado de la calle, un piso más abajo, habían plantado aquellos geranios rojos que tanto le desagradaban.

Llegó el Domingo de Ramos, de lo que Brunetti se enteró al ver a la gente que andaba por las calles con ramas de olivo. Y luego Pascua, con explosiones de flores por todas partes, como en los escaparates de Biancat, donde había tal profusión que Brunetti no podía por menos que pararse a mirar cada tarde al volver a casa.

El Domingo de Pascua almorzaron con los padres de Paola. Este año estaba también la tía Ugolina, con el sombrero de paja adornado con rosas de pitiminí que salía a la luz quizá una vez al año. Les llevaron flores, porque a los Falier no podías llevarles nada que ellos no tuvieran ya, y mejor. El *palazzo* estaba lleno de ellas, lo que no impidió que la condesa se extasiara con las rosas como si fueran de una especie nueva. Aquella abundancia de flores indujo a Chiara a lanzarse a una espontánea diatriba acerca del derroche que representan las flores de vivero en términos ecológicos, pero no encontró a nadie dispuesto a escuchar su discurso.

La nota floral persistía en una invitación que recibió Paola de una galería de arte, a la inauguración de una exposición de la obra de tres jóvenes artistas que trabajaban el vidrio. Por lo que Brunetti pudo ver en las fotos, uno hacía paneles planos a base de hoja de oro y vidrio de color; el segundo hacía jarrones con el borde en forma de los pétalos de las flores que debían contener, y el tercero, con un estilo más tradicional, creaba jarrones cilíndricos con borde liso.

La galería era nueva y la regentaba la amiga de una colega de Paola de la universidad, que les sugirió que asistieran. El índice de delitos en Venecia estaba tan bajo como las mareas de aquella primavera, y Brunetti no tuvo inconveniente en acceder. Como la galería estaba en Murano, tal vez viera a Ribetti y a su mujer: por otra parte, no creía que en una galería de arte fuera a encontrarse con De Cal.

La inauguración estaba fijada para un viernes a las seis de la tarde, lo que daría a la gente tiempo para ver la obra de los artistas, tomar una copa de *prosecco* con algún bocadito y luego ir a cenar al restaurante o a su casa. Cuando tomaban el 41 en Fondamenta Nuove, Brunetti pensó que hacía años que no iba a Murano.

Solía ir de niño, porque su padre había trabajado en una de las fábricas, pero después sólo fue muy de vez en cuando, ya que ninguno de sus amigos vivía en la isla ni él había tenido motivos de trabajo para hacer la travesía.

Otras tres o cuatro parejas desembarcaron en Faro y bajaron también por Viale Garibaldi.

—La de rojo —dijo Paola tomando del brazo a Brunetti— es la *professoressa* Amadori.

—¿Y él es el profesor? —preguntó Brunetti señalando con la otra mano al hombre alto de pelo gris que caminaba al lado de la mujer de mediana edad y abrigo rojo.

Paola asintió.

—Si te portas bien y eres humilde y sumiso, quizá te la presente.

—¿Tan mala es? —preguntó Brunetti volviendo a mirar a la que parecía una mujer perfectamente corriente, que podía ser cualquiera de las que ves en Rialto regateando en el precio del salmonete.

Desde detrás, se le veían unas piernas un poco torcidas con los pies embutidos en unos zapatos que tenían aspecto de incómodos, o quizá daban esa impresión porque ella andaba a pasitos cortos, pisando hacia dentro.

—Es peor que mala —dijo Paola—. Yo he visto a más de un estudiante salir llorando de un examen oral con ella. Se precia de no darse nunca por satisfecha. —Calló un momento, mientras se paraba a mirar un escaparate, luego se volvió y siguió andando—. Y otros se han retirado del examen y hasta han presentado certificados médicos al enterarse de que ella estaba en el tribunal.

—¿Y no podría ser, simplemente, que les exige mucho? —preguntó él.

Esto la hizo detenerse. Dio un paso atrás y le miró a la cara.

—Hace veinte años que usted vive conmigo, ¿verdad, *signor*? Y me habrá oído nombrarla unas cuantas veces, ¿no?

—Seiscientas veintisiete veces —dijo Brunetti—. Que son más que unas cuantas.

—Bien. —Ella volvió a tomarlo del brazo y siguieron andando—. Entonces ya debes saber que no se trata de si es o no exigente sino de que es una arpía egoísta, decidida a impedir que otros puedan optar a lo que ella tiene.

—¿Suspendiéndolos en el examen?

—Así no se gradúan, lo que significa que no tienen posibilidad de entrar en la facultad, convertirse en colegas suyos y conseguir un nombramiento, un ascenso o una beca que ella pudiera desear.

—Es demencial —dijo Brunetti.

Ella volvió a pararse.

—¿Y éste es el hombre que trabaja para el *vicequestore* Giuseppe Patta? —preguntó.

—Es distinto —protestó Brunetti de inmediato.

—¿En qué? —inquirió ella, volviendo a pararse y, al parecer, decidida a no moverse hasta que él contestara.

—Él no tiene poder para influir en lo que yo haga. No puede suspenderme en un examen.

Ella lo miraba como si él se hubiera puesto a echar espuma por la boca y a aullar.

—¿Que no tiene poder para influir en lo que hagas? —preguntó.

Brunetti sonrió y se encogió de hombros.

—Está bien, pero no puede suspenderme en un examen.

Ella le sonrió a su vez y se colgó de su brazo.

—Créeme, Guido. Es una arpía.

—Estoy advertido —dijo él afablemente—. ¿Y el profesor?

—Dios los cría... —no dijo más.

Al llegar al canal, doblaron a la izquierda, cruzaron Ponte Ballarin y torcieron a la derecha.

—Tiene que estar por aquí —dijo Paola reduciendo el paso y mirando los escaparates de las tiendas y las galerías.

—Lo pondrá en la invitación —dijo Brunetti.

—Sí, pero olvidé traerla.

Siguieron por la *riva*, mirando las tiendas a su izquierda. Pasaron la *pescheria* y varias tiendas más, unas abiertas y otras ya cerradas. De una puerta que estaba a unos metros delante de ellos salieron tres personas que se pararon a encender cigarrillos, sosteniéndose unos a otros la copa que tenían en la mano.

—Debe de ser ahí —dijo Paola.

Salieron entonces un hombre y una mujer, sin copas, que se alejaron en sentido opuesto, cogidos de la mano.

Cuando llegaron a la puerta, salían otras dos personas, con sendos cigarrillos ya encendidos, que se unieron a los otros tres fumadores. Todos se apoyaron en el murete del muelle que utilizaron de mesa para las copas.

La puerta estaba abierta. Paola se paró en el umbral, buscando con la mirada a algún conocido. Brunetti hacía otro tanto, pero con menos probabilidades de éxito. Reconoció a varias personas, pero sólo como se reconoce a la gente en Venecia, de verla por la calle durante años, incluso décadas, sin llegar a saber quiénes son ni qué hacen. No iba a acercarse al hombre que últimamente había perdido tanto pelo y entablar con él una conversación sobre la alopecia, ni preguntar a la mujer que antes no era rubia y ahora sí por qué había engordado tanto.

Por un hueco entre la muralla de gente, vio las dos hileras de vitrinas y fue hacia ellas, dejando que Paola buscara a algún conocido, o desconocido, con quien hablar. Contempló las piezas de la primera vitrina, montada sobre finas patas a la altura del pecho de una persona. En su interior, en posición vertical, había un rectángulo de vidrio, un poco mayor que un ejemplar del *Espresso*, dorado por una cara y azul cobalto por la otra. La superficie tenía relieve, pero no era de forma simétrica ni regular, sino como si alguien hubiera arrastrado los dedos sobre ella como sobre una arcilla húmeda, de abajo arriba y otra vez abajo, creando pequeños surcos en los que oscilaba la luz. La siguiente vitrina contenía otro panel: aunque el tamaño era el mismo, la textura y los colores, incluso el oro, eran completamente diferentes. En la tercera se exhibían cuatro gruesos rectángulos de vidrio en los que se alternaban franjas que parecían de oro y de plata. Eran tan originales, y tan bellos, como los otros.

Alguien había dejado una copa vacía encima de la tercera vitrina, y Brunetti la quitó, molesto. La hez casi arenosa del vino tinto creaba un feo contraste con la exquisita delicadeza de las piezas de vidrio.

En la siguiente vitrina había tres de los jarrones en forma de flor reproducidos en la invitación, en pálidos tonos pastel. Brunetti los encontró más pequeños de lo que esperaba. Y la ejecución, menos cuidada: lo que debían figurar pétalos eran muy gruesos, más gruesos de lo que él sabía que un buen *maestro* podía conseguir. En otra vitrina había otros tres jarrones, de colores más oscuros. El trabajo seguía dejando que desear, y él pasó rápidamente a la siguiente vitrina.

Estos otros jarrones eran cilíndricos y esbeltos, con un borde muy delicado, como el que hubieran debido tener los otros, pensó Brunetti. Tenían alturas y diámetros distintos, pero cada uno estaba perfectamente proporcionado. La última vitrina contenía piezas de formas caprichosas: no se asemejaban a nada ni tenían utilidad aparente, parecían ser poco más que volutas, espirales de vidrio, en las que cada curva se fundía en otra de un color ligeramente más claro o más oscuro.

—¿Le gustan? —preguntó a Brunetti una joven. Él apartó la mirada de los objetos de la última vitrina, sonrió y dijo:

—Sí. Creo que sí.

Volvió a mirar los objetos atentamente y dio la vuelta a la vitrina para verlos con otra perspectiva. Ahora parecían completamente distintos, y él dudaba de poder reconocerlos desde este lado, a pesar de que acababa de contemplarlos desde el otro.

Cuando levantó la mirada, la joven había vuelto con una copa de *prosecco* en cada mano. Le ofreció una, que él aceptó con una sonrisa y una inclinación de cabeza. Como ahora tenía dos copas, se agachó y dejó la vacía en el suelo, al lado de la pared. Bebió un sorbo.

—¿Le gusta? —preguntó ella, dejándole en la duda de si se refería al vino o a la exposición.

—El vino es excelente —dijo él, y era verdad: para lo que se acostumbraba en esta clase de actos, era bueno; generalmente, se servía vino de garrafa, y en vasitos de plástico, en lugar de la fina copa de cristal que él tenía en la mano.

—¿Y esas cosas?

—Pues me parece que me parecen bonitas —dijo él, y bebió otro sorbo.

—¿Sólo le parece que le parecen?

—Sí —se reafirmó Brunetti—. Son muy distintas de lo que estoy acostumbrado a ver y, antes de pronunciarme, necesito pensarlo.

—¿Usted tiene que pensar acerca de todo lo que ve? —preguntó la mujer, que parecía sorprendida.

Aparentaba poco menos de treinta años, tenía un acento levemente romano y una nariz que sugería la misma procedencia. Sus ojos eran oscuros y estaban limpios de maquillaje, pero llevaba los labios pintados de color granate.

—Es por mi trabajo —dijo él—. Soy policía.

No sabía qué espíritu perverso le había impulsado a revelarlo. Quizá fuera el deseo de excluirse de aquella concurrencia, quizá la presencia de la *professoressa* Amadori y su marido, la clase de académicos engreídos que había tenido que soportar durante sus años de universidad.

Bebió otro sorbo de *prosecco* y preguntó:

—¿Y usted a qué se dedica?

—Doy clases en la universidad —dijo ella.

Paola nunca había mencionado a nadie como ella, pero no tenía nada de particular: cuando hablaba de su trabajo, Paola solía referirse a los libros más que a los colegas.

—¿Clases de qué? —preguntó Brunetti de un modo que esperaba que resultara amistoso.

—Matemáticas Aplicadas —sonrió ella, y añadió—: pero no hace falta que pregunte. Yo lo encuentro interesante, a pesar de que a la mayoría de la gente no se lo parece.

Él la creyó y se sintió dispensado de la obligación de tener que mostrar interés por cortesía. Señalando las dos hileras de vitrinas con la copa, preguntó:

—¿Y esas cosas? ¿Le gustan?

—Las piezas rectangulares, sí —dijo ella—, y éstas, sobre todo, las últimas. Las encuentro muy... muy plácidas, aunque no sé por qué lo digo.

Brunetti estuvo hablando con la mujer unos minutos más y, al ver que tenía la copa vacía, se excusó y fue al bar. Buscó a Paola y la vio al otro lado de la sala, hablando con un hombre en el que, si lo hubiera visto de espaldas, quizá habría reconocido al profesor Amadori. Lo fuera o no, Brunetti supo interpretar la expresión de Paola y cruzó la sala para ponerse a su lado.

—Ah —dijo ella cuando él se acercaba—, ahí viene mi marido. Guido, el profesor Amadori, marido de una colega.

El profesor saludó a Brunetti con un movimiento de cabeza, pero no se molestó en extender la mano.

—Como le decía, *professoressa* —continuó—, la mayor carga que debe soportar nuestra sociedad es la llegada de gentes de otras culturas. No comprenden nuestras tradiciones, no respetan...

Brunetti tomó un sorbo de vino mientras rememoraba las suaves superficies de las primeras piezas que había visto, admirándose de su armonía. El profesor, cuando Brunetti volvió a sintonizar, había pasado a los valores cristianos, y el pensamiento de Brunetti pasó a la segunda serie de jarrones. No tenían marcados los precios, pero en algún sitio estaría la lista, dentro de una discreta carpeta oscura. El profesor pasó a la ética puritana del trabajo y el respeto por el tiempo, y Brunetti pasó a considerar el lugar de su casa en el que podrían poner una de aquellas piezas, sin tener que hacerle una vitrina especial.

Como la foca que sale a respirar por un agujero del hielo. Brunetti volvió a sintonizar con el monólogo, oyó «opresión de la mujer» y rápidamente volvió a hundir la cabeza en el agua.

Si el profesor hubiera sido tenor, habría cantado toda el aria sin respirar y en la misma nota. Brunetti se preguntaba si aquel hombre o su esposa podían influir en la carrera de Paola, pero luego decidió que, en cualquier caso, no podían influir en la suya, por lo que se volvió hacia su mujer y dijo, interrumpiendo al profesor:

—Necesito otra copa. ¿Tú quieres?

Ella le sonrió, sonrió al atónito profesor y dijo:

—Sí, pero ya las traigo yo, Guido. —Ah, la muy ladina, lagarta, víbora.

—No, ya voy yo —insistió él, y al instante propuso a modo de compromiso—: Bueno, ven conmigo, te presentaré a una joven que estaba contándome cosas apasionantes de los algoritmos y los teoremas. —Sonrió al profesor con una pequeña inclinación, farfulló una palabra que tanto podía ser «fascinante» como «alucinante», dijo que les perdonara un momento y huyó llevando de la mano a su mujer a lugar seguro.

Ella fue a decir algo, pero él la atajó con un ademán, dando a entender que sobraban las palabras:

—No consiento la opresión de la mujer —dijo.

Fueron en busca de otra copa de *prosecco* y él observó que Paola bebía la mitad con sed,

Brunetti le preguntó si había visto las obras y la acompañó en su recorrido alrededor de cada vitrina. Al llegar al final, ella dijo:

—No tenemos sitio donde ponerla para que luzca

—como si él le hubiera preguntado si deseaba comprar alguna y cuál de ellas.

Brunetti miró en derredor y comprobó que la concurrencia era ahora más densa. Observó que el profesor Amadori había atrapado a un barbudo con pinta de espantapájaros y vuelto a poner en marcha el casete. Una mujer alta que llevaba una minifalda con un fleco de abalorios pasó al lado del profesor, pero éste mantuvo la mirada fija en la cara de su oyente, a quien los ojos sí se le fueron detrás de la minifalda.

Junto a la primera vitrina aparecieron un hombre y una mujer. Los dos llevaban casquete blanco de ganchillo y poncho de lana áspera, como si vinieran de Damasco tras pasar por Machu Picchu. Él iba señalando las piezas una a una y ella agitaba las manos en un ademán que Brunetti no podía adivinar si era de aprobación o de condena.

Al volverse hacia Paola, Brunetti descubrió que ya no estaba. Pero, a menos de un metro, vio a Ribetti, que hablaba con una mujer de cabello oscuro y corto. Él tenía mucho mejor aspecto que en su primer encuentro, y no sólo porque ahora vestía de americana y corbata en lugar del pantalón y la cazadora arrugados que llevaba cuando Brunetti lo conoció y con los que había sido derribado y detenido por la policía. El traje le sentaba bien, pero daba la impresión de que la compañía de la mujer le sentaba aún mejor.

Brunetti miraba su copa sin saber si existía alguna regla de etiqueta que dijera cómo has de comportarte en sociedad con una persona a la que has sacado del calabozo. Pero Ribetti libró de dudas al comisario porque, nada más advertir su presencia, dijo unas palabras a la mujer y se acercó:

—Me alegro de verlo, comisario —dijo con lo que parecía sincero placer. Y, después de una pausa—: No esperaba encontrarlo aquí. —Al comprender que eso podía interpretarse como la duda de que un policía pudiera interesarse por el arte, explicó—: Quiero decir en Murano, no aquí precisamente. —Calló, como si se diera cuenta de que cuanto más hablara, peor. Se volvió hacia donde estaba la mujer y dijo a Brunetti—: Permita que le presente a mi esposa.

Brunetti lo siguió y vio que la mujer sonreía al ver acercarse a su marido. Brunetti observó vetas grises en su cabello. De cerca, parecía mayor que su marido, quizá diez años.

—Te presento al hombre que no me detuvo, Assunta —dijo Ribetti y la abrazó por un hombro.

Ella sonrió a Brunetti levantando la copa de *prosecco*.

—No sé cuál es el protocolo para estos casos —dijo, expresando lo que pensaba.

Ribetti también levantó la copa:

—Creo que el protocolo exige brindar agradeciendo que a estas horas yo no esté en chirona —dijo, apuró el *prosecco* y sostuvo la copa en alto un momento.

—Muchas gracias por ayudar a Marco —dijo ella—. No sabía qué hacer y llamé a Lorenzo, pero no creí que hiciera intervenir a nadie más. —Mientras hablaba a Brunetti, parecía haber olvidado la copa que tenía en la mano—. En realidad, no sé qué pensaba que pudiera hacer él. Sólo sabía que algo haría. —Tenía los ojos castaños, unas cejas más gruesas de lo que exige la moda y la nariz roma y un poco respingona; pero la boca, que parecía hecha para la sonrisa, adornaba toda la cara.

—Yo no hice nada, *signora*, se lo aseguro. Cuando

nosotros llegamos, el magistrado ya había decidido soltarlos a todos. No era posible formular cargos.

—¿Por qué? —preguntó ella—. No entiendo por qué se los llevaron entonces.

Brunetti no tenía el menor deseo de ponerse a explicar el intríngulis del procedimiento policial, y mucho menos ahora, mientras una copa de *prosecco* se le calentaba en la mano y su mujer venía hacia él abriéndose paso entre la gente, y dijo:

—Nadie pudo aclarar lo que había ocurrido, y no se formularon cargos. —Antes de que ellos pudieran decir algo, advirtiendo ya la llegada de Paola, añadió—: Mi esposa. —Y a Paola—: Assunta de Cal y Marco Ribetti.

Paola sonrió, dijo las frases de rigor acerca de las piezas expuestas y preguntó cómo era que estaban en la inauguración. La encantó saber que Assunta era hija del dueño del *fornace* en el que uno de los artistas había hecho sus obras.

—Los paneles —dijo Assunta—. Es un chico de aquí, sobrino de una antigua condiscípula mía. Por eso usó el *fornace* de mi padre. Ella me llamó, yo hablé con el *maestro*, Lino vino a verlo, a cada uno le gustó el trabajo del otro y él encargó al *maestro* que cociera las piezas.

Una solución muy veneciana, pensó Brunetti: alguien conoce a alguien que ha ido al colegio con alguien, y todo resuelto.

—¿Y no podía hacerlo él mismo? —preguntó Paola. Al ver que ni Assunta ni Ribetti parecían entenderla, añadió señalando las piezas de la vitrina—: El artista. ¿No podía hacerlas él?

Assunta levantó una mano como para protegerse del mal.

—Eso nunca. Una persona tarda años, décadas, en aprender a cocer una pieza. Has de conocer la composición del vidrio, cómo preparar la *miscela* para obtener los colores que deseas, la clase de horno con que trabajas, quién es tu *servente*, lo rápido y lo fiable que es para las operaciones que requiere cada pieza en particular. —Calló, como si estuviera exhausta por tan larga enumeración—. Y eso no es más que el principio —añadió, y sus oyentes se rieron.

—Da la impresión de que podría hacerlo usted misma —dijo Paola con evidente respeto.

—Oh, no —dijo Assunta—. Soy muy baja. Ha de ser un hombre, o alguien tan fuerte como un hombre. —Levantó una mano que era poco mayor que la de una niña—. Y yo no lo soy, como pueden ver. —Dejó caer la mano—. Pero he estado en el *fornace* desde que era muy pequeña, y supongo que llevo el vidrio, o la arena, en la sangre.

—¿Trabaja para su padre? —preguntó Paola.

Pareció que la pregunta la sorprendía, como si nunca se le hubiera ocurrido que podía hacer otra cosa en la vida.

—Sí. Lo ayudo a dirigir el *fornace*. Ya iba a la fábrica antes de ir al colegio.

—Es una esclava a sueldo —dijo Ribetti revolviéndole el pelo.

Ella agachó la cabeza, como rehuyéndole, pero estaba claro que le gustaban el gesto y el contacto.

—No digas eso, Marco. Sabes que me gusta lo que hago. —Miró a Paola—. ¿Y usted qué hace, *signora*?

—Llámame Paola —dijo ella, iniciando el tuteo con naturalidad—. Enseño Literatura Inglesa en la universidad.

—¿Y te gusta? —preguntó Assunta con sorprendente franqueza.

—Sí.

—Pues entonces ya me comprendes. —Brunetti se alegraba de que no le hubiera hecho a él la misma pregunta, porque no hubiera sabido cómo contestar. Poniendo una mano en el brazo de Paola, la mujer prosiguió—: Me encanta ver cómo los objetos van tomando forma y embelleciéndose, y hasta me gusta verlos reposar en el *fornace* durante la noche. —Apoyó la palma de la mano en el costado de la vitrina—. Y adoro estas piezas porque tienen vida. Por lo menos, a mí me lo parece.

—Entonces yo diría que hace el trabajo ideal —dijo Brunetti.

Assunta sonrió y se acercó aún más a su marido. Brunetti casi esperaba que anunciara que también tenía el hombre ideal, pero ella dijo tan sólo:

—Lo único que deseo es poder conservarlo.

Paola preguntó, sin disimular la extrañeza:

—¿Por qué? ¿Es que puede perderlo?

Paola miraba a Assunta a la cara y no vio la mirada que Ribetti dirigía a su mujer frunciendo el ceño y meneando la cabeza ligeramente. Pero Assunta la captó y se apresuró a decir:

—Oh, claro que no. —Brunetti vio que ella buscaba algo que añadir, algo que no fuera lo que había estado a punto de decir. Tras una pausa un poco larga, Assunta prosiguió—: Es sólo que te gustaría que estas cosas duraran para siempre, supongo.

—Sí, desde luego —dijo Brunetti sonriendo como si no hubiera observado el gesto de Ribetti ni advertido el cambio de tono, el descenso de la temperatura humana de la conversación. Rodeando los hombros de Paola con el brazo, dijo—: Lo siento, pero es hora de que nos vayamos. —Miró el reloj—. Hemos quedado para cenar y ya se nos ha hecho tarde.

Paola, nunca mala embustera, miró su reloj y ahogó una exclamación:

—Ay, Dios mío, Guido. ¡Sí que es tarde! Y tenemos que ir hasta Saraceno. —Revolvió en el bolso, buscando algo que no encontraba, desistió y dijo a Brunetti—: He olvidado el *telefonino*. ¿No podrías llamar a Silvio y Veronica para avisarles del retraso?

—Por supuesto —dijo Brunetti con la mayor naturalidad, a pesar de que Paola nunca había tenido *telefonino* y de que no conocían a ningún Silvio—. Pero llamaré desde fuera. Habrá mejor cobertura.

Siguió el habitual intercambio de frases amables, las mujeres se besaron en las mejillas, mientras los hombres se las ingeniaban para eludir expresiones que les obligaran a elegir entre el *tú* y el *usted*.

Hasta que salieron a la *riva*, él no pudo mirar a Paola a la cara y preguntar:

—¿Silvio y Veronica?

—Toda mujer tiene derecho a sus fantasías —declamó ella con fervor y, dando media vuelta, se encaminó hacia el *vaporetto* que los llevaría a Venecia y a casa.

5

Había llegado la primavera y volvían los turistas, que traían consigo el barullo habitual, del mismo modo en que la migración de los ñúes atrae a chacales y hienas. Los trileros rumanos se instalaban en lo alto de los puentes, mientras sus centinelas oteaban los alrededores, para avisarles de la llegada de la policía. Los *vu comprà* sacaban de sus grandes bolsas los últimos modelos de bolsos. Y tanto los *carabinieri* como la *polizia munizipale* entregaban formularios y más formularios a las personas a las que se les había sustraído el bolso o la billetera. Primavera en Venecia.

Una tarde, Brunetti entró en el despacho de la *signorina* Elettra y no la vio en su sitio. Él quería hablar un momento con el *vicequestore*, y al observar que la puerta del despacho de Patta estaba abierta, supuso que ambos se habrían ido ya. Esto era normal en Patta, pero ese día la *signorina* Elettra no entraba a trabajar hasta después de la hora de comer y solía quedarse por lo menos hasta las siete.

Brunetti ya iba a irse con los papeles en la mano cuando un impulso le hizo acercarse a la puerta del despacho de Patta para cerciorarse de que no había nadie. Lo sorprendió oír a la *signorina* Elettra hablando en inglés muy despacio, pronunciando cada sílaba como para hacerse entender por una persona dura de oído:

—*May I have some strawberry jam with my scones, please?*

Después de una pausa más bien larga, se oyó la voz de Patta que decía:

—*May E ev som strubbry cham per mio sgonzem pliz?*

—*Does this bus go to Hammersmith?*

El proceso continuó con otras cuatro frases de dudosa utilidad, hasta que Brunetti oyó otra vez la esforzada petición de mermelada de fresa. Temiendo tener que esperar mucho rato, el comisario retrocedió hasta la puerta del pasillo, dio unos fuertes golpes con los nudillos y dijo con voz potente:

—*Signorina* Elettra, ¿está usted ahí?

A los pocos segundos, ella apareció en la puerta del despacho de Patta, con la cara iluminada por una expresión de jubilosa sorpresa, como si la voz de Brunetti acabara de sacarla de unas arenas movedizas.

—Ah, comisario, ahora iba a llamarlo —dijo, acariciando amorosamente cada sílaba del idioma italiano.

—Me gustaría hablar un momento con el *vicequestore*, si es posible.

—Ah, sí —dijo ella, apartándose de la puerta—. En este momento está libre.

Brunetti pasó por su lado tras un «con permiso». Patta estaba sentado con los codos en la mesa, la barbilla en la palma de las manos y la mirada fija en el libro que tenía delante. Al acercarse, Brunetti distinguió una foto del Puente de Londres en la página de la izquierda y otra de un *beefeater* tocado con su sombrero negro en la de la derecha.

—*Mi scusi, dottore* —dijo procurando hablar con voz suave y pronunciación clara.

Los ojos de Patta se volvieron hacia Brunetti.

—¿Sí? —dijo.

—¿Tiene un momento, señor?

Con un movimiento lento y resignado, Patta cerró el libro y lo apartó a un lado.

—¿Sí? Siéntese, Brunetti. ¿De qué se trata?

Brunetti obedeció, teniendo buen cuidado en apartar la mirada del libro, aunque era imposible no ver la Union Jack que ondeaba en la cubierta.

—Es sobre los menores, señor —dijo Brunetti.

Patta aún tardó en cruzar el Canal y volver a su mesa, pero al fin llegó.

—¿Qué menores?

—Esos a los que siempre estamos arrestando, señor.

—Ah —dijo Patta—. Esos juveniles. —Brunetti observó cómo su superior trataba de recordar los papeles o informes de arrestos que habían pasado por su escritorio durante las últimas semanas, y vio que no lo conseguía.

Patta se irguió en su sillón y preguntó:

—¿No hay una directriz del Ministerio del Interior?

Brunetti venció la tentación de responder que había una directriz del Ministerio del Interior hasta para determinar el número de botones de la chaqueta del uniforme de los agentes y se limitó a decir:

—Sí, señor.

—Pues ésas son las órdenes a las que hemos de atenernos, Brunetti. —El comisario pensaba que Patta se daría por satisfecho con esto, habida cuenta de que ya era casi la hora en que solía irse a casa, pero algo le hizo añadir—: Me parece que esta conversación ya la hemos tenido antes. Su deber es hacer obedecer la ley, no cuestionarla.

Brunetti sabía que ni en sus palabras ni en su actitud había indicio alguno de que él cuestionara ni pretendiera cuestionar la ley. No obstante, al cabo de tantos años de disensiones en la interpretación de las normativas, bastaba que Brunetti mencionara una ley para que Patta creyera percibir un tono de crítica o duda en su voz.

Con su comentario, Patta hacía patente que atribuía a Brunetti un carácter conflictivo.

—Mi consulta se refiere más bien a una cuestión de procedimiento.

—¿Sí? ¿Qué? —preguntó Patta, un tanto sorprendido.

—Como le he dicho, se trata de los menores. Cada vez que los arrestamos les hacemos fotos.

—Eso ya lo sé —interrumpió Patta—. Está en las directrices.

—Exacto —dijo Brunetti, con una sonrisa que él mismo advertía que se parecía más a la de un tiburón que a la de un buen subordinado.

—Entonces, ¿qué pasa? —dijo Patta lanzando al reloj una mirada que no fue ni rápida ni disimulada.

—No estamos seguros de cómo debemos clasificarlos, señor.

—No le sigo, Brunetti.

—La directriz dice que debemos clasificarlos por edad, señor.

—Eso ya lo sé —dijo Patta, que probablemente no lo sabía.

—Pero cada vez que los arrestamos y los fotografiamos dan un nombre y una edad diferentes, y viene a recogerlos un padre o una madre diferente que presenta una identificación diferente. —Patta fue a decir algo, pero Brunetti no le dejó—. Por eso nos preguntamos, señor, si debemos clasificarlos por la edad que nos dan, o por el nombre o quizá por la foto. —Hizo una pausa, observando la confusión de Patta y añadió—: Quizá podríamos establecer un sistema de clasificación por la foto.

Brunetti vio que Patta erguía el tronco, pero, antes de que el *vicequestore* pudiera responder, recordó un caso del que sus agentes se habían quejado aquella mañana y dijo:

—A uno de esos chicos lo hemos arrestado seis veces en los diez últimos días, y de cada arresto tenemos idénticas fotos, pero... —Miró los papeles que traía para la *signorina* Elettra, que no tenían nada que ver con el chico en cuestión, y prosiguió—: seis edades y cuatro nombres distintos. —Levantó la cabeza con la más servil de las sonrisas—. Así pues, esperábamos que quizá usted podría decirnos cómo lo archivamos.

Si tenía la esperanza, o el propósito, de poner furioso a Patta, Brunetti fracasó. Sólo consiguió que el *vicequestore* apoyara la barbilla en la palma de la mano, se lo quedara mirando durante casi un minuto y dijera:

—Hay veces, comisario, en las que pone a prueba mi paciencia hasta lo insoportable.

Patta, esbelto y elegante como una nutria, nunca dejaba de impresionar a Brunetti por su aire de autoridad y competencia. Tampoco ahora. Pasó una mano por su pelo plateado y todavía abundante y fue al *armario* del que sacó un fino abrigo. De una de las mangas extrajo una bufanda de seda blanca, se la anudó al cuello y se puso el abrigo. Desde la puerta, se volvió hacia Brunetti, que seguía sentado delante de la mesa del superior:

—Como ya le he dicho, comisario, las normas están especificadas en la directriz del ministerio. —Y se fue.

Por curiosidad, Brunetti se inclinó, tomó el libro de Patta y lo ojeó. Vio las consabidas fotos del chico que conoce a chica, chica que conoce a chico cómo se turnaban en preguntarse el uno al otro de dónde venía y cuántos eran de familia, antes de que el chico preguntara a la chica si quería ir con él a tomar una taza de té. Brunetti dejó caer el libro en la mesa de Patta.

La *signorina* Elettra estaba sentada a su escritorio. Ya había transcurrido tiempo suficiente para que recobrara una aparente serenidad.

—*Does this bus go to Hammersmith?* —preguntó Brunetti, muy serio.

La expresión de la *signorina* Elettra abandonó el mundo del Dante para adquirir un carácter bíblico: su cara recordaba la de la Eva fugitiva representada en algún fresco medieval. Desdeñando el inglés, le respondió en veneciano, dialecto que casi nunca usaba cuando hablaba con él:

—Como se descuide, este autobús lo llevará directamente a *remengo, dottore.*

¿Y dónde estaría *remengo*?, se preguntaba Brunetti. A él, como a la mayoría de venecianos, le habían enviado a ese lugar y también él había enviado allí a mucha gente desde hacía décadas y sin embargo nunca se había parado a pensar si se podía ir a pie, en barco o, en este caso, en autobús. ¿Y era *remengo* una ciudad, en cuyo caso habría que escribirlo con mayúscula, o un sitio más teórico, como la porra o el cuerno, accesible sólo por la vía de la imprecación?

—... y no quiero ser yo quien le diga que es inútil.

Las palabras de la *signorina* Elettra le hicieron volver al presente.

—A pesar de todo, sigue dándole clases de inglés.

—Al principio me negué —dijo ella—. Pero cuando me enteré de que iban a rechazarlo y vi que él seguía pensando que aún tenía una posibilidad, me dio pena, y ahora no puedo por menos que tratar de ayudar. —Meneó la cabeza ante su propia incoherencia.

—¿A pesar de que cree que no va a conseguir el cargo?

Ella se encogió de hombros y repitió:

—A pesar de que sé que no tiene ninguna posibilidad. Todo iba bien hasta que vi su punto débil: lo mucho que desea el cargo, y eso bastó para hacerlo humano. O casi. Cerré los ojos un momento y lo vi con claridad. —Trató de ahuyentar el pensamiento, pero no pudo.

Brunetti resistió la tentación de preguntarle cómo podía estar tan segura de que el *vicequestore* no tenía ninguna posibilidad de conseguir el cargo, le dio las buenas tardes y se fue. Al salir de la *questura*, decidió volver a casa andando y torció a la izquierda en lugar de la derecha,

Aquella mano mágica que estaba extendida sobre la ciudad desde hacía una semana, seguía protegiéndola de la lluvia y del frío. Las temperaturas eran más suaves cada día. Las plantas brotaban por todas partes, como impulsadas por una fuerza secreta. Al pasar junto a una reja, Brunetti vio unas vides que parecían querer escapar de la prisión de aquel jardín y salir a la calle. Por su lado pasó un perro, seguido de otro, ocupados ambos en sus menesteres perrunos. Sentados en el muro del muelle había dos chicos con camiseta y pantalón vaquero, visión que hizo que Brunetti se abrochara el abrigo.

Paola había dicho algo de cordero aquella mañana, y Brunetti se puso a pensar en las muchas cosas interesantes que pueden hacese con un cordero. Ponerle tomillo y aceitunas negras o tomillo y pimientos picantes. ¿Y qué era aquello que a Erizzo tanto le gustaba, estofado, con vinagre balsámico y judías verdes? O sólo con vino blanco y tomillo... ¿y por qué sería que el cordero pedía tomillo más que cualquier otra hierba? Pensando en el cordero, Brunetti se encontró sin darse cuenta en medio del puente de Rialto, mirando al sur, de cara a Cà Farsetti y al andamio que, allá abajo, en el recodo, aún cubría la fachada de la universidad, y contempló los edificios que acariciaba la luz del atardecer. «Miren esos *palazzi*», dirigiéndose a un imaginario auditorio de turistas. ¿Quién podía hoy poner todos esos bloques de mármol uno encima de otro y hacer que la obra acabada tuviera esa gracia natural?

«Mírenlas —prosiguió—, miren las casas de los Manin, los Bembo, los Dandolo y, más allá, miren lo que los Grimani, los Contarini y los Tron edificaron en su nombre. Miren todo eso y díganme si no hubo un tiempo en el que sabíamos lo que era la grandeza.»

Un hombre que andaba de prisa tropezó con Brunetti, le pidió disculpas y bajó corriendo por el puente. Cuando Brunetti volvió a mirar canal arriba, los *palazzi* volvían a tener su aspecto de siempre, sólido y majestuoso, pero el fulgor se había apagado, y ahora también se veía que necesitaban una restauración. Bajó por su lado del puente y cortó por la *riva*. No quería tener que abrirse paso entre la multitud que aún remoloneaba por el mercado ni recorrer la exposición de máscaras chabacanas y góndolas de plástico.

Había cordero, en efecto: cordero con vinagre balsámico y judías verdes. No había *antipasto* y, después, sólo ensalada. Esto podía significar muchas cosas y, mientras comía, Brunetti utilizaba su habilidad profesional para averiguar la posible causa. O bien su esposa se había sumido en alguna lectura —Henry James solía hacerle descuidar la cena—, o bien estaba de mal humor, aunque no daba la impresión. No tenía la maleta abierta encima de la cama, por lo que podía descartarse la posibilidad de que pensara marcharse con el carnicero, aunque un buen cordero podría tentar a más de una. A medida que se acercaba el momento del postre, crecía su expectación: podía ser algo impresionante y excepcional.

El detective se terminó las judías, observando disimuladamente a los sospechosos reunidos en torno a la mesa. Con independencia de lo que fuera, la esposa y la hija estaban conchabadas. De vez en cuando, intercambiaban miraditas y la chica no podía disimular la agitación. El muchacho no parecía estar implicado: se acabó el cordero, comió una rebanada de pan, miró la fuente de las judías y no ocultó la decepción al comprobar que su padre se le había adelantado. La mujer lanzó una mirada al plato del muchacho, y ¿sorprendió el detective una sonrisa en sus labios al verlo vacío? Él se hizo el distraído, para que ella no advirtiera que estaba vigilándolos. Para despistar, se sirvió media copa de tignanello y dijo:

—Una cena excelente —como dándola por terminada.

La chica pareció alarmada y miró a la mujer, que sonrió con serenidad. La chica se levantó, recogió los platos, los llevó al fregadero y dijo, de espaldas a la mesa:

—¿Alguien quiere postre?

¿Cómo no va a querer un postre un hombre al que

han escatimado un plato en su propia mesa? Pero se contentó con otro sorbo de vino, dejando que hablara el muchacho.

La mujer se levantó y fue a la puerta de la terraza trasera, que miraba al norte, donde solía guardar las cosas que no cabían en el frigorífico. Cuando oyó que la chica dejaba los platos en el fregadero, la llamó y ambas deliberaron en voz baja. El detective vio que su mujer iba al armario de la vajilla y sacaba los boles menos hondos. Macedonia no, por favor, ni tampoco uno de esos insípidos budines que son todo miga.

El detective levantó la botella para ver lo que quedaba. Valía más terminarlo: era un vino demasiado bueno para dejarlo destapado toda una noche.

La mujer puso en la mesa cuatro copas pequeñas y la cosa empezó a tomar buen cariz. ¿Qué se sirve con vino dulce? Pero era realista y prefería no hacerse ilusiones. Esto podía ser otro intento de distracción: quizá no eran más que unos almendrados; pero entonces la chica apareció en la puerta de la terraza con una fuente en la que descansaba un óvalo marrón oscuro. El detective apenas tuvo tiempo de pensar en Judit y en Salomé antes de que tres voces gritaran al unísono:

—Mousse de chocolate. Mousse de chocolate.

Y, al levantar la mirada, Brunetti vio que su mujer sacaba del frigorífico un gran bol de nata.

Al cabo de un rato, un Brunetti saciado y una Paola satisfecha se hallaban sentados en el sofá. Él se sentía un hombre virtuoso por haberse abstenido del vino dulce y también la *grappa* que se le ofreció en su lugar.

—Me ha llamado Assunta —dijo ella.

—¿Qué Assunta? —preguntó él con extrañeza, cruzando los tobillos sobre la mesita de centro.

—Assunta de Cal.

—¿Y eso por qué? —preguntó él.

Entonces recordó que los paneles de vidrio estaban hechos en el *fornace* del padre y pensó que quizá Paola deseara ver más trabajos del artista.

—Está preocupada por su padre.

Brunetti iba a preguntar qué podía eso tener que ver con él, pero sólo dijo:

—¿Por qué razón?

—Dice que está cada vez más violento con su marido.

—¿Violento-violento o sólo violento de palabra?

—Por ahora, sólo de palabra, pero ella teme, y creo que lo piensa de verdad, que el viejo pueda hacerle algo.

—Marco debe de tener treinta años menos que De Cal, ¿no? —Ella asintió y Brunetti prosiguió—: Pues puede defenderse o salir corriendo. Aunque, por lo que recuerdo del viejo, tampoco tendría que correr mucho.

—No es eso —dijo Paola.

—¿Pues qué es entonces? —preguntó él suavemente.

—Tiene miedo de que su padre se meta en dificultades, que le haga algo. Que le pegue, qué sé yo. Dice que nunca, nunca en la vida, lo había visto tan furioso, y que no sabe por qué.

—¿Qué cosas dice el viejo? —preguntó Brunetti, que sabía por experiencia que a veces los violentos pregonan sus intenciones con la esperanza de que les impidan llevarlas a cabo.

—Que Ribetti es un granuja, que se casó con ella por el dinero y para apoderarse del *fornace*. Pero, según Assunta, eso del *fornace* sólo lo dice cuando está borracho.

—¿Qué persona en su sano juicio querría hacerse cargo de un *fornace* de Murano hoy en día? —preguntó

Brunetti con vehemencia—. Y menos una persona que no tiene experiencia en la artesanía del vidrio.

—No lo sé.

—¿Por qué te ha llamado?

—Para preguntar si podría ir a hablar contigo —dijo Paola, que parecía un poco incómoda al trasladar la petición.

—Claro que sí, que venga —dijo Brunetti, dándole una palmada en el muslo.

—¿Serás amable con ella?

—Sí, Paola —dijo él inclinándose para darle un beso en la mejilla—. Seré amable con ella.

6

Assunta de Cal llegó a la *questura* poco después de las diez de la mañana siguiente. Un agente llamó a Brunetti desde la entrada para decirle que tenía una visita y acompañó a la mujer al despacho del comisario. Ella se quedó de pie nada más cruzar el umbral, y Brunetti se levantó, fue a su encuentro y le estrechó la mano.

—Me alegro de que volvamos a vernos —dijo, utilizando el plural para evitar tener que optar entre el «tú» y el «usted».

Si en la galería ya le había parecido mayor que su marido, ahora el tono amarillento de la piel y el rictus de la boca acentuaban la impresión. Tenía el pelo recién lavado y se había maquillado, pero no podía ocultar el nerviosismo, o la ansiedad, que la dominaba.

Por lo visto, ella había decidido hacerle extensivo el tratamiento que daba a Paola y lo tuteó al agradecerle su amabilidad y su tiempo.

Brunetti la condujo a las sillas de delante de la mesa, le ofreció una y se instaló en la otra cuando ella se hubo sentado.

—Paola me ha dicho que querías hablarme de tu padre.

Ella estaba erguida en la silla, como una colegiala llamada al despacho del director para recibir una reprimenda. Asintió varias veces.

—Es terrible —dijo al fin.

—¿Por qué lo dices, Assunta?

—Se lo expliqué a Paola —dijo con reticencia, como si le doliera o la violentara repetirlo, o quizá porque confiaba en que Paola se lo hubiera contado todo.

—Me gustaría que me lo explicaras a mí también —la animó Brunetti.

Ella hizo una profunda inspiración, apretó los labios, abrió la boca para lanzar un suspiro y empezó:

—Dice que Marco no me quiere, que se casó conmigo por mi dinero. —No lo miraba al decirlo.

Brunetti comprendía que se sintiera violenta al repetir la observación implícita de su padre acerca de su poco atractivo personal, pero éstas no eran las amenazas de que le había hablado Paola.

—¿Y realmente tienes dinero?

—Eso es lo más disparatado —dijo ella mirándolo y alargando la mano, pero la retiró antes de tocarle el brazo—: No tengo dinero. Tengo la casa que me dejó mi madre, pero Marco tiene la de la suya, en Venecia, que es más grande.

—¿Quién vive en esa casa? —preguntó Brunetti.

—La tenemos alquilada.

—¿Y el alquiler os hace ricos?

Ella se rió.

—No. Él la ha alquilado a su prima, que vive allí con su marido. Pagan cuatrocientos euros al mes. Eso no hace rico a nadie.

—¿Tienes ahorros? —preguntó él, pensando en los muchos casos que había oído contar de personas que reunían una fortuna guardando todo lo que ganaban.

—En absoluto. Gasté casi todos mis ahorros cuando hice restaurar la casa que heredé de mi madre. Pensaba alquilarla y seguir viviendo con mi padre, pero entonces conocí a Marco y decidimos vivir en nuestra propia casa.

—¿Por qué optasteis por vivir en Murano en lugar de Venecia? —Por lo que Vianello le había contado acerca del trabajo de Ribetti, el ingeniero debía de pasar mucho tiempo en el continente, y el desplazamiento era mucho más fácil desde Venecia que desde Murano.

—Yo trabajo en la fábrica y, a veces, si hay algún problema, tengo que ir por la noche. Marco va a *terra ferma* varias veces por semana, pero puede llegar fácilmente a *piazzale* Roma desde Murano, y decidimos quedarnos allí. Además —añadió—, hace mucho tiempo que su prima vive en la casa.

Brunetti entendió que esto era una forma velada de decir que o bien que la prima no dejaría la casa sin un mandamiento judicial o que Ribetti no quería pedirle que se fuera. En realidad no importaba si era por una cosa o por otra, y Brunetti decidió cambiar de tema y, después de buscar la fórmula más conveniente para referirse a la futura herencia, preguntó:

—¿Y en cuanto a perspectivas?

—¿Te refieres al *fornace*? ¿Cuando muera mi padre? —dijo ella.

Bravo por la diplomacia de Brunetti.

—Sí.

—Creo que yo lo heredaré. Mi padre no me ha dicho nada, ni yo le he preguntado, pero ¿qué otra cosa podría hacer?

—¿Tienes idea de lo que pueda valer un *fornace* como el de tu padre?

Brunetti vio que estaba calculándolo.

—Supongo que alrededor de un millón de euros.

—¿Estás segura?

—No lo sé con exactitud, pero no creo equivocarme de mucho. Hace años que llevo la contabilidad y oigo lo que dicen los otros dueños, sé lo que valen otros *fornaci,* o lo que ellos creen que valen. —Miró a Brunetti, desvió la mirada un momento y volvió a mirarlo, y él intuyó que por fin iba a hablarle del verdadero motivo de su visita—. Pero lo que me preocupa es otra cosa.

—¿El qué?

—Creo que mi padre puede estar tratando de vender.

—¿Por qué lo crees?

Ella volvió la cara hacia otro lado y se quedó un rato pensativa, quizá sopesando la respuesta, antes de decir:

—En realidad, por nada en concreto. Nada de lo que pueda estar segura ni expresar con claridad. Es su manera de actuar y algunas de las cosas que dice.

—¿Qué cosas?

—Un día pedí a uno de los operarios que hiciera algo y él, me refiero a mi padre, me preguntó qué sería de mí el día en que ya no pudiera dar órdenes a los operarios. —Calló un momento, para observar la reacción de Brunetti, y prosiguió—: Otra vez, cuando teníamos que hacer el pedido de la arena, dije que deberíamos doblar la cantidad para ahorrarnos gastos de transporte y él respondió que valía más pedir sólo para seis meses. Pero lo dijo de una manera... como si pensara... oh, no sé, como si ya no fuéramos a estar allí al cabo de ese tiempo. O algo así.

—¿Cuánto hace de eso?

—Unas seis semanas, quizá menos.

Brunetti pensó que debía preguntarle si quería beber algo, pero sabía que no debía romper el ritmo que había adquirido la conversación.

—Volviendo a las cosas que tu padre decía de Marco, ¿alguna vez ha hablado de hacerle algo? —Evidentemente, ella sabía que Paola le había contado todo lo que ella había dicho, pero quizá prefiriera simular que no había revelado secretos de familia y dejar que él fuera sonsacándola.

—¿Te refieres a si lo amenazó?

—Sí.

Ella se quedó pensativa, quizá buscando la manera de seguir negándolo. Finalmente, dijo:

—Le he oído mencionar cosas que desea que le pasen. —Era una evasiva, y así lo comprendió Brunetti, pero por lo menos empezaba a hablar.

—Pero eso no es exactamente una amenaza —dijo Brunetti.

—No, desde luego —convino ella, sorprendiéndolo—. Yo sé cómo hablan los hombres, sobre todo los que trabajan en los *fornaci*. Siempre están diciendo que van a romperle la cabeza a alguien, o a partirle una pierna. Es sólo su manera de hablar.

—¿Crees que es así como hay que interpretar lo que dice tu padre?

—Si lo creyera, no estaría aquí —dijo ella con una voz que de pronto se hizo muy grave, casi reprochándole que él pudiera hacer semejante pregunta o tratar su visita tan a la ligera.

—Desde luego —reconoció Brunetti—. Así pues ¿tu padre ha hecho amenazas concretas? —En vista de que ella no parecía dispuesta a responder, insistió—: ¿Te lo ha dicho Marco? —Le pareció conveniente hablar de Marco con familiaridad, para volver a relajar el ambiente o, al menos, para animarla a hablar con más franqueza.

—No. Él nunca repetiría esas cosas.

—¿Cómo te has enterado entonces?

—Por los hombres del *fornace*. Ellos le oyeron... a mi padre.

—¿Quiénes?

—Los trabajadores.

—¿Y te lo dijeron?

—Sí, ellos y otro conocido.

—¿Quieres darme los nombres?

Esta vez ella sí le puso la mano en el brazo para preguntarle con visible inquietud:

—¿Esto les causará problemas?

—¿El que tú me des sus nombres o el que yo hable con ellos?

—Las dos cosas.

—No sé cómo ni por qué. Como tú misma reconoces, los hombres dicen estas cosas y la mayoría de las veces son sólo palabras. Pero, para saber si hay algo más, tengo que hablar con los hombres que oyeron a tu padre. Siempre que ellos quieran hablar conmigo —añadió.

—No sé si querrán —dijo ella.

—Yo tampoco —repuso Brunetti con una pequeña sonrisa de resignación—. No lo sabré hasta que se lo pregunte. —Esperó a que ella diera los nombres y, como no era así, preguntó—: ¿Qué te dijeron?

—A uno le dijo que le gustaría matar a Marco —dijo ella con voz insegura.

Brunetti no perdió el tiempo tratando de explicar que el significado de una frase semejante depende del contexto y del tono. No quería dar la impresión de que pretendía disculpar a De Cal, pero lo poco que había podido observar de aquel hombre le hacía sospechar que era propenso a decir estas cosas sin verdadera intención.

—¿Qué más?

—Que prefería verlo muerto antes que dueño del

fornace. El que me lo contó añadió que mi padre estaba borracho cuando dijo eso, y que hablaba de la historia de la familia y de que no quería que un extraño la profanara. —Ella miró a Brunetti tratando de sonreír, pero con escaso éxito—. Para él, todo el que no sea de Murano es un extraño.

Para distender el ambiente, Brunetti dijo:

—Lo mismo pensaba mi padre de todo el que no fuera de Castello.

Ella sonrió, pero enseguida volvió a lo que estaba diciendo.

—Y no tiene sentido que diga eso. Ningún sentido. Lo último que Marco desearía en este mundo es tener algo que ver con el *fornace*. Cuando yo le hablo del trabajo me escucha, pero sólo por educación. No le interesa en absoluto.

—¿Por qué cree tu padre que le interesa?

Ella movió la cabeza.

—No lo sé. Créeme, no lo sé.

Él esperó un momento y dijo:

—Assunta, me gustaría decir que las personas que hablan de violencia nunca pasan a la acción, pero no es verdad. Generalmente, no cometen actos violentos. Pero hay veces que sí. Hay muchos que lo único que quieren es quejarse y llamar la atención. Pero no conozco a tu padre lo bastante para saber si es de ésos.

Hablaba despacio, con ecuanimidad.

—Me gustaría hablar con esos hombres para hacerme una idea más clara de lo que dijo y cómo lo dijo. —Ella fue a preguntar algo, pero él prosiguió—: No te lo pido como policía, porque aquí no ha habido delito. Simplemente, me gustaría hablar con esas personas y aclarar esto, si es posible.

—¿También con mi padre? —preguntó ella, atemorizada.

—No. A no ser que haya motivo para ello —respondió Brunetti, y era la verdad.

No sentía el menor deseo de volver a hablar con De Cal. Por otra parte, no creía que fuera un hombre muy dado a atender a razones.

—¿Quieres que te dé sus nombres? —preguntó ella bajando la voz repentinamente, como si pensara que así podía eludir la respuesta.

—Sí.

Ella se lo quedó mirando unos instantes y al fin dijo:

—Giorgio Tassini, *l'uomo di notte*. Trabaja para mi padre y para el *fornace* de al lado. Y Paolo Bovo. Éste no trabaja para nosotros, pero le oyó.

Brunetti le pidió las direcciones y ella las anotó en un papel que él le dio. Le pidió que procurase hablar con Tassini fuera del *fornace* y Brunetti accedió, contento de no tener que acercarse a De Cal por el momento.

Brunetti no sabía dar vanas esperanzas a las personas, pero en este caso quería infundir un poco de ánimo.

—Veremos lo que me cuentan —dijo—. La gente suele decir cosas que no piensa, sobre todo cuando se enfada o cuando ha bebido. —Recordando la cara de De Cal, preguntó—: ¿Tu padre acostumbra a beber con exceso?

Ella suspiró otra vez.

—Un vaso de vino ya sería demasiado, y él bebe mucho más que eso. Es diabético y no debería ni probar el alcohol.

—¿Y se excede a menudo?

—Ya sabes lo que ocurre, especialmente con los que

trabajan en las fábricas —dijo ella con la resignación nacida de la costumbre—. Un *ombra* a las once, vino con la comida, un par de cervezas para ayudar a pasar la tarde, sobre todo en verano, con el calor, luego un par de *ombre* antes de la cena, más vino y luego quizá una *grappa* antes de acostarse. Y al día siguiente vuelta a empezar.

Eso era lo que solían beber los hombres de la generación de su padre, lo que habían bebido durante casi toda su vida adulta y, no obstante, él nunca había visto a ninguno dar señales de embriaguez. Y ya puestos, ¿tenían ellos que cambiar de hábitos sólo porque las nuevas generaciones se hubieran pasado al *prosecco* y el *spritz*?

—¿Siempre ha sido igual? —preguntó, y añadió, a modo de aclaración—: No me refiero a la bebida sino a su carácter y al lenguaje violento.

Ella asintió.

—Hace años, tuvo que venir la policía para intervenir en una pelea.

—¿En la que participaba él?

—Sí.

—¿Qué pasó?

—Fue en un bar, alguien dijo algo que le sentó mal... no sé qué, porque no me contó nada, sé lo que pasó por otras personas... entonces él contestó y acabaron a golpes... no sé quién empezó. Alguien llamó a la policía, pero cuando llegaron los agentes los otros hombres ya los habían separado y no pasó nada. No se arrestó a nadie ni hubo denuncia.

—¿Algo más? —preguntó Brunetti.

—Nada que yo sepa. No. —Parecía aliviada de poder poner fin a sus preguntas.

—¿Ha sido violento contigo?

Ella lo miró con la boca abierta.

—¿Qué?

—¿Te ha pegado alguna vez?

—No —dijo ella con tanta vehemencia que Brunetti no pudo por menos que creerla—. Él me quiere. Nunca me pegaría. Antes se cortaría la mano. —Por extraño que parezca, Brunetti también la creyó.

—Comprendo —dijo, y agregó—: Eso debe hacerlo aún más doloroso para ti.

Ella sonrió al oírlo.

—Me alegro de que lo comprendas.

Al parecer, no había nada más que preguntar, y Brunetti le dio las gracias por haber ido a hablar con él y preguntó si deseaba decir algo más.

—Sólo pedirte que arregles esto, por favor —dijo ella, y parecía haber rejuvenecido décadas.

—Lo intentaré —dijo Brunetti, y le pidió el número del *telefonino*, lo anotó y se levantó.

El comisario bajó y salió al muelle con ella. Hacía más calor que cuando él había llegado horas antes. Se estrecharon la mano y ella se dirigió hacia SS Giovanni e Paolo y el barco de Murano. Brunetti se quedó unos minutos en la *riva* mirando al jardín del otro lado y repasando mentalmente su lista de conocidos. Volvió a la *questura* y subió a la oficina de los agentes, donde encontró a Pucetti.

El joven se puso en pie al ver entrar a su superior.

—Buenos días, comisario —saludó.

¿Estaba bronceado? Brunetti había firmado las autorizaciones de los permisos de Pascua, pero no recordaba si el nombre de Pucetti figuraba en alguno de los formularios.

—Pucetti —dijo acercándose a la mesa—, ¿no tiene usted familia en Murano? —Brunetti no recordaba de dónde había sacado esa información, pero estaba casi seguro de que era cierta.

—Sí, señor. Tíos, tías y tres primos.

—¿Alguno que trabaje en los *fornaci*?

Pucetti repasó la lista mental de sus parientes.

—Dos —dijo al fin.

—¿Y son personas con las que puede hablar en confianza? —inquirió Brunetti, sin que fuera necesario especificar que lo que le interesaba era más la discreción que la información que pudieran suministrar.

—Una sí, señor —dijo Pucetti.

—Bien. Me gustaría que le preguntara por Giovanni de Cal. Tiene allí un *fornace*.

—Lo conozco. Está en Sacca Serenella.

—¿Y a él, lo conoce? —preguntó Brunetti.

—No, señor. Pero he oído hablar. ¿Desea saber algo en concreto?

—Sí. Tiene un yerno al que detesta y al que quizá haya amenazado. Me gustaría saber si alguien le cree capaz de cumplir sus amenazas o si son sólo palabras. Y también si se habla de que piense vender el *fornace*.

Brunetti observó que Pucetti reprimía el impulso de saludar al decir:

—Sí, señor. —Y el joven preguntó entonces—: ¿Es urgente? ¿Quiere que llame ahora?

—No, prefiero que esto se haga con la mayor naturalidad posible. ¿Por qué no se marcha usted a su casa, se cambia y va a hablar con él? No quiero que esto parezca... —Brunetti dejó la frase sin terminar.

—¿Que parezca lo que es? —preguntó Pucetti con una sonrisa.

—Exactamente —dijo Brunetti—. Aunque no estoy seguro de saber lo que es.

7

L'uomo di notte, pensaba Brunetti, por definición, trabaja de noche, de manera que, durante el día, se le puede suponer en su casa. Eran poco más de las once, una de las horas más agradables de un día de primavera, y Brunetti decidió ir andando hasta Castello para hablar con Giorgio Tassini y tratar de averiguar qué le había dicho De Cal. Brunetti era consciente de que quizá estuviera incurriendo en *abuso d'ufficio* al servirse de las atribuciones de su cargo para indagar en algo que le interesaba a él personalmente y no a las fuerzas del orden. La idea de que la alternativa a ir hasta Via Garibaldi, dando un paseo y tomando el sol, era volver a su despacho y ponerse a leer los expedientes de los agentes propuestos para un ascenso, le hizo encaminarse hacia la Riva degli Schiavoni.

Torció a la izquierda y bajó hacia Sant'Elena, avivando el paso a medida que el sol disipaba de su cuerpo el entumecimiento invernal. Días como éste ponían de manifiesto el detestable clima que afligía a la ciudad: frío y húmedo en invierno; caluroso y húmedo en verano. Ahuyentó el recuerdo del mal tiempo, vestigio de la melancolía invernal, y miró en derredor con una expresión tan radiante como el mismo día.

Entró en Via Garibaldi, dejando el calor del sol a su espalda. Assunta le había dicho que Tassini vivía frente a la iglesia de San Francesco di Paola, y cuando vio aparecer la iglesia a su izquierda, Brunetti acortó el paso. Encontró el número, leyó los nombres de los rótulos de los tres timbres y pulsó el de más arriba, debajo del cual se leía «Tassini». Como nadie contestaba, volvió a llamar, dejando el dedo en el pulsador el tiempo suficiente para despertar al que dormía. De pronto, sonó por el altavoz un fuerte graznido, seguido del áspero siseo de un mal contacto. Silencio. Llamó por tercera vez y ahora una voz ronca preguntó qué quería.

—Hablar con el *signor* Tassini —dijo él forzando la voz para hacerse oír sobre el siseo y los parásitos.

—¿Qué? —preguntó la voz acompañada de un nuevo chisporroteo.

—*Signor* Tassini —gritó él.

—... molestan... ¿quién...? basta... —dijo la voz.

Brunetti, abandonando todo intento de comunicación, volvió a apoyar el dedo en el botón del timbre y no lo retiró hasta oír el chasquido de la puerta al abrirse.

Subió la escalera y, en una puerta del rellano del tercer piso, vio a una mujer de pelo blanco. Tenía el cutis apergaminado típico de los grandes fumadores y el pelo corto, encrespado por una mala permanente, con un flequillo desigual que le caía sobre las cejas, bajo las que asomaban unos ojos de color verde oscuro, entrecerrados de forma permanente, secuela de décadas de mirar a través del humo. Su cuerpo achaparrado daba la impresión de robustez y vigor. No sonrió al ver a Brunetti, pero la fina malla de sus arrugas se distendió ligeramente junto a los ojos y la boca.

—¿Qué se le ofrece? —preguntó la mujer en puro dialecto de Castello, con una voz casi tan grave como la de él.

Brunetti respondió en dialecto, como parecía lo obligado.

—Me gustaría hablar con el *signor* Tassini, si está en casa —dijo.

—¿Ahora es el *signor* Tassini? —preguntó la mujer ladeando la cabeza—. ¿Qué habrá hecho mi yerno para que la policía se interese por él? —Parecía más intrigada que temerosa.

—¿Tanto se nota, *signora*? —preguntó Brunetti señalando su propia persona con un ademán—. ¿No podría ser el inspector del gas?

—Lo mismo que yo la reina de Saba —dijo ella con una risa que parecía llegar de más allá del estómago. Cuando calló, los dos oyeron lo que parecía un gañido de cachorro, que salía del apartamento. Ella volvió la cara, sin dejar de hablar a Brunetti—. Vale más que pase y hablaremos. He de vigilarlos mientras Sonia hace la compra, ¿comprende?

Mientras se presentaba y le estrechaba la mano, Brunetti se preguntó si una persona de Bolonia, por ejemplo, entendería mucho de lo que decía aquella mujer. Le faltaban unos dientes de arriba, en el lado izquierdo, lo que le hacía arrastrar las palabras, pero era su *veneziano stretto* lo que desafiaba el oído de todo el que no hubiera nacido a menos de cien kilómetros de la laguna. Pero qué bien sonaba a oídos de Brunetti aquel dialecto, tan parecido al que había hablado toda la vida su abuela, que nunca se molestó en usar el italiano, una lengua extranjera, según ella, que no merecía su atención.

La mujer, que tanto podía tener cincuenta años como sesenta, lo condujo a una sala escrupulosamente limpia, en un extremo de la cual había una librería, donde los libros estaban a su aire, de pie, inclinados o tumbados. Frente al sofá, en el que habría estado sentada la mujer, había un pequeño televisor con un ciclamen de invernadero encima, en un tiesto de plástico. En la pantalla, unos personajes de dibujos animados de colores pastel danzaban en silencio, sin el sonido.

Una manta a cuadros cubría el sofá, que en tiempos pudo ser blanco y ahora tiraba a beige. En el centro estaba sentado un niño de unos dos años. Él era el autor del sonido, un gorjeo de júbilo con el que llevaba el compás de las cabriolas que hacían los dibujos de color pastel. Al acercarse los mayores, el niño sonrió a su abuela y dio unas palmadas en el asiento del sofá, a su lado.

La mujer se sentó, puso al niño en su regazo y le dio un beso en la coronilla, que provocó una risita de placer. El niño se volvió de espaldas a la pantalla, se puso de pie y plantó un húmedo beso en la nariz de la mujer. Ella miró a Brunetti, sonrió y arrimó la mejilla a la del niño. Luego, hundiendo la cara en la pequeña nuca, susurró:

—*Zogia mia, vecio mio, ti xei beo.* —Miró a Brunetti con cara de gozo y le preguntó—: *E beo mio puteo?*

Brunetti sonrió y convino en que el niño era un sol, precioso como ninguno y que se parecía mucho a la abuela. Ella entornó los ojos y clavó en Brunetti una mirada larga y reflexiva.

—Los míos ya son mayores —dijo él—, pero recuerdo que cuando tenían esa edad yo me inventaba excusas para poder estar con ellos. Decía que tenía que interrogar a alguien, y me iba a casa a jugar con mis niños.

Ella amplió su sonrisa en un gesto de aprobación. Del fondo del apartamento llegó un sonido ahogado, el inconfundible quejido de un bebé, y Brunetti miró a la mujer, desconcertado.

—Es Emma —dijo ella. Hizo saltar al niño en su regazo y añadió—: Su hermanita gemela. —Estudiando a Brunetti con mirada astuta preguntó—: ¿Cree que podría traerla? Éste se echará a llorar si lo dejo aunque sólo sea un minuto.

Brunetti miró hacia el pasillo.

—El quejido lo guiará —dijo ella, y volvió a hacer saltar al niño.

Él, poniendo en práctica la indicación de la mujer, llegó a una habitación situada a la derecha del pasillo, en la que había dos cunas, cabecera con cabecera. Del techo colgaban sobre ellas móviles de colores vivos y, detrás de los barrotes de las cunas, se veía todo un zoo de peluche. En una de las cunas había una niña, al lado de un elefante casi tan grande como ella. Él se acercó y le dijo:

—Hola, Emma, ¿cómo estás? Qué niña más guapa. Ven, vamos a buscar a la *nonna*, ¿eh?

Brunetti se inclinó y tomó en brazos a la niña. Lo sorprendió sentirla inerte, como un animalito asustado. En aquel momento, volvió a activarse en él un hábito no perdido del todo. Se apoyó en un hombro a la pequeña, advirtiendo su poco peso, y empezó a darle palmaditas en la espalda caliente con la mano derecha mientras la llevaba a la sala, murmurando palabras cariñosas.

—Póngala aquí, a mi lado —dijo la mujer.

Él sentó en el sofá a la niña, que dobló el tronco y

cayó de lado. La pequeña emitió un sonido ahogado, pero no se movió.

Antes de que Brunetti tuviera tiempo de enderezarla, la mujer dijo.

—No, déjela. Aún no puede estar sentada.

A los dos años, sus hijos ya corrían, y Raffi había declarado la guerra a todos los objetos que encontraba a su alcance. Brunetti respondió como si la explicación no le pareciera sorprendente.

—¿La ha visto el médico?

—Ah, los médicos —dijo la mujer utilizando la entonación con la que los venecianos suelen hablar de los médicos.

Se puso en pie, sentó al niño al lado de su hermana, le puso un almohadón al otro lado y sacó un paquete de Nazionale blu del bolsillo del delantal.

—¿Me los vigila mientras salgo a fumar un cigarrillo? Sonia y Giorgio me tienen prohibido fumar dentro de casa, de manera que tengo que salir al descansillo y abrir la ventana —dijo con una amplia sonrisa—. Es justo, supongo. Yo se lo prohibí a Sonia durante años. —Suavizando la sonrisa, añadió—: Por lo menos, con ella dio resultado, no fuma. Tendría que sentirme satisfecha.

Antes de que Brunetti pudiera asentir, la mujer salió a la escalera, dejando la puerta entornada. Él decidió sentarse en la silla situada a la izquierda del sofá para no molestar a los niños. El chico pareció olvidar a su abuela en cuanto ella se fue, y volvió a extasiarse con los regordetes personajes de la pantalla, que ahora saltaban a un río de flores azules. La niña seguía en la misma postura. Brunetti comprobó con asombro la diferencia de tamaño que había entre los gemelos, mientras lanzaba miradas de ansiedad a la puerta, temiendo no saber qué hacer si a uno de los pequeños le ocurría un percance en ausencia de la abuela.

Al cabo de varios minutos, la mujer entró en el apartamento, trayendo consigo olor a tabaco.

—Giorgio no se cansa de repetirme el daño que me hacen los cigarrillos —dijo dando unas palmadas en el paquete, que había vuelto al bolsillo—. Supongo que tiene razón, pero antes de que naciera él yo ya fumaba, de modo que no debe de ser tan malo como dice. —Al ver la sonrisa de escepticismo de Brunetti, añadió—: Cada vez que él me machaca con eso, yo le digo que seguramente la lechuga que él se come es tan peligrosa como mis cigarrillos. —Alzó los hombros, los bajó y suspiró—: Seguramente los dos tenemos razón, pero a estas alturas ya tendría que conocerme lo bastante para saber que no va a conseguir nada, y dejarme fumar en paz. —Otro suspiro y otro encogimiento de hombros—. Pero él va a lo suyo. Como todo el mundo. *Pazienza*.

La mujer volvió a sentarse en el sofá, pero ahora tomó en brazos a la niña y se la sentó en el regazo sosteniéndola por la cintura. Entonces el niño se puso de pie en el asiento y abrazándose al cuello de la abuela le decía secretos al oído entre risas.

—Oh, mira, mira —dijo la mujer señalando a la pantalla y usando esa voz de fingido entusiasmo que siempre parece engañar a los niños —. Mira lo que ponen ahora.

El niño se dejó distraer, se despegó del oído de la abuela y volvió a mirar a la pantalla. Aunque mantenía el brazo alrededor de los hombros de ella, parecía haberla olvidado.

—¿De qué quiere hablar con él? —preguntó la mujer al comisario; la niña permanecía inerte en su regazo.

—Tengo entendido que su yerno trabaja en el *fornace* De Cal —dijo él.

—¿En la fábrica?

—Sí.

—¿Qué desea saber? Es sólo el vigilante.

A Brunetti le sorprendió la reacción de la mujer a lo que parecía una pregunta intrascendente.

—Tengo entendido que allí se han proferido amenazas y me gustaría hablar de eso con su yerno —dijo Brunetti, que no creyó necesario dar más explicaciones.

—Habrá sido sólo un modo de hablar, estoy segura de que fue sin intención.

—¿Usted conoce al *signor* De Cal? —preguntó Brunetti.

La mano que la mujer tenía libre fue automáticamente al paquete de cigarrillos, como buscando apoyo.

—De vista, nunca he hablado con él. Dice la gente que es difícil de tratar. En Murano todo el mundo está enterado de aquella pelea que tuvo en el bar hace un par de años.

—Así pues, ¿su yerno le ha hablado de las amenazas? —preguntó Brunetti.

La mujer dio unas palmadas en el trasero del niño y lo atrajo hacia sí, pero él estaba pendiente de las figuras de la pantalla y no se dejó distraer. Al fin, ella dijo:

—Sí, pero ya le he dicho que fueron sólo palabras. Estoy segura de que no lo dijo en serio.

Entonces, ¿por qué había mencionado la pelea?

—¿Le dijo su yerno cuáles fueron exactamente las palabras?

A Brunetti le pareció que la mujer lo miraba como si se sintiera atrapada, como si él la hubiera obligado a decir lo que no debía y ahora se arrepintiera de haber accedido a hablar con él.

—Él siempre le ha echado la culpa a De Cal —empezó, hablando en voz baja—. Ya sé, ya sé, no hay pruebas, pero Giorgio está convencido. Es lo mismo que con los cigarrillos. Él lo cree así y basta. Hablar no sirve de nada.

Ella miró a la niña y le puso la palma de la mano en la espalda, de forma que se la cubrió por completo.

—Yo he tratado de razonar con él. Sonia también. Y los médicos. Pero no hay nada que hacer. Él lo cree así, y punto.

Brunetti se sentía como si hubiera estado mirando un programa de televisión y, en un momento de distracción, alguien hubiera cambiado de canal con el mando a distancia y ahora se encontrara viendo otra cosa sin saber de qué se trataba.

—¿Y la amenaza? —fue lo único que supo preguntar.

—No sé qué le haría decir aquello. Siempre había sido muy prudente, procuraba no decir las cosas directamente. Pero estoy segura de que todos saben cómo piensa. Allí nadie guarda secretos, y él había hablado con los compañeros. —Levantó las manos con las palmas hacia arriba, como pidiendo la ayuda del cielo—. Hace dos semanas le dijo a Sonia que estaba a punto de conseguir la prueba definitiva. Pero lo había dicho ya tantas veces —añadió la mujer, con tristeza en la cara y en la voz—. Además, todos sabemos que no hay pruebas.

La mujer rodeó al niño con el brazo derecho para atraerlo hacia sí y se enjugó los ojos con la mano izquierda. Retiró la mano de la cara, señaló la librería de la pared de enfrente y dijo con brusca aspereza:

—Debí figurármelo, cuando empezó a leer esas cosas. ¿Cuándo fue? ¿Hace dos años? ¿Tres? No hace más que leer. Tiene ese trabajo tan mal pagado para poder pasarse la noche leyendo. Pero los niños han de comer, todos hemos de comer y, si yo no tuviera este apartamento y no me quedara en casa cuidando de los niños, sabe Dios lo que sería de ellos: Sonia no podría trabajar y, con lo que gana él, se morirían de hambre. —Tenía la voz tensa de indignación y frunció los labios como para escupir—. Y trate usted de conseguir ayuda de este Gobierno... Con todas las pruebas que tienen, con las cartas y los certificados médicos y los resultados de los tests del hospital, ¿qué es lo que les dan? Doscientos euros al mes. Y para mí, nada, a pesar de que tengo que estar aquí con ellos todo el día y no puedo salir a trabajar. Pruebe usted de criar a dos niños con doscientos euros al mes, y ya me dirá.

Los muñecos desaparecieron de la pantalla, y fue como si, de pronto, el niño saliera de un trance y percibiera la indignación de la abuela. Se volvió hacia ella y se abrazó a su cuello.

—Guapa, *nonna*, guapa, *nonna* —dijo acariciándole la cara y arrimándole la mejilla.

—¿Lo ve? —dijo ella mirando a Brunetti—. ¿Ve lo que me ha obligado a hacer?

Él, viendo que la mujer estaba muy alterada y que sería inútil seguir preguntando, dijo:

—De todos modos, me gustaría hablar con su yerno, *signora*. —Sacó la cartera, le entregó una tarjeta y, con el bolígrafo en la mano, preguntó—: ¿Querría darme su número, para que pueda ponerme en contacto con él?

—¿Se refiere al número de su *telefonino*? —preguntó ella con una risa repentina.

Brunetti asintió.

—Él no tiene *telefonino* —dijo la mujer, controlando la voz—. No lo usa porque cree que emite ondas que dañan al cerebro. —Su tono revelaba el poco crédito que daba a la opinión del yerno—. Ya no es sólo que crea que él está contaminado, ahora también piensa que los *telefonini* son peligrosos. ¿A usted qué le parece? —preguntó con verdadera curiosidad—. ¿Cree que esos aparatos estarían autorizados si de ellos salieran rayos que atacaran a las personas?

Volvió a hacer el gesto de ir a escupir, pero de sus labios salió poco más que un resoplido de incredulidad. Le dio el número de teléfono de la casa y Brunetti lo anotó.

Al fin, la agitación de la mujer se contagió a la niña, que empezó a revolverse en el sofá y lanzó un sonido que era muy distinto de los grititos con que su hermano acompañaba el baile de las figuras: parecía un balido, un lamento, la voz de la angustia en una nota muy aguda y sostenida.

—Vale más que se vaya —dijo la mujer—. Cuando empieza, puede estar así durante horas, y no es muy agradable al oído.

Brunetti le dio las gracias, no le tendió la mano ni acarició la cabeza del niño como habría hecho si la pequeña no hubiera empezado a llorar. Abandonó el apartamento, bajó la escalera y salió a la luz del día.

8

Mientras volvía andando a la *questura*, Brunetti iba pensando en un sonido y en una confusión. El sonido era el que salía de la garganta de la niña y que él no habría podido llamar voz, y la confusión, la que había envuelto la extraña conversación mantenida con la abuela: él hablaba de amenazas y ella decía que no tenían importancia, pero, al mismo tiempo, daba a entender que De Cal podía ser peligroso. Repasó todo lo dicho y sólo encontró una explicación: quien había lanzado las amenazas era Tassini, provocado quizá por la intemperancia de De Cal. O esto, o la mujer desvariaba, y Brunetti estaba convencido de que aquella mujer en particular nunca haría tal cosa. Mentir, quizá; disimular, sin duda; pero siempre con coherencia.

Sonó su móvil, y cuando se detuvo para contestar, oyó la voz de Pucetti que decía:

—¿Comisario?

—Sí. ¿Qué hay, Pucetti?

—¿Ya ha comido, señor?

—No —respondió Brunetti, y descubrió que tenía hambre.

—¿Puede ir a Murano a hablar con una persona?

—¿Familiar suyo? —preguntó Brunetti, complacido por la rapidez con que había actuado el joven.

—Sí, señor. Mi tío.

—Con mucho gusto —dijo Brunetti, cambiando de dirección y retrocediendo hacia Celestia, donde podría tomar un barco para Murano.

—Bien. ¿Cuándo calcula que llegará?

—No creo que tarde más de media hora.

—Entonces le diré que lo espere a la una y media.

—¿Dónde?

—En Nanni's —respondió Pucetti—. Está en Sacca Serenella, es donde comen los obreros de las fábricas. Cualquiera le indicará.

—¿Cómo se llama su tío?

—Navarro. Giulio. Estará esperándolo.

—¿Cómo sabré quién es?

—No se preocupe por eso. Él sabrá quién es usted.

—¿Cómo? —preguntó Brunetti.

—¿Lleva usted traje?

—Sí.

¿Se había reído Pucetti?

—Lo reconocerá, comisario —dijo y cortó la comunicación.

Tardó más de media hora en llegar a Murano, porque en Celestia se le escapó un barco y tuvo que esperar al siguiente y lo mismo le sucedió en Fondamenta Nuove. Cuando desembarcó en Sacca Serenella, abordó a un hombre que iba detrás de él y le preguntó dónde estaba la *trattoria*.

—¿Se refiere a Nanni's? —preguntó el hombre.

—Sí, me esperan allí, pero sólo sé que es el sitio al que van los trabajadores.

—¿Y donde se come bien? —preguntó el otro con una sonrisa.

—Eso no me lo han dicho —respondió Brunetti—, pero no estaría de más.

—Venga conmigo —dijo el hombre, torciendo hacia la derecha y llevando a Brunetti por un muelle de cemento que discurría a lo largo del canal, en dirección a un astillero—. Hoy es miércoles —dijo el hombre—. Habrá hígado. Está bien.

—¿Con polenta? —preguntó Brunetti.

—Naturalmente —dijo el hombre mirando de soslayo a aquel hombre que hablaba veneciano y, no obstante, tenía que preguntar si el hígado se servía con polenta.

El hombre torció a la izquierda, dejando el agua a su espalda, y condujo a Brunetti por un camino de tierra que atravesaba un descampado. Al otro lado, Brunetti vio un edificio bajo, de cemento, con lo que parecían regueros de herrumbre que bajaban de los canalones mal ajustados. Delante, había unas cuantas mesas metálicas, oxidadas y cojas, con las patas hundidas en la tierra o afianzadas con trozos de cemento. El hombre llevó a Brunetti entre las mesas hasta la puerta del edificio, que empujó y sostuvo con deferencia.

Brunetti descubrió en el interior la *trattoria* de su infancia. Las mesas estaban cubiertas con papel de estraza blanco y en la mayoría había cuatro cubiertos. Los vasos habían estado limpios un día, y quizá aún lo estaban, pero los muchos años de uso los habían dejado casi esmerilados. Eran anchos y bajos y en ellos cabrían poco más de dos tragos de vino. Las servilletas eran de papel y en el centro de cada mesa había una bandejita metálica con un aceite de sospechosa palidez, vinagre claro, sal, pimienta y palillos en bolsitas individuales.

Brunetti se llevó una sorpresa al ver a Vianello, con pantalón y cazadora vaqueros, sentado a una de las mesas con un hombre mayor que en nada se parecía a Pucetti. Dio las gracias a su guía, le ofreció un *ombra* que el otro rechazó y se acercó a Vianello. Su acompañante se puso en pie y tendió la mano.

—Navarro —dijo estrechando la de Brunetti—. Giulio.

Corpulento, con cuello de toro y tórax poderoso, aquel hombre daba la impresión de haberse pasado la vida levantando pesas. Tenía las piernas un poco arqueadas, como si ya empezaran a ceder, al cabo de décadas de soportar cargas. Se había roto la nariz más de una vez y se la habían arreglado mal o no se la habían arreglado de ninguna manera, y tenía un diente mellado. Aunque ya habría cumplido los sesenta, parecía capaz de levantar en vilo a Brunetti o a Vianello y arrojarlos en mitad del comedor sin gran esfuerzo.

Brunetti se presentó y dijo:

—Gracias por venir a hablar con nosotros —incluyendo a Vianello, aunque no tenía idea de por qué estaba allí el inspector.

Navarro parecía un poco abrumado por esa gratitud tan sin motivo.

—Vivo aquí al lado. No tiene importancia.

—Su sobrino es un buen agente —dijo Brunetti—. Tenemos suerte de poder contar con él.

Esta vez fue el elogio lo que hizo que Navarro desviara la mirada, incómodo. Cuando miró a Brunetti, su expresión se había suavizado, casi enternecido.

—Es el hijo de mi hermana —explicó—. Un buen chico, sí.

—Supongo que él le habrá explicado que deseamos

hacerle unas preguntas acerca de ciertas personas de aquí —dijo Brunetti mientras se sentaban.

—Me lo ha dicho, sí. ¿Quieren hablar sobre De Cal?

Antes de que Brunetti pudiera contestar, se acercó a la mesa un camarero. No traía bolígrafo ni bloc, recitó el menú de carrerilla y les preguntó qué querían.

Navarro dijo que aquellos señores eran amigos suyos, lo que hizo que el camarero repitiera el menú, ahora más despacio, con comentarios y hasta con recomendaciones.

Acabaron por pedir espaguetis con *vongole*. El camarero guiñó un ojo, dando a entender que las almejas habían sido pescadas, quizá ilegalmente, no antes de aquella misma noche, en la laguna. A Brunetti nunca le había gustado mucho el hígado y pidió *rombo* a la parrilla, mientras Vianello y Navarro se decidían por *coda di rospo*.

—*Patate bullite*? —preguntó el camarero al marcharse.

Todos dijeron que sí.

Sin preguntar, el camarero volvió al cabo de un momento con un litro de agua mineral y un litro de vino blanco, que les dejó en la mesa, y se fue a la cocina, donde gritó la comanda.

Como si no hubiera habido interrupción, Brunetti preguntó:

—¿Qué puede decirnos? ¿Trabaja usted para él?

—No —respondió Navarro, que pareció sorprendido por la pregunta—. Pero lo conozco. Aquí todo el mundo lo conoce. Es un cerdo.

Navarro rompió una bolsa de *grissini*. Se puso uno en la boca y se lo comió de un tirón, como un conejo de dibujos animados se come la zanahoria.

—¿Quiere decir con eso que es difícil trabajar para él? —preguntó Brunetti.

—Y que lo diga. Los dos *maestri* que tiene ahora hace dos años que trabajan para él. Que yo sepa, hasta ahora nadie había aguantado tanto.

—¿Por qué? —preguntó Vianello sirviendo vino a todos.

—Porque es un cerdo. —El mismo Navarro advirtió que se estaba repitiendo y añadió—: Haría cualquier cosa para estafar a la gente.

—¿Por ejemplo? —preguntó Brunetti.

Navarro se quedó cortado, como si para él fuera una novedad tener que apoyar un juicio con argumentos. Bebió un vaso de vino, después otro y comió dos *grissini*. Finalmente, dijo:

—Contrata a *garzoni* y los despide antes de que pasen a *serventi*, para no tener que pagarles más. Los tiene un año sin ponerlos en nómina o con contratos de dos meses y cuando tienen que subir de categoría los echa. Se inventa una excusa y coge a otros.

—¿Durante cuánto tiempo puede seguir haciendo eso? —preguntó Vianello.

Navarro se encogió de hombros.

—Mientras haya chicos que necesiten trabajo.

—¿Qué más?

—Discute y se pelea con la gente.

—¿Con quién? —preguntó Vianello.

—Con los proveedores, con los trabajadores, con los hombres de los barcos que le traen la arena o se llevan la mercancía. Si hay dinero de por medio, y en todo esto siempre lo hay, bronca segura.

—Dicen que hace un par de años tuvo una pelea en un bar... —empezó Brunetti, y calló.

—Oh, eso —dijo Navarro—. Probablemente, ésa sea la única vez en que el viejo canalla no empezó la pelea.

Alguien dijo algo que le sentó mal, él contestó y el otro le pegó. Yo no estaba, pero mi hermano lo vio. Y él detesta a De Cal más que yo, de modo que si dice que el viejo no empezó, puede estar seguro.

—¿Y de su hija qué puede decirme? —preguntó Brunetti.

Antes de que Navarro pudiera responder, llegó el camarero con la pasta y les puso los platos delante. La conversación se interrumpió mientras los tres hombres atacaban los espaguetis. El camarero volvió con tres platos vacíos para las conchas.

—*Pepperoncino* —dijo Brunetti, con la boca llena.

—Bueno, ¿eh? —dijo Navarro.

Brunetti asintió, bebió un sorbo de vino y volvió a los espaguetis, que le parecían exquisitos. Tendría que decirle a Paola lo del *pepperoncino*. Tenía que echarle más, estaba muy sabroso.

Cuando los platos de la pasta estuvieron vacíos y los de las conchas llenos, el camarero se los llevó todos y les preguntó qué les había parecido el primer plato. Brunetti y Vianello hicieron entusiastas elogios; Navarro, que era cliente habitual, se consideró dispensado de todo comentario.

El camarero no tardó en volver con un bol de patatas y el pescado. El de Brunetti ya estaba fileteado. Navarro pidió aceite de oliva, y el camarero le trajo una botella de un aceite mucho mejor que el que estaba en la mesa. Con él regaron el pescado, pero no las patatas, que ya tenían su buena dosis en el fondo del bol. Ninguno de los tres habló en un rato.

Mientras Vianello se servía la última patata, Brunetti volvió a su pregunta:

—¿Y qué sabe de la hija?

Navarro terminó el vino y levantó la jarra vacía mirando al camarero.

—Es buena chica, pero se casó con un ingeniero.

Brunetti asintió.

—¿Lo conoce, sabe algo de él?

—Es ecologista —dijo Navarro en el tono que otro usaría para referirse a un pederasta o un cleptómano.

No había más que hablar. Brunetti optó por ahorrarse los comentarios y hacerse el ignorante.

—¿Trabaja aquí, en Murano? —preguntó.

—Ah, no, a Dios gracias —dijo Navarro, tomando el litro de vino blanco de manos del camarero y llenando los tres vasos—. Trabaja en el continente, buscando sitios en los que aún nos dejen echar la basura. —Bebió medio vaso, pensó quizá en las tareas profesionales de Ribetti, y lo vació del todo—. Aquí tenemos dos buenas incineradoras, ¿por qué no hemos de poder quemarlo todo? Y si son cosas peligrosas, enterrarlas por ahí, en el campo, o mandarlas a África o a China. Si pagas, esa gente acepta cualquier cosa. ¿Y por qué no? Allí hay sitio de sobra para enterrar de todo.

Brunetti lanzó una rápida mirada a Vianello, que terminaba sus patatas. El inspector puso el cuchillo y el tenedor en el plato y, tal como temía Brunetti, se dispuso a contestar a Navarro.

—Si construyésemos centrales nucleares, podríamos hacer lo mismo con los residuos y así no tendríamos que importar la electricidad de Suiza y de Francia. —Vianello sonrió valerosamente, primero a Navarro y después a Brunetti.

—Es verdad —dijo Navarro—. No se me había ocurrido, y es buena idea. —Miró a Brunetti sonriendo—. ¿Qué más quiere saber de De Cal?

—Tengo entendido que corre el rumor de que piensa vender el *fornace* —se adelantó a decir Vianello, ahora que se había granjeado las simpatías de Navarro.

—Sí, yo también lo he oído decir —afirmó Navarro, sin mucho interés—. Pero es lo que se dice siempre. —Se encogió de hombros, desechando las habladurías y añadió—: Además, si alguien se lo compra será Fasano. Es el dueño de la fábrica de al lado y, si comprara la de De Cal, no tendría más que unir los dos edificios para duplicar la producción. —Navarro meditó la posibilidad y asintió.

—¿No preside Fasano la Asociación de Vidrieros? —preguntó Vianello en el momento en que llegaba el camarero con otro bol de patatas.

Vianello dejó que le sirviera unas cuantas, pero Navarro y Brunetti no quisieron más.

Navarro sonrió al camarero y, respondiendo a la pregunta de Vianello, dijo:

—Eso es ahora, pero ¿quién sabe lo que se ha propuesto llegar a ser? —Al oír esto, el camarero movió la cabeza de arriba abajo y se fue.

Brunetti, temiendo que la conversación se alejara de De Cal, decidió reconducirla.

—También se dice que De Cal ha amenazado a su yerno.

—¿Se refiere a que ha dicho que lo matará?

—Sí —respondió Brunetti.

—Va diciéndolo por los bares, pero sólo cuando está borracho. Bebe mucho, el muy imbécil —dijo Navarro volviendo a llenarse el vaso—. Es diabético y no debería, pero... —Se interrumpió, pensó un momento y añadió—: Es curioso, pero de unos meses acá se le ha puesto muy mala cara, como si estuviera peor de su enfermedad.

Brunetti, que había visto al viejo una sola vez, hacía varias semanas, no tenía un punto de referencia: le había parecido un anciano debilitado, quizá perturbado, por años de bebida.

—No sé si tengo derecho a hacerle esta pregunta, *signor* Navarro —dijo Brunetti y tomó un sorbo de vino sin ganas—. ¿Usted cree que se trata de una amenaza real?

—¿Se refiere a que realmente vaya a matarlo?

—Sí.

Navarro apuró el vino y dejó el vaso en la mesa. No volvió a servirse y pidió al camarero tres cafés. Después miró a Brunetti y al fin dijo:

—Prefiero no responder a eso, comisario.

El camarero se llevó los platos. Tanto Brunetti como Vianello dijeron que la comida había sido excelente, y Navarro pareció alegrarse de oírlo más que el camarero. Cuando llegaron los cafés, él echó dos bolsitas de azúcar en su taza, lo removió, miró el reloj y dijo:

—Tengo que volver al trabajo, señores.

Se puso de pie y les estrechó la mano, gritó al camarero que la comida era por su cuenta y que se la pagaría al día siguiente. Brunetti fue a protestar, pero Vianello se levantó, extendió la mano otra vez y dio las gracias al hombre. Brunetti hizo otro tanto.

Navarro sonrió al despedirse y dijo:

—Cuiden bien del chico de mi hermana, ¿de acuerdo? —Fue hacia la puerta, la abrió y desapareció.

Brunetti y Vianello volvieron a sentarse. El comisario se terminó el café, miró a Vianello y preguntó:

—¿Te ha llamado Pucetti?

—Sí.

—¿Qué te ha dicho?

—Que venías a Murano y que quizá yo debería venir también.

Sin saber si eso le complacía o no, Brunetti dijo:

—Me ha gustado eso que has dicho de los residuos nucleares.

—Estoy seguro de que en el Gobierno hay muchos que piensan así.

9

—Vaya, vaya, vaya —dijo Vianello mirando hacia la puerta de la *trattoria*. Brunetti, intrigado, fue a darse la vuelta, pero Vianello le puso la mano en el brazo—. No, no mires. —Cuando el comisario volvió a estar de cara a él, Vianello dijo, sin poder disimular la sorpresa—: Lo que ha dicho Navarro es verdad: De Cal tiene mucho peor aspecto que la última vez.

—¿Dónde está?

—Acaba de entrar y ya está tomando un trago.

—¿Solo o con alguien?

—Está con alguien —respondió Vianello—. Y eso es lo más interesante.

—¿Por qué?

—Porque el otro es Gianluca Fasano.

Brunetti profirió un «ah» involuntario y dijo:

—No sólo presidente de la Asociación de Vidrieros de Murano sino, como he oído decir a más de uno y como hasta Navarro parece saber, el hombre que aspira a ser nuestro próximo alcalde.

—Vaya carambola —dijo Vianello levantando el vaso, pero sin beber—. *Complimenti*.

Mantenía la mirada fija en la cara de Brunetti, pero de vez en cuando ladeaba la cabeza para observar. Brunetti se decía que, aunque mirasen en dirección a su mesa, no sería fácil que los reconocieran: él estaba de espaldas y Vianello iba de paisano. La única vez que De Cal lo había visto, vestía de uniforme, y no podría identificarlo sin él. El inspector dijo, moviendo la cabeza hacia los dos hombres:

—Sería interesante saber de qué hablan, ¿verdad?

—De Cal es un fabricante de vidrio y Fasano es el jefe de la asociación —dijo Brunetti—. No creo que haya mucho misterio.

—En la isla hay más de cien *fornaci* —dijo Vianello—. El de De Cal es de los más pequeños.

—Pero De Cal tiene un *fornace* que vender —apuntó Brunetti.

—Y también una hija que puede heredarlo —replicó Vianello. El inspector metió la mano en el bolsillo de la chaqueta y sacó cinco euros—. Por lo menos, podemos dejar propina —dijo, poniendo el billete en la mesa.

—Probablemente, en un sitio como éste, eso puede hacer que al camarero le dé un ataque —dijo Brunetti. Al ver que Vianello se revolvía en su asiento preguntó—: ¿Aún siguen ahí?

—De Cal está pagando. —Al cabo de un minuto, Vianello se levantó de repente—. Quiero ver adónde van.

Brunetti dudaba que De Cal, que estaba fuera de sí la única vez que se habían visto, se acordara de él, pero se quedó en la mesa, dejando que Vianello fuera solo.

Vianello volvió a los pocos minutos. Brunetti se levantó y se reunió con él en la puerta.

—¿Bien? —le preguntó.

—Han ido hasta la *riva*, han girado a la izquierda y, al llegar a un camino de tierra, otra vez han tirado a la izquierda. Luego se han metido en unos edificios que están al otro lado de un descampado.

—¿Llevas el *telefonino*? —preguntó Brunetti.

Vianello sacó el móvil del bolsillo de la chaqueta y lo sostuvo en alto.

—¿Por qué no llamas a ese compañero de clase tuyo que te contó la historia de amor de Assunta y le preguntas dónde está la fábrica De Cal?

Vianello abrió el móvil, buscó el número y llamó. Brunetti le oyó preguntar y luego decir que estaban en el Nanni's. Vio que Vianello asentía a las explicaciones de su amigo, y que le daba las gracias antes de colgar.

—Ahí está la fábrica De Cal: al final de ese camino, los edificios de la derecha. Al lado de la de Fasano.

—¿Crees que eso es importante? —preguntó Brunetti.

Vianello se encogió de hombros.

—En realidad, no lo sé. Si me interesa es por lo que he leído en los periódicos: que, de repente, Fasano ha descubierto la ecología, o su pasión por ella.

Brunetti tenía la vaga idea de haber leído algo similar hacía meses y de que su reacción no fue menos cínica, pero se limitó a preguntar:

—¿No es eso lo que le pasa a la mayoría de la gente con la ecología? —No dijo más, dejando que Vianello cayera, o no, en la cuenta de que así le había ocurrido a él.

—Sí —admitió Vianello a regañadientes—. Quizá sea a causa de su interés por la política. En cuanto alguien dice que piensa optar a un cargo público, yo empiezo a desconfiar de todo lo que hace o dice.

Brunetti, que ya había andado varios pasos por la senda del cinismo, aunque sin llegar tan lejos, dijo:

—Eso mismo dicen de él otras personas, según tengo entendido.

—Es lo que más les gusta a los políticos: dar que hablar —repuso Vianello.

—Vamos, vamos, Lorenzo —dijo Brunetti, que no quería seguir con el tema.

Recordando otra cosa útil que podía hacer en Murano, mencionó la visita de Assunta, añadió que aprovecharía para hablar con uno de los hombres que habían oído al padre amenazar a Ribetti. Le dijo a Vianello que se verían en la *questura*. Fueron juntos hasta la *riva*, y Vianello se desvió hacia la parada de Sacca Serenella, a esperar el 41.

Assunta había dicho que Bovo vivía justo al otro lado del puente, en la calle Drio i Orti, que Brunetti encontró sin dificultad. Llegó hasta la calle Leonarducci sin dar con la casa y retrocedió mirando con más atención. Esta vez encontró el número y vio el nombre de Bovo junto a uno de los timbres. Llamó, esperó y volvió a llamar. Oyó que se abría una ventana y se apartó de la casa para mirar hacia arriba. En una ventana del tercer piso apareció la cabeza de una criatura de edad y sexo indefinidos a aquella distancia, que gritó:

—¿Sí?

—¿Está tu padre? —preguntó Brunetti.

—Está en el bar —fue la respuesta de una voz tan aguda que tanto podía ser de niño como de niña.

—¿En qué bar?

Una mano pequeña señaló hacia la izquierda de Brunetti.

—Ahí abajo —gritó la voz, y la cabeza desapareció.

La ventana seguía abierta, y Brunetti gritó un gracias y dio media vuelta para regresar a la calle Leonarducci. En la esquina había una ventana cubierta hasta media altura con una cortina que había tenido una juventud a cuadros blancos y rojos y ahora tenía una vejez hepática y arrugada. Empujó la puerta de al lado y entró en un local en el que había más humo que en cualquiera de los que había pisado en muchos años. Se acercó a la barra y pidió un café. Hizo como si no viera los tatuajes del camarero, unas serpientes entrelazadas que le rodeaban las muñecas con las colas, le subían por los brazos y desaparecían bajo las mangas de la camiseta. Cuando llegó el café, Brunetti dijo:

—Busco a Paolo Bovo. En su casa me han dicho que lo encontraría aquí.

—Paolo —gritó el camarero hacia una mesa del fondo en la que tres hombres charlaban alrededor de una botella de vino tinto—, aquí el poli quiere hablar contigo.

Brunetti sonrió y preguntó:

—¿Tanto se nota?

La sonrisa del camarero igualaba a la de Brunetti en afabilidad, pero no en el número de los dientes que descubría.

—Todo el que hable tan bien como usted tiene que ser poli.

—Mucha gente habla como yo —dijo Brunetti.

—Pero no preguntan por Paolo —dijo el hombre, frotando el mostrador con un paño sorprendentemente limpio.

Brunetti notó un movimiento a su izquierda y al volverse se encontró frente a un hombre de su misma estatura pero con veinte kilos menos que él. Había perdido todo el pelo, hasta el de las cejas y las pestañas, lo que daba a su piel un tinte pálido y una tersura satinada.

Brunetti tendió la mano diciendo:

—¿*Signor* Bovo? —Al ver que el hombre asentía, preguntó—: ¿Desea beber algo?

Bovo negó con un movimiento de la cabeza. Con voz recia, seguramente, reliquia de su antiguo cuerpo, dijo:

—Estoy bebiendo con unos amigos.

Estrechó la mano de Brunetti, que advirtió en su cara el esfuerzo que le costaba dar firmeza al apretón. Hablaba veneciano con acento muranés, como el que solían imitar Brunetti y sus amigos para bromear.

—¿Qué desea? —preguntó Bovo.

Apoyó un codo en el mostrador y consiguió hacer que el movimiento pareciera natural más que necesario. Brunetti comprendía que, antes de la enfermedad, esta situación hubiera podido estar cargada de agresividad, incluso de peligro; pero, ahora, lo más que ese hombre podía oponer era hosquedad.

—Usted conoce a Giovanni de Cal —afirmó Brunetti, y no dijo más.

Bovo no respondió. Miró al camarero, que fingía no interesarse por la conversación y luego a los hombres que seguían en la mesa. Brunetti lo veía sopesar las posibilidades de impresionar a sus amigos haciéndose el duro, ahora que ya no le quedaba más fuerza que la de las palabras.

—Ese hijo de puta no quiso darme trabajo.

—¿Cuándo fue eso?

—Cuando el hijo de puta del otro *fornace* me despidió —dijo sin más explicaciones.

—¿Por qué lo despidió?

Brunetti observó que la pregunta afectaba vivamente al hombre, vio confusión en sus ojos, como si nunca se hubiera parado a pensar en la causa del despido.

Al fin, Bovo dijo:

—Porque ya no podía levantar las cosas.

—¿Qué cosas?

—Los sacos de arena, los productos químicos, los barriles, las cosas que hemos de llevar de un lado al otro. ¿Cómo voy a levantarlas, si ni soy capaz de atarme los zapatos?

—Lo siento —dijo Brunetti. Esperó un tiempo antes de preguntar—: ¿Y qué pasó?

—Que me marché. ¿Qué iba a hacer? —Bovo se arrimó a la barra para apoyarse en el otro codo.

La conversación no parecía llevar a ninguna parte, y Brunetti decidió volver al punto de partida.

—Me gustaría saber qué oyó decir a De Cal sobre Ribetti y cuáles eran las circunstancias.

Bovo llamó al camarero y le pidió un vaso de agua. Cuando lo tuvo en la mano, lo levantó hacia Brunetti y bebió. Después puso el vaso en el mostrador y dijo:

—Él estaba aquí una noche, después del trabajo. No viene mucho, él suele ir a un bar que está en Colonna, pero aquella noche debía de estar cerrado. —Miró a Brunetti, para ver si le seguía, y Brunetti asintió.

»Lo vi sentado ahí detrás cuando entré. Estaba bebiendo con sus amigos, y presumiendo de los muchos pedidos que tenía, de que la gente siempre prefería sus piezas y que los del museo le habían pedido una para una exposición. —Miró a Brunetti frunciendo los labios, como preguntando si alguna vez había oído algo tan ridículo.

—¿Él lo vio a usted?

—Claro que me vio —respondió Bovo—. Fue hace seis meses. —Lo dijo con orgullo, ufanándose de una presencia, perdida, que no pasaba inadvertida.

—¿Qué sucedió?

—Unos amigos míos estaban en otra mesa y me senté con ellos. No, no estábamos mismamente al lado, había una mesa en medio. Bueno, me senté y supongo que él debió de olvidarse de mí. Al poco, se puso a hablar de su yerno, las burradas de siempre, que si está chiflado, que si se casó con Assunta por el dinero, que no sabe nada de nada y sólo le interesan los animales. Todos se lo habíamos oído decir miles de veces desde que Assunta se casó.

—¿Usted conoce a Ribetti?

—Más o menos —respondió Bovo. Parecía que quería dejarlo ahí, pero, al ver que Brunetti iba a insistir, añadió—: Ella, Assunta, es buena gente, y se nota que él la quiere. Es más joven que ella, y es ingeniero, pero es un buen tipo.

—¿Qué decía De Cal?

—Que le gustaría abrir el *Gazzettino* una mañana y leer que su yerno había muerto en un accidente. En la carretera, en el trabajo, en su casa, no le importaba dónde, al muy cerdo, mientras estuviera muerto.

Brunetti esperaba, y en vista de que parecía que eso iba a ser todo, dijo:

—No estoy seguro de que esas palabras puedan interpretarse como una amenaza, *signor* Bovo. —Y sonrió para suavizar el comentario.

—¿Me deja terminar? —preguntó Bovo.

—Perdón.

—Luego dijo que, si no se moría de accidente, tendría que matarlo él.

—¿Cree que hablaba en serio? —preguntó Brunetti cuando le pareció que Bovo no añadiría nada más.

—No lo sé. Son cosas que se dicen, ¿no? —contestó Bovo, y Brunetti asintió. Cosas que se dicen—. Pero me pareció que el viejo canalla lo haría. —Bebió varios sorbos de agua—. No soporta que Assunta sea feliz.

—¿Ésa es la razón por la que odia tanto a Ribetti?

—Supongo. Y el pensar que un día, cuando él se muera, el yerno pueda mandar en el *fornace*. Yo diría que eso lo pone enfermo. Siempre está diciendo que Ribetti acabará con todo.

—Suponiendo que deje la fábrica a la hija.

—¿Y a quién va a dejársela? —preguntó Bovo.

Brunetti hizo una pausa, reconociendo la evidencia, y dijo:

—Ella conoce el negocio. Y Ribetti es ingeniero. Además, llevan casados lo bastante para que él haya podido aprender algo del negocio.

Bovo lo miró fijamente.

—Quizá sea ésa la razón por la que el viejo piensa que Ribetti acabará con todo.

—No entiendo —confesó Brunetti.

—Si ella hereda, él querrá tomar las riendas, ¿no? —preguntó Bovo. Brunetti mantuvo una expresión neutra, esperando que su interlocutor respondiera a su propia pregunta—. Y ella es una mujer, ¿no? —prosiguió Bovo—. Por lo tanto, le dejará tomarlas.

—No lo había pensado —dijo Brunetti con una sonrisa.

Bovo parecía satisfecho por haber conseguido explicar satisfactoriamente la situación al policía.

—Lo siento por Assunta —dijo.

—¿Por qué?

—Es buena gente.

—¿Es amiga suya? —preguntó Brunetti, pensando que quizá pudiera haber habido algo entre ellos.

Eran de la misma edad, y Bovo tenía que haber sido un tipo impresionante.

—No, no, nada de eso —dijo Bovo—. Es que trató de impedir que el otro hijo de puta me despidiera. Y luego quería darme trabajo, pero su padre no lo consintió. —Se acabó el agua y dejó el vaso en el mostrador—. Así que ahora estoy en el paro. Mi mujer trabaja de asistenta, y yo he de quedarme en casa con los críos.

Brunetti le dio las gracias, puso dos euros en el mostrador y le ofreció la mano. Estrechó la de Bovo con cuidado, le dio las gracias otra vez y se fue.

Para ganar tiempo, el comisario bajó a Faro y tomó el 41 hasta Fondamenta Nuove, donde hizo transbordo al 42, que lo dejaría en la parada del hospital. De allí a la *questura* no había más que unos minutos, a buen paso.

Al entrar, Brunetti tuvo que reconocer que había dedicado casi todo un día de trabajo a algo que en modo alguno podía considerarse un uso legítimo del horario laboral. Además, había implicado en el asunto a un inspector y a un agente, y días antes había utilizado en el mismo caso una lancha y un coche de la policía. A falta de delito, esto no podía llamarse investigación. No era más que el deseo de satisfacer aquella curiosidad suya que debería haber superado hacía años.

Consciente de ello, fue directamente al despacho de la *signorina* Elettra y le complació encontrarla sentada a su escritorio, vestida de primavera. Llevaba un pañuelo rosa en la cabeza, atado al estilo zíngaro, blusa verde y sobrio pantalón negro. El lápiz de labios hacía juego con el pañuelo, lo que llevó a Brunetti a preguntarse si otro día haría juego con la blusa.

—¿Mucho trabajo, *signorina*? —preguntó tras intercambiar saludos.

—No más de lo habitual —dijo ella—. ¿Qué desea, comisario?

—Me gustaría ver qué puede encontrar sobre dos hombres —le dijo él, y vio que la joven se acercaba un bloc—: Giovanni de Cal, que es dueño de un *fornace* en Murano, y Giorgio Tassini, el vigilante nocturno de la fábrica De Cal.

—¿Todo? —preguntó ella.

—Todo lo que pueda, por favor.

Con indiferencia, movida sólo por la misma clase de curiosidad que sentía Brunetti, ella preguntó:

—¿Es para algo?

—En realidad, no —tuvo que admitir Brunetti. Iba a marcharse cuando añadió—: Y Marco Ribetti, que trabaja para una empresa francesa pero es veneciano. Es ingeniero. Su especialidad es la eliminación de residuos, según creo, o la construcción de vertederos.

—Veré qué puedo encontrar.

Él pensó en añadir el nombre de Fasano, pero lo dejó estar. No era más que un palo de ciego, no una investigación propiamente dicha, y ella tenía otras cosas que hacer. Brunetti le dio las gracias y se fue.

10

Pasó un día y después otro. Brunetti no tenía noticias de Assunta de Cal ni se acordaba de ella, ni pensaba en Murano y en las amenazas proferidas por un viejo borracho. Tenía que ocuparse de unos jóvenes —menores, según la ley— que eran arrestados repetidamente, fichados, identificados y luego recogidos por personas que afirmaban ser sus padres o tutores, aunque, por ser gitanos, pocos podían presentar documentos que lo acreditaran.

Y entonces, en un suplemento dominical, apareció un sensacional reportaje sobre el destino que tenían tales jóvenes en más de una ciudad sudamericana, donde, al parecer, eran ejecutados por patrullas de policías fuera de servicio.

—Bueno, nosotros aún no hemos llegado a tanto —musitó Brunetti cuando acabó de leer el reportaje.

Sus conciudadanos tenían rasgos que Brunetti aborrecía, dada su condición de policía: su predisposición para convivir con el delito, su desconfianza de la ley, su resignación frente a la ineficacia del sistema judicial. «Pero nosotros no disparamos contra los niños en la calle porque roben naranjas», se dijo, aunque no estaba seguro de que eso fuera motivo suficiente para enorgullecerse.

Como el epiléptico que presiente la inminencia de un ataque, Brunetti sabía que iba a deprimirse si no ahuyentaba esos pensamientos y, para ello, no había mejor medio que el trabajo. Sacó su libretita y buscó el número de teléfono que le había dado la suegra de Tassini. Contestó un hombre.

—¿*Signor* Tassini? —preguntó Brunetti.

—Sí.

—Comisario Guido Brunetti, *signore.* —Calló, esperando la pregunta de Tassini, pero, en vista de que no llegaba, prosiguió—: Deseo saber si querría dedicarme unos minutos, *signor* Tassini. Me gustaría hablar con usted.

—¿Es el que estuvo aquí? —preguntó Tassini sin disimular su desconfianza.

—El mismo —respondió Brunetti afablemente—. Hablé con su madre política, pero ella no pudo darme información.

—¿Sobre qué? —preguntó Tassini con voz neutra.

—Sobre su lugar de trabajo, *signore* —Y, una vez más, se quedó esperando la respuesta de Tassini.

—¿De qué se trata?

—De algo relacionado con su patrono, Giovanni de Cal. Por eso he procurado ponerme en contacto con usted fuera de su lugar de trabajo. Es preferible que él no se entere de nuestro interés. —Era cierto, pero no lo era menos que De Cal podía ocasionar muchos problemas si se enteraba de que, en realidad, Brunetti estaba realizando una investigación por su cuenta.

—¿Tiene algo que ver con mi queja? —preguntó

Tassini, a quien pudo más la curiosidad que el recelo.

—Por supuesto —mintió Brunetti descaradamente—. Y también sobre un informe que nos ha llegado sobre el *signor* De Cal.

—¿Un informe de quién?

—Lo lamento, pero eso no puedo revelárselo, *signor* Tassini. Usted comprenderá que nuestros informes son confidenciales. —Brunetti esperó a ver si Tassini se lo tragaba y, cuando su silencio así se lo indicó, preguntó—: ¿Podríamos hablar?

Después de unos instantes de vacilación, Tassini preguntó:

—¿Cuándo?

—Cuando usted diga, *signore.*

La voz de Tassini sonó un poco menos serena que antes al decir:

—¿Cómo ha conseguido este número?

—Me lo dio su suegra —dijo Brunetti. Suavizando el tono y poniendo en la voz una nota casi de vergüenza, añadió—: Ella me dijo que usted no tiene *telefonino, signor* Tassini. Personalmente, le felicito por esa decisión —terminó con una risa breve.

—¿También usted piensa que son peligrosos? —preguntó Tassini de inmediato.

—Por lo que he leído, yo diría que hay razones para creerlo así —dijo Brunetti.

Por lo que él había leído, también había buenas razones para creer que los coches, la calefacción central y los aviones eran peligrosos, pero era una opinión que prefirió reservarse.

—¿Cuándo quiere que nos veamos? —preguntó Tassini.

—Si dispone de tiempo, ahora mismo. Podría estar en su casa dentro de quince minutos.

La línea pareció estar vacía durante un rato, pero Brunetti resistió la tentación de hablar.

—De acuerdo —dijo Tassini—. Pero en mi casa, no. Delante de San Francesco di Paola hay un bar.

—¿En la esquina, antes de llegar al parque? —preguntó Brunetti.

—Sí.

—Lo conozco. Es donde dibujan corazones en la *schiuma* del *cappuccino*, ¿verdad?

—Sí —respondió Tassini suavizando el tono.

—Estaré allí dentro de quince minutos —dijo Brunetti, y colgó.

Al entrar en el bar, Brunetti buscó con la mirada a un hombre que pudiera ser el vigilante nocturno de una fábrica de vidrio. En la barra, un cliente tomaba café y conversaba con el camarero. Un poco más allá había dos hombres, con sendas tazas de café delante, y otro con una cartera de documentos apoyada en la pierna. Al extremo de la barra, un hombre con una nariz muy grande y una cabeza muy pequeña echaba monedas de un euro en una máquina de póquer. Sus movimientos seguían un ritual mecánico: echar moneda, pulsar botón, esperar resultado, volver a pulsar, volver a esperar, tomar dos rápidos sorbos de una copa de vino tinto, echar otra moneda...

Brunetti los descartó a todos, lo mismo que a un muchacho que estaba al lado del jugador de póquer y que bebía lo que parecía un *gingerino*. Junto a la pared del fondo, había cuatro mesas: a una de ellas estaban sentadas tres mujeres, cada una con una tetera y una taza ante sí. Se pasaban fotos y lanzaban exclamaciones de entusiasmo que parecían lo bastante sinceras como para suponer que las fotos eran de un bebé y no de unas vacaciones. En la última mesa, en el ángulo que quedaba detrás de la barra, había un hombre que miraba a Brunetti. Tenía delante un vaso de agua y, cuando Brunetti fue hacia él, levantó el vaso con la mano izquierda como si brindara.

El hombre se puso de pie y estrechó la mano a Brunetti.

—Tassini —dijo. Era alto, de unos treinta y cinco años, con unos ojos grandes y oscuros muy separados, y una nariz que parecía muy pequeña para el espacio que había. Tenía las mejillas hundidas, semicubiertas por una barba descuidada y un poco canosa. Era una cara que Brunetti había visto en infinidad de imágenes: la cara de Cristo martirizado—. ¿El comisario Brunetti? —preguntó.

Brunetti le estrechó la mano y le dio las gracias por acceder a hablar con él.

—¿Qué desea tomar? —preguntó Tassini cuando Brunetti se hubo sentado, levantando una mano para atraer la atención del camarero.

—Ya que estoy aquí —dijo Brunetti con una sonrisa—, creo que debo tomar un *cappuccino,* ¿no le parece?

Tassini se lo pidió al camarero y los dos hombres se quedaron un rato en silencio.

Al fin Brunetti dijo:

—*Signor* Tessini, como le he dicho por teléfono, nos gustaría hablar con usted de Giovanni de Cal, su patrono. —Antes de que Tassini pudiera preguntar, Brunetti añadió con su voz más grave—. Y de la queja de usted, por supuesto.

—¿Así que ya han empezado ustedes a tomarme en serio, eh?

—Nos interesa mucho todo lo que tenga que decir —dijo Brunetti.

La llegada del camarero con el *cappuccino* le ahorró la necesidad de extenderse sobre el tema. Tal como suponía, la espuma había sido vertida con un movimiento que había formado el dibujo de un corazón en la superficie. Abrió un azucarillo, lo echó en la taza y, al removerlo, rompió el corazón.

—¿Qué me dice entonces de mis cartas? —preguntó Tassini.

—En parte, ellas son la causa de que yo esté aquí, *signor* Tassini.

Brunetti tomó un sorbo de café. Aún estaba muy caliente y volvió a dejar la taza en el plato, para que se enfriara.

—¿Las ha leído?

Brunetti le lanzó su mirada más sincera.

—Normalmente, si esto formara parte de una investigación oficial, me temo que ahora le mentiría y le diría que sí —dijo tratando de mostrarse cohibido por la confesión—. Pero en este caso, quiero serle franco desde el principio. —Antes de que Tassini pudiera responder, prosiguió—: Están en una carpeta que guarda otro departamento. Pero personas que las han leído me han hablado de ellas, y nos han enviado fragmentos.

—Pero si estaban dirigidas a ustedes —insistió Tassini—. Es decir, a la policía.

—Sí —reconoció Brunetti asintiendo con la cabeza—. Pero nosotros somos detectives, y esas cosas no se nos pasan automáticamente. Las cartas fueron al departamento de quejas, y ellos abrieron un expediente. Pero hasta que esos expedientes son procesados y trasladados a las personas encargadas de la investigación, pueden transcurrir meses. —Observó el gesto de ansiedad de

Tassini, le vio abrir la boca para protestar y añadió, bajando la cabeza con fingida contrición—: O más.

—Pero ¿está informado de ellas?

—Como le decía, me han hablado de sus cartas, pero lo que tengo es información de segunda mano. —Brunetti miró a Tassini y abrió mucho los ojos, para dar a entender que se le había ocurrido otra posibilidad—. ¿Podría usted explicármelo de palabra, para que yo me haga una idea? Eso podría ahorrar tiempo.

Al ver la expresión de alivio de Tassini, Brunetti se sintió un poco asqueado por lo que acababa de hacer. Nada más fácil ni más ruin que aprovecharse de la necesidad ajena. Levantó la taza y bebió varios sorbos de *cappuccino.*

—Se trata de la fábrica —empezó Tassini—. Por lo menos eso ya lo sabe, ¿no?

—Desde luego —respondió Brunetti asintiendo ligeramente con hipocresía.

—Es una trampa mortal —dijo Tassini—. Allí hay de todo: potasio, ácido nítrico y ácido fluorhídrico, cadmio, hasta arsénico. En medio de todas esas cosas trabajamos nosotros, respirándolas, probablemente, hasta mascándolas.

Brunetti asintió. Todo veneciano sabía eso, pero ni siquiera Vianello había sugerido que en Murano existiera un serio peligro para los trabajadores. Y si alguien podía saberlo, ése era Vianello.

—Y por eso pasó lo que pasó —dijo Tassini.

—¿Qué pasó, *signor* Tassini?

Tassini entornó los ojos en una mirada cargada de lo que Brunetti sabía que era suspicacia. No obstante, respondió:

—Mi hija.

—¿Emma? —preguntó Brunetti de inmediato. Y luego, con algo muy parecido al desprecio de sí mismo, añadió—: Pobrecita.

Esto fue decisivo. Tassini ya era suyo. Vio cómo de la cara de Tassini desaparecían la reserva, el recelo, la discreción.

—Fue por eso —dijo Tassini con el calor de la convicción en la voz—. Por todas esas cosas con las que he trabajado todos estos años, respirándolas, tocándolas, impregnándome de ellas. —Juntó las manos apretando los puños—. Y por eso escribo esas cartas, aunque nadie las tome en consideración. —Miraba a Brunetti con la cara iluminada por la esperanza, o el amor, o una emoción que el comisario prefirió no identificar—. Usted es el primero que me ha hecho caso.

—Cuéntemelo todo —se obligó a decir Brunetti.

—Yo he leído mucho —empezó Tassini—. Siempre estoy leyendo. Tengo ordenador y busco cosas en internet, y he leído libros de química y de genética. Y ahí está todo, está todo. —Golpeó la mesa con el puño tres veces mientras repetía—: Está todo.

—Continúe.

—Esas cosas, especialmente los minerales, pueden atacar la estructura genética. Y una vez afectados los genes, nosotros transmitimos el daño a nuestros hijos. Sus genes están dañados. Usted ya está enterado de las cartas, sabe lo que describo en ellas. Pero si lee los informes médicos, verá que están equivocados. —Miró a Brunetti—. ¿Ha visto las fotos?

Aunque Brunetti había visto a la niña y hubiera podido seguir mintiendo, no quiso. Para todo había un límite.

—No.

—Bien —suspiró Tassini—. Quizá sea mejor. Además, como ya sabe lo que ocurre, tampoco hace falta que las vea.

—¿Y qué dicen los médicos?

La vehemencia de Tassini desapareció de repente, como si la mención de los médicos lo devolviera al mundo de los escépticos.

—No quieren complicarse la vida.

—¿Y eso?

—Ya vio lo que pasó en Marghera, con esa gente que protestaba y pedía que lo cerrasen todo. Imagine si se supiera lo que ocurre en Murano.

Brunetti asintió.

—Entonces ya ve por qué tienen que mentir —dijo Tassini con vehemencia—. He tratado de hablar con los del hospital, para que le hicieran pruebas a Emma. Y a mí. Yo sé dónde está la causa del mal. Sé por qué la niña está así. No tienen más que hacer la prueba adecuada y encontrarán lo que yo tengo y lo que tiene ella, y sabrán lo que ha pasado. Si admitieran lo que le ha pasado a Emma, tendrían que admitir los demás daños, las enfermedades, las muertes. —Hablaba con convicción y premura, invitando a Brunetti a comprender y asentir.

De pronto, Brunetti descubrió que se había metido en un atolladero del que no sabía cómo salir.

—¿Y su patrono?

—¿De Cal?

—¿Cree que él lo sabe?

Tassini volvió a mudar de expresión y esbozó un símil de sonrisa que no era tal.

—Sí, lo sabe. Los dos lo saben, pero tienen que taparlo, ¿verdad? —dijo, y Brunetti se preguntó cómo podía Assunta estar implicada en eso.

—¿Tiene usted pruebas? —preguntó Brunetti.

Tassini sonrió con malicia.

—Tengo una carpeta donde lo guardo todo. El nuevo trabajo me deja tiempo libre para buscar las pruebas definitivas. Estoy a punto de conseguirlas. —Miró a Brunetti con unos ojos encendidos con la luz del que ha encontrado la verdad—. Lo guardo todo en la carpeta. Leo mucho, y eso me ayuda a entender las cosas. Me mantengo al corriente de todo. —Con una mirada de astucia, añadió—: Pero tendremos que esperar acontecimientos, ¿no?

—¿Por qué?

Brunetti no estaba seguro de que Tassini hubiera oído su pregunta, porque, por toda respuesta, dijo:

—Nuestros hombres más grandes sabían estas cosas mucho antes que nosotros, y ahora también yo las sé.

Desde que se había mencionado a su hija, Tassini había ido alterándose. Cuando empezó a hablar de la carpeta y de la información que guardaba en ella, Brunetti, desconcertado, decidió que había llegado el momento de desviar la conversación otra vez hacia De Cal.

Inclinó la cabeza en una actitud que denotaba profunda concentración, miró a Tassini y dijo:

—En cuanto llegue a la *questura*, miraré nuestro expediente. —Movió un poco la taza hacia un lado para marcar el cambio de dirección de la conversación y prosiguió—: Me gustaría que me contestara unas preguntas acerca de su patrono, Giovanni de Cal.

Tassini se quedó cortado, sin disimular la sorpresa ni la decepción, justo cuando había empezado a hablar de los grandes hombres que coincidían con sus ideas. Sacó un pañuelo no muy limpio del bolsillo de la izquierda y se sonó. Guardó el pañuelo y preguntó:

—¿Qué quiere saber?

—Se nos ha informado de que el *signor* De Cal ha amenazado la vida de su yerno. ¿Sabe usted algo de esto?

—Bueno, tiene sentido, ¿no? —dijo Tassini.

Brunetti le dirigió una sonrisa de ligera confusión y dijo:

—Me parece que no le sigo. —Sonrió otra vez, para subrayar su creencia de que allí tenía que haber una línea de razonamiento, a pesar de que todo hacía sospechar que no.

—Para impedir que herede el *fornace*.

—Pero ¿no debería ser la hija la que lo heredara? —preguntó Brunetti.

—Sí. Pero entonces Ribetti podría entrar y salir cuando quisiera —dijo Tassini, como si esto fuera una obviedad que no requería explicación.

—¿Es que ahora no va? —A su espalda sonó un teléfono, no un *telefonino* sino un teléfono de verdad.

Tassini se rió.

—Una vez oí decir al viejo cabrón que lo mataría. Eran sólo palabras, pero si lo viera en el *fornace*, probablemente, lo intentaría.

Cuando Brunetti iba a pedir a Tassini que le aclarara sus palabras, el camarero gritó:

—Giorgio, tu mujer. Quiere hablar contigo.

Tassini se levantó con cara de pánico y movimientos torpes, fue rápidamente hacia la barra y cogió el aparato que le tendían. Se inclinó sobre el teléfono, de espaldas al camarero y a Brunetti.

El comisario, que lo observaba, vio que al cabo de un momento se relajaba, pero sólo mínimamente. Escuchó, dijo unas palabras y volvió a escuchar, ahora más tiempo. A medida que avanzaba la conversación, él iba irguiendo el cuerpo hasta alcanzar su estatura normal.

Dijo algo más, colgó, miró al camarero y le dio las gracias. Sacó unas monedas y las dejó en el mostrador.

Al volver a la mesa, dijo:

—Tengo que irme. —La expresión de su cara decía que ya se había ido, que ya se había olvidado de Brunetti, o lo había descartado por insignificante.

Brunetti echó la silla hacia atrás y se levantó, pero Tassini ya estaba en la puerta. Abrió, salió y cerró.

11

La conversación, el interrogatorio o lo que fuera que había mantenido con Tassini, dejó descontento a Brunetti. Lo contrariaba la forma en que lo había inducido a hablar de su hija, con engaños. ¿Quién podía saber lo que el pobre hombre sufría por causa de la niña? ¿Y qué efecto le producía la presencia del hermano sano? ¿Era un consuelo que, por lo menos, uno de los dos no estuviera disminuido? ¿O su salud y vitalidad acentuaban el sufrimiento por contraste con la profunda minusvalidez de la pequeña?

Brunetti, sin ser religioso ni supersticioso, si en aquel momento hubiera sabido a qué divinidad dirigirse, le habría dado las gracias por la salud y seguridad de sus hijos. No obstante, nunca se sentía del todo libre del temor de que pudiera pasarles algo. La preocupación era constante. Unas veces, veía esta manera de ser con benevolencia, considerándola un componente femenino de su carácter; otras, por el contrario, le parecía una forma de cobardía que lo mortificaba. Paola, que no perdía ocasión de hacerle sentir el toque cáustico de su lengua, nunca hacía alusión a esta tendencia, señal de que la consideraba consustancial con su carácter y, por lo tanto, inatacable.

Brunetti llegó a la *questura* sumido en estas cavilaciones y, buscando la manera de ahuyentarlas, fue directamente al despacho de la *signorina* Elettra. Quizá el *vicequestore* había encontrado una nueva directriz que marcara la estrategia para tratar a los adolescentes reincidentes.

Ella sonrió al verlo entrar y preguntó:

—¿Se lo ha dicho Vianello?

—¿Decirme qué?

—Que viniera a verme cuando hubiera hablado con el *signor* Tassini.

—No, no lo he visto. ¿Qué ha encontrado?

Ella levantó un fajo de papeles, lo agitó en el aire, luego lo puso en la mesa y fue enumerándolos uno a uno:

—El informe del altercado del *signor* De Cal, sin arresto; el permiso de conducir de Ribetti y su expediente de conductor, es lo único que tenemos de él en el archivo; el informe del arresto de Bovo, por agresión, aunque data de hace seis años; las copias de las cartas que ha estado enviando Tassini desde hace más de un año y los historiales médicos de su esposa y su hija.

Aún quedaban encima de la mesa varios papeles cuando ella acabó de hablar.

—¿Y ésos? —preguntó Brunetti.

Ella lo miró con gesto de contrición.

—Son copias de las declaraciones de la renta de De Cal de los seis últimos años. Una vez me pongo a buscar, no sé parar. —Sonrió con lo que una persona menos sagaz hubiera podido tomar por sincero remordimiento.

Brunetti asintió dando a entender que también él sabía lo que era el espíritu del cazador.

—Lo más interesante son los informes médicos, especialmente si los coteja con las cartas de Tassini.

—¿Me explica lo que ha visto en ellos o prefiere que los lea y luego cambiamos impresiones? —preguntó él, muy serio.

—Creo que eso será lo mejor —dijo ella entregándole los papeles—. Pero ya subiré yo a su despacho cuando usted quiera que los comentemos. No estoy segura de que al *vicequestore* le hiciera mucha gracia encontrarnos leyendo documentos de un caso inexistente.

Él le dio las gracias, tomó los papeles y subió a su despacho a leerlos. Aunque Brunetti confiaba en el criterio de la joven, respecto a que los primeros documentos no encerraban gran interés, los leyó de todos modos, y sacó la misma conclusión. El informe de la policía exoneraba a De Cal de intento de agresión; el relacionado con Bovo indicaba todo lo contrario, pero el caso se archivó cuando la otra parte retiró los cargos; y el historial de Tráfico de Ribetti era impecable.

Brunetti pasó a los informes médicos. Vio varias anotaciones y, encima de la primera, en la letra de la *signorina* Elettra: «Barbara lo ha revisado.» Su hermana, por ser médico, estaba capacitada para valorar los informes y, a juzgar por las anotaciones que había hecho al margen en lápiz, los había examinado con atención.

El caso que revelaban los informes era muy triste. Una mujer embarazada decidía, de acuerdo con su marido, dar a luz en su domicilio. Aun a sabiendas de que era un parto doble, ambos mantuvieron su decisión. En el informe de los reconocimientos de obstetricia se leía «*tutto normale*» escrito en lápiz en el margen. Dos semanas antes de salir de cuentas, la mujer fue sometida a un examen no programado. En el informe se recomendaba una cesárea y se hacía constar la indicación: «Rechazada por la paciente.» En el margen había un signo de admiración.

Un intervalo de dos semanas y, al volver la hoja, Brunetti se encontró con el informe del nacimiento de dos criaturas, en el que se decía que una de ellas y la madre estaban en la *sala di rianimazione*. En una nota al margen se leía: «Adjunto informe 118 de llamada telefónica recibida a las 3.17 AM», lo que remitía a Brunetti a la última hoja, en la cual se describía brevemente la petición de asistencia médica, y se indicaba que el barco ambulancia había salido a las 3.21. Cuando, diecisiete minutos después, el equipo médico llegó a Murano, la *signora* Sonia Tassini ya había dado a luz una criatura. La segunda se había quedado atrapada en el canal del parto. La ambulancia llegó al Ospedale Civile a las 4.16, lo que denotaba una rapidez sorprendente.

Brunetti volvió al informe médico. El segundo alumbramiento, mediante cesárea, fue difícil tanto para la madre como para la criatura, que, al parecer, había estado sin oxígeno durante los minutos finales.

Sara Tassini permaneció en el hospital más de dos semanas, aunque al quinto día fue dada de alta. La segunda criatura, una niña a la que se impondría el nombre de Emma, había permanecido en *rianimazione* cuatro días más y había sido trasladada a una habitación con su madre y su hermano, donde estuvieron una semana. Cuando salieron se indicó a la madre que cada dos semanas debía llevar a la niña al hospital, donde se le harían pruebas y se seguiría su desarrollo tanto físico como neurológico.

Durante los seis primeros meses, los Tassini iban al

hospital con la niña, pero no habían acudido a las diversas instituciones de asistencia a personas en circunstancias similares. Al leer «circunstancias similares», Brunetti murmuró «*Gesù Bambino*» y volvió la página. Se decía en el informe que la niña era más pequeña de lo normal y que seguramente seguiría siéndolo toda su vida. Aunque su grado de discapacidad sólo podría apreciarse con el tiempo, todos los médicos que la habían examinado atribuían el daño a la falta de oxígeno que había padecido el cerebro durante el nacimiento, y afirmaban que era irreversible.

Como eran muchos los cuidados que precisaba la niña, cuando los gemelos tenían seis meses, la familia se mudó a casa de la madre de la *signora* Tassini, viuda y con domicilio en Castello. A partir de entonces, la *signora* Tassini dejó de llevar a su hija al hospital, y las cartas de Tassini empezaron a llegar a la policía y a otras varias oficinas municipales. Meses después, la *signora* Tassini se sometió a un tratamiento contra la depresión en Palazzo Baldù. Padecía ansiedad, provocada por un sentimiento de culpabilidad por haber consentido en dar a luz en casa, a instancias de su marido.

Se acompañaba un informe de Palazzo Boldù en el que se reflejaba su gradual recuperación de la depresión. Aunque seguía culpándose, decía el informe, el sentimiento ya no la incapacitaba. Por otra parte, la *signora* Tassini manifestaba que su marido estaba todavía muy afectado, pero que él trataba de combatir la depresión buscando otras explicaciones a la desgracia de la niña. Decía que, durante algún tiempo, la había atribuido a la contaminación de los alimentos que constituían su dieta vegetariana, después a la incompetencia de los médicos y, más adelante, a un defecto genético. Durante sus conversaciones con el médico, ella en ningún momento aludió a las cartas que escribía su marido, lo que hizo pensar a Brunetti que quizá ignoraba su existencia.

Brunetti pasó a las cartas de Tassini casi con alivio. En ellas aparecían los distintos presuntos culpables de los que había hablado la esposa, y se mencionaba, además, la negligencia de los sanitarios del barco y del personal de la sala de partos. Luego salían a relucir los genes y las enfermedades genéticas que, afirmaba, estaban agravadas por el transformador instalado a una travesía de distancia de su casa de Murano. Tassini atribuía el estado de su hija también al aire que llegaba a la ciudad desde Marghera, pero más adelante afirmaba que la discapacidad se debía a la circunstancia de que él trabajaba en una fábrica de vidrio de Murano. Sorprendía la aparente lucidez de las primeras cartas, el estilo claro y coherente, con múltiples referencias a informes y documentos científicos concretos que ofrecían pruebas en apoyo de sus aseveraciones.

El mal responsable de la desgracia de los Tassini tenía propiedades camaleónicas: cambiaba y volvía a cambiar a medida que Tassini leía libros y más libros e indagaba en internet. Pero el culpable siempre estaba fuera, siempre era otro; nunca sus ideas ni su comportamiento. Brunetti no sabía si llorar por él o agarrarlo de los hombros y sacudirlo hasta que reconociera lo que había hecho.

La última carta estaba fechada hacía más de tres semanas y aludía a nueva información que Tassini estaba recopilando, nuevas pruebas que pronto podría aportar, para demostrar que él había sido la víctima inconsciente de la conducta delictiva de dos personas. Decía que ahora podía probar sus afirmaciones y que no tenía que hacer más que lo que él llamaba dos «comprobaciones» para confirmar sus sospechas.

Brunetti releyó las cartas y se reafirmó en la impresión que le había producido la primera lectura: que, con el tiempo, el estilo se había deteriorado, la redacción había perdido coherencia, y las últimas le recordaban las acusaciones anónimas que solía recibir la policía. La relación a la que se había referido la *signorina* Elettra era sin duda la existente entre la progresiva manifestación de la discapacidad de la niña y la creciente obcecación que reflejaban las cartas de Tassini.

Cuando terminó la segunda lectura, Brunetti dejó caer las cartas en la mesa. Paola le había hablado una vez de una epopeya medieval rusa que había leído cuando estudiaba en la universidad y que tenía por título el nombre del protagonista: *Amargo Sinsuerte Malaventura*. Pues eso.

La lectura de los papeles le hizo olvidar la recomendación de la *signorina* Elettra de que debían comentarlos en el despacho de él, y sin darse cuenta los recogió y bajó a hablar con ella. Si la sorprendió verlo entrar con los papeles en la mano, no lo demostró. Sólo dijo:

—Horrible, ¿verdad?

—Yo he visto a la niña.

El gesto de cabeza con que ella respondió tanto podía significar que ya lo sabía como que ahora se enteraba.

—Pobre gente.

Brunetti dejó que se prolongara el silencio antes de preguntar:

—¿Qué opina de las cartas?

—Él tiene que culpar a otro, ¿no cree?

—La mujer no parece sentir esa necesidad —dijo

Brunetti con cierta aspereza—. Ella comprende que los responsables de lo ocurrido son ellos dos y nadie más.

—Las mujeres tenemos... —empezó a decir ella, pero se interrumpió.

Brunetti esperaba, y como ella permanecía en silencio, la azuzó:

—¿Tienen qué?

Ella, con una mirada, puso al comisario en una balanza, lo pesó y luego dijo:

—Tenemos menos dificultad para aceptar la realidad, supongo.

—Posiblemente —respondió él, oyendo en su propia voz ese tono de media duda con el que los obstinados reciben una explicación cargada de sentido común—. Probablemente —rectificó, y ella suavizó el gesto.

—¿Y ahora qué? —preguntó la joven.

—Me parece que lo único que puedo hacer es esperar a que él se ponga en contacto conmigo y me dé esas pruebas de que habla.

—No parece muy convencido.

Con una mirada de escepticismo, Brunetti respondió:

—¿Usted lo estaría?

—Recuerde que yo no he hablado con él. No he podido formarme un concepto de su persona. Sólo he leído las cartas que... que no parecen tener mucha credibilidad. Por lo menos, las que ha escrito últimamente. Las primeras, quizá. —Calló y, después de una larga pausa, no pudo sino repetir—: Pobre gente.

—¿Qué gente? —preguntó Patta desde detrás de Brunetti.

Ninguno de los dos le había oído acercarse, y fue la *signorina* la primera en reaccionar. Muy al quite, respondió:

—Los *extracomunitari* que solicitan el permiso de residencia y no vuelven a saber nada de él.

—Usted perdone —dijo Patta parándose frente a su propia puerta. Aunque miraba a la *signorina* Elettra señaló con el dedo a Brunetti y a su despacho—, pero una vez han presentado la solicitud, han de tener paciencia y esperar. Es el proceso administrativo.

—¿Esperar tres años? —preguntó ella.

Esto lo hizo detenerse.

—No, tres años no. —Siguió andando, pero en el umbral se paró y la miró—. ¿Quién ha tenido que esperar tres años?

—La mujer que limpia el apartamento de mi padre, señor.

—¿Tres años?

Ella asintió.

—¿Por qué tanto tiempo?

Brunetti se preguntó si ella le daría la respuesta evidente, de que eso era precisamente lo que le gustaría saber, pero, optando por la moderación, la *signorina* Elettra dijo:

—Lo ignoro, señor. Hace tres años que lo solicitó, pagó las tasas y no le han dicho nada más. Pensaba que se beneficiaría de la amnistía, pero no ha tenido más noticias. Me ha preguntado si me parecía que debía volver a presentar la solicitud. Y volver a pagar.

—¿Usted qué le dijo?

—No supe qué contestarle, *vicequestore*. Para ella es mucho dinero. Lo es para cualquiera, y no quiere volver a hacer la solicitud y volver a pagar si aún hay esperanza de que la anterior prospere. Por eso le decía al comisario, refiriéndome a ella y a su marido, lo desmoralizada que está esa pobre gente.

—Ya —dijo Patta volviéndose para indicar a Brunetti con un ademán que entrara delante de él, luego miró otra vez a la *signorina* Elettra y dijo—: Deme su nombre y, si es posible, el número de expediente, y veré qué puedo hacer.

—Es muy amable, señor —dijo ella como si de verdad lo creyera.

Una vez dentro, Patta no esperó para volverse hacia Brunetti y preguntar:

—¿Qué historia es esa de que ha ido usted a Murano?

¿Negarlo? ¿Preguntar a Patta cómo lo sabía? ¿Repetir la pregunta para ganar tiempo? ¿De Cal? ¿Fasano? ¿Quién de Murano se lo había dicho?

Brunetti decidió decir la verdad.

—Una conocida mía que vive en Murano —explicó, dando a entender que se trataba de una mujer a la que conocía desde hacía tiempo, con lo que constató que le era imposible decir a Patta toda la verdad de cosa alguna— me dijo que su padre había amenazado a su marido, mejor dicho, que había hecho comentarios amenazadores, aunque no a él directamente. Me pidió que averiguara si había razones para temer que su padre hiciera algo.

Brunetti vio a Patta sopesar sus explicaciones y se preguntó cuál sería la reacción de su superior ante esta insólita franqueza. Tal como temía Brunetti, triunfó el hábito de la suspicacia.

—Supongo que eso explica por qué fue usted a Murano a mantener una especie de reunión secreta en una *trattoria*, ¿eh? —preguntó Patta sin poder disimular la satisfacción que le producía la sorpresa de Brunetti.

Habiendo empezado con la verdad, pese a que no parecía haber servido de mucho, Brunetti siguió por el mismo camino.

—Fui a hablar con una persona que conoce al hombre que hizo las amenazas —explicó Brunetti, observando con alivio que Patta no parecía estar al corriente de la relación que existía entre Navarro y Pucetti, y con mayor alivio todavía que su superior no mencionaba la presencia de Vianello en la reunión—. Le pregunté si le parecía que las amenazas encerraban peligro.

—¿Y él qué le dijo?

—Rehuyó contestar a mi pregunta.

—¿Ha hablado con alguien más?

Puesto que decir a Patta la verdad había resultado una mala estrategia, Brunetti decidió volver a la cierta senda del engaño, de probada eficacia, y dijo:

—No, señor.

A Patta le había llegado la información a través de alguien que los había visto en el restaurante, por lo que era de suponer que nada sabía de las visitas de Brunetti a Bovo y a Tassini.

—Así pues, ¿no existen tales amenazas? —inquirió Patta.

—Yo diría que no, señor. Ese hombre, Giovanni de Cal, es violento, pero me parece que todo queda en palabras.

—¿Entonces? —preguntó Patta.

—Entonces me dedicaré otra vez a ver qué podemos hacer con los gitanos —respondió Brunetti, tratando de mostrarse contrito.

—Romaníes —le rectificó Patta.

—Exactamente —dijo Brunetti, aceptando la concesión de Patta al lenguaje políticamente correcto, y salió del despacho.

12

Brunetti llamó a Paola después de la una para decir que no iría a comer a casa, y le dolió que su mujer acogiera la noticia sin inmutarse. No obstante, al oírle añadir que, puesto que él decía que la llamaba desde el despacho y había esperado hasta ahora para avisar, ella ya había sacado tan triste deducción, él se sintió consolado, por muy sarcásticos que fueran los términos con los que ella expresaba su decepción.

A continuación, el comisario marcó el número del *telefonino* de Assunta de Cal y le dijo que le gustaría hablar con ella, en Murano. No, le aseguró, no tenía nada que temer de las amenazas de su padre. Él no creía que encerrasen peligro alguno. A pesar de todo, deseaba hablar con ella, si era posible.

Assunta le preguntó cuánto tardaría en llegar, él le pidió que esperase un momento, se acercó a la ventana y vio a Foa en la *riva* hablando con otro agente. Volvió al teléfono y dijo que no tardaría más de veinte minutos. La oyó responder que lo esperaría en el *fornace* y colgó.

Cuando, cinco minutos después, Brunetti salió por la puerta principal de la *questura*, Foa y la lancha habían desaparecido. Preguntó por el piloto al agente de la puerta, que le dijo que Foa había llevado al *vicequestore* a una reunión. De manera que Brunetti tuvo que encaminarse a Fondamenta Nuove en busca del 41.

Por esta razón, tardó más de cuarenta minutos en llegar a la fábrica De Cal. Al no encontrar a Assunta en la oficina, llamó a una puerta de lo que, a juzgar por el rótulo, era el despacho del padre, pero no recibió respuesta. Brunetti salió al patio y se dirigió al *fornace*, esperando encontrarla allí.

Las puertas correderas metálicas del enorme edificio de ladrillo estaban entreabiertas, dejando hueco suficiente para permitir el paso de un hombre. Brunetti entró y se encontró casi a oscuras. Cuando sus ojos se habituaron a la penumbra, atrajo su mirada lo que, durante un instante, le pareció un enorme Caravaggio situado al fondo de la nave: seis hombres inmóviles frente a la boca redonda de un horno, bañados por la luz natural que se filtraba por las claraboyas del techo y el resplandor del fuego. Los hombres se movieron y el cuadro se animó con los intrincados movimientos que Brunetti tenía grabados en lo más hondo de la memoria.

Había dos hornos rectangulares junto a la pared de la derecha, pero el *forno di lavoro* estaba en el centro de la nave. Al parecer, no había más que dos *piazze* funcionando porque sólo se veía a dos hombres haciendo girar porciones de vidrio fundido suspendidas del extremo de las *canne*. Uno estaba trabajando en lo que parecía una fuente, porque, mientras hacía girar la *canna*, la fuerza centrífuga transformaba la porción de vidrio, primero, en un platillo y, después, en una especie de pizza. Los recuerdos hicieron regresar a Brunetti a la fábrica en la que había trabajado su padre —no de *maestro* sino de *servente*— hacía décadas. Ante sus ojos, ese *maestro* se convirtió en el *maestro* para el que había trabajado su padre. Y, después, se convirtió en cada uno de los maestros que habían trabajado el vidrio durante más de mil años. De no ser por el pantalón vaquero y las Nike, hubiera podido pertenecer a cualquiera de los siglos durante los que los hombres habían hecho ese trabajo.

No era el ballet un arte por el que Brunetti sintiera gran afición, pero en los movimientos de esos hombres veía él la belleza que otros ven en la danza. Sin dejar de hacer girar la *canna*, el *maestro* se acercó a la boca del horno. Volvió hacia ella el costado izquierdo del cuerpo y Brunetti observó el grueso guante y el manguito que lo protegían del brutal calor. La *canna* entró en el horno, y el borde de la fuente pasó a menos de un centímetro de la puerta.

Brunetti se acercó a mirar las llamas: allí estaba el *inferno* de su niñez, al que, según las buenas monjitas, irían él y todos sus compañeros de clase por sus pecados, por pequeños que ésos fueran. Llamas blancas, amarillas, rojas y, en medio de ellas, el plato que giraba, cambiaba de color, crecía.

El *maestro* lo sacó, casi rozando otra vez el borde de la boca, se fue a su banco y se sentó, sin dejar de darle vueltas. Sin mirar, tomó unas grandes tenazas. Y tampoco pareció que tuviera que mirar la fuente cuando acercó a su superficie la punta de una paleta y, girando, girando y girando, hizo un surco en la superficie de uno de los lados. Una cinta de vidrio líquido se desprendió de la fuente y resbaló al suelo.

El *servente*, a una señal del *maestro*, tan leve que Brunetti no llegó a percibirla, se acercó, tomó la caña y la llevó al horno mientras el *maestro* bebía un largo trago de una botella. Dejó la botella un segundo antes de que el *servente* volviera del horno y le pasara la caña con la fuente recién calentada suspendida del extremo. Sus movimientos eran tan fluidos como el mismo vidrio.

Brunetti oyó pronunciar su nombre y, al volver la cabeza, vio a Assunta en la puerta. Ahora notó que tenía la camisa pegada al cuerpo y la cara sudorosa. No hubiera podido decir cuánto rato llevaba allí, encandilado por la belleza del proceso.

Fue hacia ella, notando que el sudor se le enfriaba en la espalda.

—Me he retrasado —dijo Brunetti, sin más explicaciones— y he entrado a ver si te encontraba aquí.

Ella sonrió e hizo un gesto con la mano para quitarle importancia.

—No importa. Estaba en el muelle. Hoy es el día en que vienen a recoger los ácidos y el lodo, y me gusta estar allí para comprobar los números y el peso.

El desconcierto de Brunetti debió de ser evidente —en tiempos de su padre, no se hablaba de esas cosas— porque ella explicó:

—Las leyes son muy claras sobre lo que podemos utilizar y lo que hemos de hacer con cada cosa después de utilizarla. Y tienen que serlo. —Suavizando la sonrisa, añadió—: Ya sé que al decir esto me parezco a Marco; pero creo que él tiene razón.

—¿Qué ácidos? —preguntó Brunetti.

—Nítrico y fluorhídrico —dijo ella y, al ver que él no parecía mucho más enterado, prosiguió—: Al hacer las cuentas de vidrio, se pasa un hilo de cobre por el centro para abrir el agujero y después se disuelve el cobre con ácido nítrico. De vez en cuando, hay que cambiar el ácido. —Brunetti prefería no saber qué se hacía con el ácido en tiempos pasados—. Con el fluorhídrico, lo mismo. Se utiliza para alisar las superficies de las piezas grandes. También tenemos que pagar para que se lo lleven.

—¿Y lodo, has dicho? —preguntó él.

—Del pulido final —dijo ella, y preguntó—: ¿Quieres verlo?

—Mi padre trabajaba aquí, pero de eso hace décadas —dijo Brunetti, para no parecer un ignorante total—. Pero desde entonces las cosas habrán cambiado, supongo.

—Menos de lo que te imaginas —respondió ella. Pasó por su lado y, con un ademán, señaló a los hombres que seguían haciendo sus movimientos rituales delante de los hornos—. Es una de las cosas que más me gustan de esto —dijo ella con voz más cálida—. Nadie ha encontrado mejor manera de hacer lo que nosotros hemos venido haciendo durante cientos de años. —Puso la mano en el brazo de Brunetti para captar del todo su atención—. ¿Ves lo que hace ese hombre? —preguntó señalando al otro *maestro*, que en aquel momento volvía del horno y se paraba detrás de un cubo de madera que estaba en el suelo.

Observaron cómo soplaba por un extremo de la *canna* de hierro, inflando la masa de vidrio que colgaba del otro extremo. Rápidamente, con la habilidad de un malabarista, el hombre hizo oscilar la masa incandescente encima del cubo y la comprimió en el recipiente cilíndrico con cuidado, moviéndola arriba y abajo para hacerla entrar en él. Sopló repetidamente por el extremo de la caña haciendo brotar del recipiente con cada soplido una corona de chispas.

Cuando extrajo la *canna*, la masa de vidrio se había

convertido en un cilindro perfecto de base plana, en el que ya se reconocía la forma de un jarrón.

—Las mismas materias primas, las mismas herramientas, las mismas técnicas que utilizábamos hace siglos —dijo la mujer.

Él se volvió a mirarla y sus sonrisas, reflejo una de otra, se cruzaron.

—Es prodigioso, ¿verdad?, que pueda haber algo tan perdurable —dijo Brunetti, dudando de que la última palabra fuera la que buscaba, pero ella asintió porque le había comprendido.

—Lo único que ha cambiado es que ahora usamos gas —dijo ella—. Todo lo demás sigue igual.

—¿Salvo esas leyes que apoya Marco?

Ella mudó la expresión y se puso seria.

—¿Bromeas?

Él no pretendía ofenderla.

—En absoluto —se apresuró a decir—. Claro que no. Ignoro a qué leyes te refieres pero, por lo que sé de tu marido, supongo que tratan de la protección del medio ambiente, y estoy convencido de que eran necesarias y urgentes.

—Marco dice que esas leyes exigen muy poco y llegan muy tarde —dijo ella, apesadumbrada.

Brunetti comprendió que aquél no era el lugar adecuado para esa conversación, y dio un paso hacia los trabajadores, alejándose de ella, con la intención de disipar el pesimismo generado por las palabras de la mujer. Señaló a los hombres que estaban frente a los hornos y volvió atrás para preguntar:

—¿Cuántos trabajadores tenéis?

Ella pareció alegrarse de poder cambiar de tema y se puso a contar con los dedos.

—Hay dos *piazze*, es decir, seis hombres, más los dos que están en el muelle y que se encargan del embalaje y el transporte y los tres que hacen la *molatura* final, once. Además, está *l'uomo di notte*: doce en total, supongo.

Él la vio repetir el cálculo con los dedos.

—Sí, doce, y mi padre y yo.

—Tassini es *l'uomo di notte*, ¿verdad?

—¿Has hablado con él?

—Sí, él piensa que no hay peligro, a no ser que tu marido venga al *fornace* —dijo Brunetti y, al ver la expresión de temor de ella, añadió—: Pero él nunca viene, ¿verdad?

—No, en absoluto —dijo ella con tristeza en la voz.

Brunetti la comprendía: había observado que sentía pasión por su trabajo y por su marido. Había de ser doloroso mantenerlos separados, ya fuera por propia voluntad o por necesidad.

—¿Había venido alguna vez?

—Antes de que nos casáramos, sí. Es ingeniero, ¿recuerdas?, y le interesa el proceso de fabricación del vidrio, la mezcla, el fundido, el trabajado, todo.

Como recreándose en una de sus pasiones, ella miró a los hombres, cuyo ritmo de trabajo no se había alterado por su presencia: el primero ya trabajaba en otra pieza. Brunetti vio al *servente* del primer *maestro* arrimar una gota de vidrio incandescente al borde de lo que parecía un jarrón. Las tenazas del *maestro* incrustaron la punta de la gota en el jarrón, la estiraron como si fuera chicle y pegaron el otro extremo a media altura de la pieza. Un corte rápido, un toque para alisar, y el asa estaba en su sitio.

—Viéndolos trabajar, parece fácil —dijo Brunetti con admiración.

—Para ellos lo es, supongo. Al fin y al cabo, Gianni ha trabajado el vidrio toda su vida. Probablemente, ahora podría fabricar las piezas hasta con los ojos cerrados.

—¿No te cansas? —preguntó Brunetti.

Ella lo miró, como si sospechara que bromeaba. Al parecer, se convenció de que no era así, porque dijo:

—De mirar, no. No. Nunca. Pero del papeleo, sí. Estoy harta de normas, de impuestos, de reglamentos.

—¿Qué normas? —preguntó Brunetti, sorprendido de que pudiera referirse a las leyes medioambientales que defendía su marido.

—A las que especifican cuántas copias he de hacer de cada recibo y a quién he de enviarlas, qué formularios he de rellenar por cada kilo de materia prima que compramos. —Se encogió de hombros con resignación—. Para no hablar de los impuestos.

Si hubiera tenido más confianza, Brunetti habría comentado que, a pesar de todo, debía de poder defraudar bastante, pero su amistad no había llegado a la fase en la que puede considerarse abiertamente al inspector de la renta como el enemigo común y se limitó a decir:

—Podrías buscar a alguien que te descargara del papeleo, por lo menos, en parte, para que pudieras dedicarte a lo que te gusta.

—Sí, eso estaría bien —dijo ella distraídamente. Entonces, ahuyentando el efecto que pudieran haber tenido las palabras de él, preguntó—: ¿Te gustaría ver el resto?

—Sí —dijo él con una sonrisa—. Me gustaría comprobar si ha cambiado mucho desde que yo era niño.

—¿Cuántos años tenías cuando viste un *fornace* por primera vez?

Brunetti tuvo que pensarlo, recorriendo mentalmente los años y repasando los trabajos que había hecho su padre durante la última década de su vida.

—Debía de tener doce años.

Ella dijo riendo:

—La edad ideal para empezar de *garzon*.

—Brunetti se echó a reír también.

—Yo no deseaba otra cosa —dijo—. Y, un día, llegar a ser *maestro* y fabricar bonitas piezas.

—¿Pero...? —apuntó ella, volviéndose hacia la puerta.

A pesar de que ella no podía verlo, Brunetti se encogió de hombros al responder:

—Pero no fue así.

Algo especial debía haber en su tono, porque ella se detuvo y se volvió a mirarlo.

—¿Lo lamentas?

Él sonrió y movió la cabeza negativamente.

—No acostumbro a pensar en lo que pudo haber sido. Además, estoy contento de cómo han ido las cosas.

Ella respondió con una sonrisa.

—Es agradable oír a alguien decir eso.

Salió al patio delante de él y lo condujo a una puerta situada inmediatamente a la derecha. Allí estaba la *molatura*: una artesa de madera discurría a lo largo de toda una pared, bajo una hilera de grifos. Frente a la artesa había dos jóvenes con delantal de caucho que tenían en la mano uno un bol y el otro una bandeja muy parecida a la que el *maestro* había fabricado poco antes.

Brunetti los vio acercar los objetos a las muelas de pulir que tenían ante sí, primero una cara y luego la otra. De los grifos caían chorros de agua en las muelas y en las piezas: Brunetti recordó que el agua impedía, por un lado, que la temperatura subiera por efecto de la abrasión y el vidrio se rompiera con el calor y, por otro, que las partículas de vidrio pasaran al aire y a los pulmones de los trabajadores. El agua resbalaba por el delantal y las botas de los hombres, pero la mayor parte iba a la artesa y corría hacia el extremo, donde desaparecía por una tubería, arrastrando el polvo de vidrio.

En una mesa, al lado de la puerta, Brunetti vio jarrones, tazas, fuentes y figuras esperando turno para el pulido. En las piezas se veían las marcas de las tenazas y de las varillas utilizadas para fundir vidrio de dos colores, defectos que él sabía que el pulido borraría.

Alzando la voz por encima del ruido de las muelas y del agua, Brunetti dijo:

—Esto es menos apasionante.

Ella asintió.

—Pero igual de necesario.

—Ya lo sé.

Él miró a los dos trabajadores, miró después a Assunta y preguntó:

—¿Y las mascarillas?

Esta vez fue ella la que se encogió de hombros, pero no dijo nada hasta que salieron al patio.

—Les damos dos mascarillas nuevas cada día, es lo que manda la ley. Pero la ley no me dice qué tengo que hacer para que se las pongan. —Antes de que Brunetti pudiera hacer un comentario, añadió—: Si pudiera, los obligaría. Pero ellos piensan que usarlas es muy poco viril y no las usan.

—Los que trabajaban con mi padre tampoco las llevaban —dijo Brunetti.

Ella alzó las manos al cielo y se alejó hacia la parte delantera del edificio. Brunetti la siguió hasta allí y preguntó:

—Tu padre no estaba en su despacho. ¿Hoy no ha venido?

—Tenía hora en el médico —dijo ella—. Pero supongo que vendrá antes de media tarde.

—Nada grave, espero —dijo Brunetti, tomando nota mentalmente de preguntar a la *signorina* Elettra si podía averiguar algo acerca de la salud de De Cal.

Ella asintió en señal de agradecimiento, pero no dijo nada.

—Bien —dijo Brunetti—. Tengo que irme. Muchas gracias por la visita. Me trae recuerdos.

—Gracias a ti por haberte molestado en venir hasta aquí para hablar conmigo.

—No debes preocuparte —dijo él—. No es probable que tu padre cometa un disparate.

—Eso espero —dijo ella estrechándole la mano y volvió a su despacho y a su mundo.

13

Al entrar en la *questura* a la mañana siguiente, Brunetti fue directamente al despacho de la *signorina* Elettra, sin recordar que aquel día ella no llegaba hasta después de la hora de comer. Empezó a escribir una nota para pedirle que viera si podía acceder al historial médico de De Cal; pero, al pensar que Patta o Scarpa podían leer cualquier papel que estuviera en su mesa, rectificó, limitando el mensaje a la simple petición de que lo llamara en cuanto le fuera posible.

Ya en su despacho, Brunetti leyó los informes que tenía en la mesa, repasó la lista de los ascensos propuestos y acometió el examen de los papeles de una gruesa carpeta del Ministerio del Interior, sobre nuevas leyes relacionadas con el arresto y la detención de los sospechosos de terrorismo. Al parecer, las leyes nacionales no se ajustaban a las europeas que, a su vez, no coincidían con el derecho internacional. El interés de Brunetti aumentaba a medida que se hacían evidentes las confusiones y contradicciones.

La sección que trataba de los interrogatorios era corta, como si la persona encargada de redactarla hubiera querido quitarse de encima la tarea lo antes posible sin definirse. El documento repetía algo que Brunetti ya había leído en otro sitio: que ciertas autoridades extranjeras —que no se mencionaban— creían que durante el interrogatorio era admisible infligir dolor hasta el «nivel de trastorno severo». Brunetti apartó la mirada de estas palabras y se puso a contemplar las puertas del armario. «¿Como la diabetes o como el cáncer de huesos?», preguntó, pero las puertas no contestaron.

Leyó el informe hasta el final, cerró la carpeta y la apartó a un lado. Durante sus primeros años de policía, recordó, el debate estaba en si era o no era lícito el uso de la fuerza durante el interrogatorio, y él había oído toda clase de argumentos a favor y en contra. Ahora ya sólo se discutía cuánto dolor se podía infligir.

Le vino a la memoria Euclides: ¿no fue él quien dijo que, si le daban una palanca lo bastante larga, podría levantar el mundo? La experiencia y la lectura de la Historia habían llevado a Brunetti a creer que, con una presión lo bastante intensa, podías inducir a casi cualquier persona a confesar cualquier cosa. Por ello, él siempre había pensado que la pregunta realmente importante sobre el interrogatorio no era hasta dónde se podía presionar al sujeto para que confesara, sino hasta dónde estaba dispuesto a llegar el interrogador para conseguir la inevitable confesión.

Estos tristes pensamientos lo ocuparon algún tiempo, hasta que decidió bajar a ver si estaba Vianello. En la escalera se encontró de frente con Scarpa. Al verse, ambos movieron la cabeza de arriba abajo, sin decir nada. Pero Brunetti tuvo que pararse cuando Scarpa se fue hacia la izquierda y le cerró el paso.

—¿Sí, teniente?

Sin preámbulos, Scarpa preguntó:

—Esa húngara, Mary Dox, ¿es cosa suya?

—¿Cómo dice, teniente?

Scarpa levantó una carpeta, como si su sola vista pudiera aclarar las cosas a Brunetti.

—¿Es cosa suya? —volvió a preguntar el teniente.

—Lo siento, pero no sé de qué me habla, teniente —dijo Brunetti.

Con un ademán deliberadamente melodramático, Scarpa levantó la mano que sostenía la carpeta, como si hubiera decidido subastarla y preguntó:

—¿No sabe de qué le hablo? ¿No sabe usted nada de Mary Dox?

—No.

Con el mismo ademán que había hecho Assunta de Cal frente a la prueba de la terquedad masculina, Scarpa alzó las manos al cielo, se fue hacia la derecha y siguió subiendo la escalera sin decir más.

Brunetti fue a la sala de los agentes en busca de Vianello. En su lugar encontró a Pucetti, inclinado sobre la mesa y enfrascado en la lectura de lo que parecía ser el mismo informe que Brunetti había terminado poco antes. El joven agente estaba tan absorto que no oyó los pasos de Brunetti.

—Pucetti —dijo Brunetti acercándose a la mesa—, ¿ha visto a Vianello?

Al oír pronunciar su nombre, Pucetti levantó la cabeza, pero tardó unos segundos en desviar su atención de los papeles, entonces echó la silla hacia atrás y se puso de pie

—Disculpe, comisario, no lo había oído.

Aún apretaba los papeles con la mano derecha, lo que le impedía saludar. En compensación, erguía el cuerpo cuanto podía.

—Vianello —dijo Brunetti y sonrió—. Lo estoy buscando.

Observaba los ojos de Pucetti y advirtió que el joven trataba de recordar quién era Vianello. Entonces Pucetti dijo:

—Estaba aquí antes. —Miró en torno, como si sintiera curiosidad por descubrir dónde se encontraba—. Pero debe de haber salido.

Brunetti dejó transcurrir casi un minuto, durante el cual observó cómo Pucetti volvía de la tierra en la que se hablaba fríamente de las técnicas de interrogatorio, si realmente era ése el tema que tanto absorbía su interés. Cuando estuvo seguro de haber captado toda la atención de Pucetti, el comisario dijo:

—El teniente Scarpa me ha preguntado por un expediente que llevaba en la mano, de una húngara llamada Mary Dox. ¿Sabe usted algo?

La cara de Pucetti expresaba ahora comprensión.

—El teniente ha estado aquí esta mañana preguntando por ella, quería saber si alguno de nosotros estaba enterado del caso.

—¿Y?

—Nadie sabe nada.

Como era consciente de la opinión que el personal de uniforme tenía del teniente, Brunetti preguntó:

—¿No saben o dicen que no saben?

—No sabemos nada, comisario. Lo hemos comentado cuando él se ha ido, y nadie tenía ni idea.

—¿Y Vianello ha salido para investigar?

—Creo que no, señor. Tampoco él sabía nada. Supongo que sólo ha bajado a tomar café.

Brunetti le dio las gracias y lo animó a seguir leyendo, a lo que Pucetti no respondió.

Brunetti encontró a Vianello en el bar próximo a Ponte dei Greci, frente al mostrador, ojeando el diario, con una copa de vino delante.

—¿Qué quería Scarpa? —preguntó Brunetti al entrar, y pidió un café.

Vianello dobló el diario y lo dejó a un lado del mostrador.

—Ni idea —respondió—. Lo que sea, o quien sea, traerá problemas. Nunca lo había visto tan furioso.

—¿Ni idea? —preguntó Brunetti y con un movimiento de cabeza agradeció al camarero el café que acababa de ponerle.

—Ni la más remota —respondió Vianello.

Brunetti echó azúcar, removió, bebió la mitad del café y luego lo apuró.

—¿Has leído las normas del Ministerio del Interior? —preguntó.

—Yo no leo sus directrices —respondió Vianello tomando un sorbo de vino—. Antes las leía, pero ya no me interesan.

—¿Por qué?

—No dicen nada, son sólo palabras, que ellos deforman para que suenen bien y tapen la verdad de que no quieren conseguir algo.

—¿Algo como qué? —preguntó Brunetti.

—¿Alguien te ha pedido alguna vez que vayas a preguntar a uno de esos chinos de dónde ha sacado el dinero para comprar el bar? ¿O que compruebes el permiso de trabajo del personal del bar? ¿O que cierres una fábrica que se ha demostrado que vierte residuos en un parque nacional?

Sorprendía a Brunetti, más que la naturaleza de las preguntas de Vianello —preguntas que flotaban en el ambiente de la *questura* como la borra en un taller de confección de camisas—, la fría ecuanimidad con que las planteaba.

—No parece que te importe mucho —comentó.

—¿Qué? ¿El caso de la mujer por la que preguntaba Scarpa? En absoluto.

Otra cosa que añadir a la larga lista de las que no importaban a Vianello esa mañana.

—Hasta la tarde —dijo Brunetti.

Salió del bar y se fue a su casa.

Encima de la mesa de la cocina encontró una nota en la que Paola decía que tenía una reunión con uno de los estudiantes a los que ayudaba a preparar el doctorado y que le había dejado lasaña en el horno. Los chicos no comían en casa, y en el frigorífico había ensalada, que no tenía más que aliñar. Cuando Brunetti iba a empezar a refunfuñar por haber atravesado media ciudad para verse privado de la compañía de la familia, y obligado a comer precocinados recalentados en el horno, espolvoreados con aquel asqueroso queso americano color naranja, leyó la última línea de la nota: «No te enfurruñes, es la receta de tu madre y te encanta.»

Ante la perspectiva de comer solo, la primera preocupación de Brunetti fue la de procurarse una lectura apropiada. Le vendría bien una revista, pero ya había terminado el *Espresso* de aquella semana. Un diario ocupaba demasiado espacio. Un libro en rústica no se mantenía abierto sin que forzaras la encuadernación y entonces se caían las hojas. Los libros de arte se manchaban de grasa. Se decidió por Gibbon, y fue a su mesita de noche en busca de un tomo de *La caída del Imperio Romano*. Lo apoyó en dos libros que Paola había dejado en la mesa y utilizó una tabla de cortar y una cuchara de servir para sujetar las páginas. Satisfecho con el resultado, se sentó y se puso a comer.

Brunetti se encontró transportado una vez más a la corte del emperador Heliogábalo, uno de sus monstruos favoritos. Ah, los excesos, la violencia, la total corrupción de todo y de todos. La lasaña tenía jamón y rodajitas de corazón de alcachofa, que se alternaban con capas de una pasta que daba la impresión de estar hecha en casa. Hubiera preferido más alcachofas. Compartía la mesa con senadores decapitados, consejeros taimados y hordas de bárbaros empeñados en la destrucción del imperio. Tomó un sorbo de vino y otro bocado de lasaña.

Apareció el emperador, resplandeciente con sus atavíos como el mismo sol. Todos lo aclamaron, aplaudiendo su gloria y su gallardía. La corte era espléndida, soberbia, un lugar en el que, según Gibbon, «la prodigalidad caprichosa suplía la falta de gusto y elegancia». Brunetti dejó el tenedor, a fin de saborear mejor tanto la lasaña como la prosa de Gibbon.

Se levantó, sacó la ensalada, la aliñó y le echó sal. La comió directamente del bol mientas Heliogábalo moría atravesado por las espadas de su guardia.

Por el camino de vuelta a la *questura*, Brunetti entró en Ballarin a tomar café y pastel, y al llegar a la jefatura se encontró con la *signorina* Elettra en la puerta. Después de intercambiar saludos, Brunetti dijo:

—Me gustaría que viera si puede conseguir una información, *signorina.*

—Sí, señor —dijo ella de buen ánimo—. Haré lo que pueda.

—Es el historial médico de De Cal. Me ha dicho su hija que esta tarde tenía hora en el médico, y varias personas han hecho comentarios acerca de su salud. Me gustaría saber si... en fin, si hay motivos de preocupación.

—No creo que sea muy difícil, comisario —dijo ella parándose en lo alto del segundo tramo de la escalera—. ¿Algo más?

Si alguien podía saberlo era ella.

—Sí, hay otra cosa. El teniente Scarpa va preguntando si alguien sabe algo de una extranjera, y he pensado que quizá le hubiera hablado de eso.

Ella parecía desconcertada.

—No, no me ha dicho nada. ¿Quién es esa pobre mujer?

—Una húngara —dijo Brunetti—. Mary Dox.

—¿Qué? —dijo ella—. ¿Cómo ha dicho?

—Mary Dox —repitió Brunetti, sorprendido—. Me ha preguntado a mí y esta mañana ha entrado en la sala de los agentes para averiguar si ellos sabían algo.

—¿Ha dicho qué quería? —preguntó ella con voz más serena.

—Que yo sepa, no. Cuando lo he visto, tenía en la mano una carpeta. —Mientras hablaba, la iba recordando—. Parecía una carpeta de las nuestras. —Esperaba que ella le brindara la información por iniciativa propia, y al ver que callaba, preguntó—: ¿La conoce?

Después de una pausa reflexiva, la joven dijo:

—Sí. —Sus ojos miraron a lo lejos, como si la razón de la curiosidad de Scarpa se encontrara en la pared del fondo—. Es la asistenta de mi padre.

—¿La mujer de la que habló usted con el *vicequestore*?

—Sí.

—¿Le dio el nombre? —preguntó Brunetti.

—Sí, y el número de expediente.

—¿Cree que él pudo dárselos a Scarpa y encargarle que investigara?

—Es posible. Pero dejé los datos en la mesa. Cualquiera pudo verlos.

—¿Por qué iba Scarpa a ponerse a hacer preguntas, a menos que Patta se lo hubiera pedido?

—No tengo ni idea —dijo ella. Sonrió tratando de disipar la inquietud que había provocado en ella la idea de que Scarpa interviniera en algo que la afectaba, aunque fuera indirectamente—. Preguntaré al *vicequestore* si necesita más información sobre ella.

—Estoy seguro de que es eso —dijo Brunetti, aunque no lo estaba.

—Sí, seguro —respondió ella—. Ahora iré a ver si encuentro ese historial médico.

—Muchas gracias —dijo Brunetti, que se fue a su despacho con un caos mental en el que se mezclaban Heliogábalo, Scarpa y la misteriosa Mary Dox.

14

La mayoría de la gente se asusta cuando suena el teléfono por la noche, le parece presagio de desgracia, muerte, violencia. La seguridad de que la propia familia duerme tranquilamente cerca de uno no mitiga la alarma, sólo la dirige hacia otras personas. Brunetti tuvo, pues, un sobresalto cuando, poco después de las cinco de la mañana, sonó su teléfono.

—¿Comisario Brunetti? —preguntó una voz que reconoció que era de Alvise.

Si hubiera recibido la llamada a cualquier otra hora, Brunetti le habría preguntado quién esperaba que contestara al teléfono de su casa, pero era muy temprano para el sarcasmo. Tratándose de Alvise siempre era muy temprano para todo lo que no fuera lo más obvio.

—Sí. ¿Qué pasa?

—Acaban de llamarnos de Murano, señor. —Alvise calló, como si creyese que ya había dado suficiente información.

—¿De qué se trata, Alvise?

—Hay un muerto, señor.

—¿Quién?

—No ha dicho quién era, señor, sólo que llamaba de Murano.

—¿Ha dicho quién era el muerto, Alvise? —preguntó Brunetti, mientras la somnolencia iba menguando sustituida por la estoica paciencia que invariablemente tenías que ejercitar con Alvise.

—No, señor.

—¿Le ha dicho dónde estaba? —preguntó Brunetti.

—En su lugar de trabajo, señor.

—¿Y dónde es ese lugar, Alvise?

—En un *fornace*.

—¿En cuál de ellos?

—Me parece que ha dicho el de De Cal, señor. No tenía el bolígrafo a mano. De todos modos, está en Sacca Serenella.

Brunetti apartó la ropa y se sentó en la cama. Al ponerse de pie, se volvió hacia Paola, que había abierto un ojo y lo miraba.

—Dentro de veinte minutos estaré en la esquina de mi calle. Envíeme una lancha. —Antes de que Alvise pudiera empezar a explicar por qué eso iba a ser muy difícil, Brunetti se le adelantó—: Si no tenemos ninguna lancha, llame a los *carabinieri,* y si ellos no pueden venir, pídame un taxi. —Colgó el teléfono.

—¿Un muerto? —preguntó Paola.

—En Murano —dijo él mirando por la ventana para averiguar qué prometía el día.

Cuando volvió a mirar a su mujer, ella tenía los ojos cerrados, y él pensó que habría vuelto a dormirse. Pero antes de que pudiera llegar a sentirse decepcionado, ella volvió a abrir los ojos y dijo:

—Ay, Dios, Guido, qué trabajo más horroroso el tuyo.

Él hizo como si no la hubiera oído y entró en el cuarto de baño.

Cuando salió, afeitado y duchado, vio que la cama estaba vacía y olió a café. Se vistió, se puso calzado grueso, por si tenía que estar mucho rato en el *fornace* y fue a la cocina, donde encontró a Paola sentada a la mesa con una tacita de café delante y una taza grande de café con leche para él.

—Ya tiene azúcar —dijo ella, cuando él levantaba la taza.

Brunetti miraba a la que era su mujer desde hacía más de veinte años, porque notaba en ella algo raro, no sabía qué. La contemplaba sin pestañear y ella le sonrió interrogativamente.

—¿Ocurre algo? —preguntó.

La noticia de una muerte debía bastar para explicar cualquier cambio, pero él seguía mirando, buscando la causa. Al fin la descubrió y exclamó:

—No estabas leyendo.

Ella no tenía delante un libro, ni un diario, ni una revista: sólo estaba allí sentada, tomando café y, al parecer, esperándolo.

—Cuando te vayas, haré más café, volveré a la cama y leeré hasta que se levanten los chicos.

El orden natural volvió al mundo de Brunetti, que terminó su café con leche, dio un beso a Paola y le dijo que no sabía a qué hora volvería, que la llamaría cuando lo supiera.

Cuando salió a la calle que conducía al canal, el silencio le dijo que la lancha no había llegado. De haber dado la orden a alguien que no fuera Alvise, Brunetti habría pensado que, sencillamente, se había retrasado. Dadas las circunstancias, se preguntaba si no acabaría teniendo que llamar a un taxi. Sumido en estos pensamientos, llegó al borde del canal y miró a la derecha. Y entonces vio algo que sólo había visto en fotografías tomadas a principios del siglo XX: las aguas del Gran Canal lisas como un espejo. Ni la más leve ondulación, ni una barca, ni un soplo de brisa, ni el roce de una gaviota. Se quedó extasiado, contemplando lo que habían visto sus antepasados: la misma luz, las mismas fachadas, las mismas ventanas con sus plantas y el mismo silencio vital. Y, hasta donde alcanzaba a ver el reflejo, todo tenía su doble.

Oyó el zumbido del motor de la lancha que viró por delante de la universidad y se dirigió hacia él. Venía rompiendo el silencio y dejando una estela de olitas que, varios minutos después de su paso, aún golpearían las escaleras de los *palazzi* de uno y otro lado del canal.

Brunetti vio a Foa al timón y saludó con la mano. El piloto dirigió la lancha hacia los dos postes, dio marcha atrás y la embarcación tocó el muelle con la suavidad de un beso. Brunetti subió a bordo, dio los buenos días al piloto y le pidió que lo llevara a la fábrica De Cal, en Sacca Serenella.

Foa, al igual que la mayoría de los pilotos, practicaba la virtud del silencio y se limitó a mover la cabeza dándose por enterado. Al parecer, no sentía necesidad de llenar de palabras el trayecto. Cuando llegaron a Rialto, las barcazas que surten el mercado habían convertido el silencio en un recuerdo. Foa enfiló el Rio dei SS Apostoli, pasando por delante del *palazzo* en el que un lejano antepasado de Paola había sido decapitado por traición. Tomando velocidad, la lancha salió a la laguna, y Brunetti vio, a la derecha, las paredes del cementerio y, detrás, un frente de nubes que avanzaba hacia la ciudad.

Brunetti les volvió la espalda y miró hacia Murano, sintiendo el calor de la primavera en el cuerpo. La lancha dio la vuelta a la isla, viró hacia la derecha y entró en el canal Serenella. Brunetti miró el reloj y vio que aún no eran las seis. Foa hizo otro atraque suave como una seda y Brunetti subió al embarcadero de la ACTV.

—Ya puede regresar —dijo al piloto—. Y gracias.

—¿Me permite que busque un café y lo espere aquí, comisario? —preguntó Foa.

No justificó su resistencia a regresar a la *questura*, que Brunetti sospechaba que no se debía al deseo de rehuir el trabajo.

—Lo que puede hacer es llamar a Vianello a su casa, ir a recogerlo y traerlo. —Brunetti, aturdido por el sueño y exasperado por Alvise, no había pensado en avisar a Vianello, y prefería tener consigo al inspector.

Foa levantó un poco la mano y sonrió. Brunetti apenas vio maniobrar al piloto, pero la lancha se separó del muelle describiendo una «U» cerrada, aceleró, elevó la proa sobre el agua y se alejó en línea recta hacia la ciudad.

Brunetti dio media vuelta y siguió el camino de cemento que cruzaba el descampado hasta la fábrica. Entonces se dio cuenta de que no había pensado en decir a Alvise que le enviara al equipo de criminalística.

—*Maria Vergine* —exclamó y sacó el *telefonino*.

Marcó el número de la centralita de la *questura* y el agente que la atendía le informó de que sí, se había pedido un equipo de criminalística, que los técnicos estaban esperando al fotógrafo y que, tan pronto llegara, saldrían hacia Murano.

Brunetti colgó, calculando lo que tardarían en llegar. Siguió andando hacia el edificio y, al acercarse, vio a dos hombres junto a las puertas correderas. Estaban uno al lado del otro, pero no hablaban, ni parecían haber interrumpido la conversación al verle acercarse.

En uno de ellos reconoció al *maestro* al que había visto fabricar el jarrón. ¿Era posible que hiciera sólo dos días? Ahora que lo tenía cerca, observó profundas cicatrices de acné en sus mejillas. El otro hombre podía ser cualquiera de los que trabajaban con él.

Los dos miraban a Brunetti sin dar señales de haberlo visto antes. Cuando estuvo frente a ellos, dijo:

—Soy el comisario Guido Brunetti, de la policía. Alguien ha llamado para informar de que había encontrado un cadáver. —Alzó ligeramente la voz al terminar la frase, para darle un tono interrogativo.

El *maestro* se volvió hacia el otro hombre, que lanzó a Brunetti una mirada de angustia y luego agachó la cabeza. Brunetti vio que el pelo le clareaba y el cráneo le relucía.

—¿Lo ha encontrado usted, *signore*? —preguntó, dirigiéndose a la coronilla del hombre.

El *maestro* levantó una mano para atraer la atención de Brunetti, y movió el índice y la cabeza de derecha a izquierda, solicitando silencio. Antes de que Brunetti pudiera decir más, el *maestro* asió al otro hombre por una manga y tiró de él. Juntos se apartaron un par de metros.

Al cabo de un momento, el *maestro* volvió.

—No lo atosigue —dijo en voz apenas audible—. No podría volver a entrar ahí.

Brunetti se preguntó si sería el remordimiento lo que impedía al otro hombre volver al escenario del crimen, pero enseguida comprendió que el *maestro* trataba de proteger a su compañero movido por un sentimiento de compasión. En respuesta al silencio de Brunetti, el *maestro* dijo:

—De verdad, comisario, no podría. No lo obligue.

En un tono de voz que él creía razonable, Brunetti respondió:

—No lo obligaré a hacer nada. Pero necesito que me diga lo que ha ocurrido.

—Es que es eso —dijo el *maestro*—. Es que no puede.

Brunetti dio unos pasos y extendió la mano hasta tocar el brazo del hombre que aún no había hablado, confiando en estar dando una señal de comprensión o conmiseración. Dirigiéndose al *maestro*, como si éste hiciera las funciones de intérprete, dijo:

—Necesito saber qué ha ocurrido. Necesito información.

Al oír estas palabras, el que no había hablado se tapó la boca con las manos y dio media vuelta. El hombre tuvo una arcada y, pasando junto a Brunetti, dio dos pasos y se inclinó, sacudido por fuertes espasmos, aunque de su boca no salió más que un hilo de bilis amarilla. Las convulsiones eran tan violentas que tuvo que apoyar las manos en los muslos. Lo acometió otra arcada, y él dobló una rodilla, apoyó una mano en el suelo y volvió a vomitar.

Brunetti lo miraba sin saber qué hacer. Al fin tomó la iniciativa el *maestro*, que ayudó a levantarse al otro hombre.

—Vamos, Giuliano, me parece que lo mejor que puedes hacer es irte a casa. Ven conmigo.

Ninguno de los dos miró siquiera a Brunetti, que dio

un paso atrás para dejarlos pasar. Los siguió con la mirada hasta que llegaron al muelle, torcieron a la izquierda y desaparecieron en dirección al puente que conducía al centro de la isla. Pareció que los dos hombres se llevaban consigo algo de luz, porque cuando desaparecieron unas nubes empañaron la claridad de la mañana.

Brunetti miró en derredor y no vio a nadie. Oyó pasar un barco por el canal; la marea estaba baja, y no vio más que la cabeza de un hombre que se deslizaba a ras del muelle. El hombre miró a Brunetti con una sonrisa que al comisario le recordó la del gato de *Alicia en el País de las Maravillas*.

Pasó un minuto, después otro, y el zumbido del motor se perdió a lo lejos sin que nada lo sustituyera. Brunetti dio media vuelta y se acercó al *fornace*; las puertas metálicas estaban entreabiertas. Entró y se detuvo un momento, mientras sus ojos se habituaban a la semioscuridad.

En su anterior visita había observado lo sucias que estaban las ventanas y las claraboyas, pero entonces era pleno día y había suficiente luz para trabajar. Buscó con la mirada un interruptor, pero al ver cerradas las puertas de los dos hornos que estaban embutidos en la pared, temió equivocarse de interruptor y provocar un desastre. Sabía que la temperatura tenía que bajar gradualmente durante toda la noche, para que no se rompieran las piezas que reposaban en el interior para su secado.

Se adentró unos pasos en la fábrica, atraído por la luz que salía por la puerta abierta del horno más alejado. Alumbraba la zona situada delante y un poco de cada lado, pero el resto de la enorme nave estaba en sombras.

Brunetti avanzó otro paso y entonces notó el extraño

olor que impregnaba el aire, un tufo empalagoso, un punto ácido. Aunque era primavera y los árboles y las plantas ya empezaban a florecer, aquel efluvio no parecía una emanación floral. Tampoco, el potente fermento que exuda la tierra cuando las plantas se afanan por rebrotar, aunque tenía más de este último que de la primera.

Brunetti miró alrededor, preguntándose si se habría vertido algún colorante o sustancia química, a pesar de que aquel olor tampoco parecía químico. Se acercó al primer horno y notó el aumento de temperatura, a pesar de que estaba cerrada la puerta. La vaharada de calor le hizo apartarse hacia la izquierda, al espacio que quedaba entre el primer y el segundo hornos. La temperatura bajó bruscamente, y él casi sintió frío, por el contraste con el ardor que irradiaba del primer horno.

Al acercarse al segundo horno, volvió a embestirlo el calor, impactándole en el brazo y la pierna, inflamándole la mejilla, dispuesto a hacer arder toda su persona. Instintivamente, se protegió la cara con la mano hasta que lo dejó atrás y llegó a una zona más fresca.

La boca del tercer horno atrajo su mirada. No pudo evitar mirar al fondo de aquel infierno. El calor le hacía parpadear. Retrocedió para alejarse y sintió alivio con el brusco descenso de la temperatura. Allí el olor era mucho más fuerte.

Miró a derecha e izquierda, sin ver nada extraño. Volvió a fijar la atención en la boca del horno, donde las llamas rugían y le lanzaban su aliento candente. Ahora había más luz que cuando había entrado en el edificio: quizá las nubes se habían disipado o el viento las había barrido. El sol ya asomaba por encima de los tejados, y los primeros rayos que entraron por las ventanas orientadas al este provocaron una explosión de luz.

Brunetti distinguió un bulto en el suelo, justo delante del horno, a poco más de dos metros de donde él estaba. Volvió a levantar la mano, esta vez para protegerse los ojos del brillante resplandor del horno, tratando de descubrir qué era aquello. Pero la luz desbordaba su mano y tuvo que levantar la otra para aumentar el tamaño de la pantalla. Y entonces lo vio, ya a la luz del día. En el suelo, delante del tercer horno, yacía un hombre, un hombre alto. Brunetti volvió la cara y se encontró mirando la hilera de termómetros de la pared. El *Forno* III tenía una temperatura de 1.342 grados Fahrenheit, mientras que las de los otros dos eran apenas la mitad. Tuvo que retroceder porque, incluso a aquella distancia, se abrasaba.

El olor. El olor. Brunetti dobló las rodillas como un buey derribado de un hachazo. Apoyó las palmas de las manos en el suelo y vomitó bilis y más bilis mientras sentía que aquel hedor dulzón se le pegaba a la ropa y al pelo.

Así lo encontró el *maestro* minutos después. El hombre se inclinó, lo ayudó a levantarse y se lo llevó de allí. Una vez fuera, a varios metros de la puerta, le soltó el brazo y se alejó unos pasos, mientras Brunetti volvía a doblar la cintura. El hombre se volvió hacia el canal y concentró la atención en un barco que pasaba.

Fatigosamente, Brunetti sacó el pañuelo, se enjugó los labios y trató de enderezar el cuerpo. Aún tardó más de un minuto en poder mirar al otro hombre.

—¿Lo ha encontrado usted? —preguntó con voz débil.

—No, ha sido Colussi, mi *servetto*. Él acostumbra a llegar a las cinco, para vigilar los *fornaci* y todo lo que hemos dejado secándose.

Brunetti asintió y el otro prosiguió:

—Me ha llamado, pero yo no entendía nada. No hacía más que repetir: «Tassini ha muerto. Tassini ha muerto.» Le he dicho que me esperase fuera, y yo he llamado a la policía y he venido. —En vista de que Brunetti no decía nada, el hombre añadió, como si creyera que debía justificarse—: Ya ha visto cómo estaba. Tenía que llevarlo a su casa.

—¿Dónde podemos beber algo? —preguntó Brunetti.

El maestro miró el reloj y dijo:

—Al otro lado del puente. Franco ya habrá abierto.

Brunetti notó con sorpresa que aún le flaqueaban las piernas, pero se sobrepuso y siguió al otro hombre. Al llegar al pie del puente, se desvió unos pasos para tirar el pañuelo en un viejo contenedor de basura.

Una vez al otro lado, el *maestro* llevó a Brunetti hacia la izquierda, por la *riva,* y al poco se metió por una callejuela a mano derecha. A la mitad, entró en un bar que olía a café y a bollos recién hechos. Nada más cruzar el umbral, el hombre se paró y tendió la mano a Brunetti.

—Grassi —dijo—, Luca.

Brunetti le estrechó la mano y con la otra le dio unas palmadas al hombre en el brazo, en señal de agradecimiento.

Grassi se acercó al mostrador.

—*Caffè coretto* —dijo al camarero y miró Brunetti.

—Una *grappa* y un vaso de *acqua minerale non gassata* —dijo el comisario: lo único que admitiría su cuerpo.

—La *grappa* que sea de la buena, Franco —gritó Grassi al camarero que se alejaba.

Cuando llegaron el café y las bebidas, Grassi tomó

la taza y señaló una mesa, pero Brunetti movió la cabeza negativamente.

—Tengo que volver. Estoy esperando un barco.

Grassi echó tres terrones en el café y lo removió. Brunetti levantó el vaso de la *grappa*, hizo girar su contenido al ritmo de la cucharilla de Grassi y se la bebió de un trago. Casi antes de notar el sabor, tomó medio vaso de agua y se quedó quieto, esperando. Al cabo de un momento, se bebió el agua, dejó el vaso en el mostrador y con un movimiento de cabeza pidió otro.

Brunetti no había reconocido al muerto.

—¿Cómo ha sabido él que era Tassini?

—Lo ignoro —respondió Grassi meneando la cabeza con gesto de cansancio—. Ya estaba fuera cuando he llegado y no hacía más que repetir que era Tassini.

A Brunetti le era difícil preguntar, porque para ello tenía que recordar lo que había en la fábrica.

—¿Usted lo ha visto? —dijo, levantando el vaso vacío y mirando al camarero.

—No —respondió Grassi—. Cuando he entrado a buscarlo a usted, no he mirado —admitió encogiéndose de hombros—. Y la primera vez no he llegado a entrar, porque me he encontrado a Giuliano fuera, llorando. —Lanzó una mirada rápida a Brunetti—. No le dirá que se lo he dicho, ¿verdad? —Brunetti negó con la cabeza—. Repetía que Tassini estaba dentro, muerto. Yo iba a entrar, pero él me ha tirado del brazo. No quería que entrara, pero no decía por qué. —Apuró el café y dejó la taza—. Así que nos hemos quedado fuera, esperando, cosa de media hora. Ha vomitado un par de veces, pero seguía sin querer hablar, sólo decía que me quedase con él hasta que ustedes, la policía, llegaran.

—Entiendo —dijo Brunetti acercándose a los labios

el segundo vaso de agua. Bebió un sorbo, pero su cuerpo dijo que ya era suficiente por el momento. Dejó el vaso en el mostrador—. ¿Por qué ha entrado ahora? —preguntó.

Grassi apartó a un lado la taza vacía y dijo:

—Cuando al volver no lo he visto, he pensado que podía haberle ocurrido algo y he entrado a ver si estaba bien. Pero a él no lo he mirado. —Hizo una pausa—. Giuliano me ha hablado de él cuando lo acompañaba a su casa, y no he querido mirar. —Empujó la taza hacia el otro lado de la barra—. Pobre diablo estúpido.

Esta última palabra chocó a Brunetti, que no sabía a quién se refería su interlocutor.

—¿Tassini?

—Sí —respondió Grassi con un tono que era mezcla de exasperación y afecto—. Siempre estaba tropezando con las cosas, poniéndose en medio, dando traspiés. Un día pidió a De Cal que le dejara trabajar el vidrio, pero ninguno de nosotros lo quería. Llevábamos años viendo cómo se le caían las cosas de las manos; imagine los destrozos. Él no es un vidriero ni lo será nunca. —Grassi pareció darse cuenta de que hablaba en presente y se interrumpió—. De todos modos, era un buen hombre, honrado y cumplidor. Hacía su trabajo.

—¿Cuál era exactamente su trabajo? —preguntó Brunetti tomando el vaso y arriesgándose a beber otro sorbo de agua.

—Limpiaba las naves y vigilaba los *fornaci* por la noche.

Brunetti dijo agitando una mano:

—No estoy seguro de haberlo entendido bien, *signore*. Es decir, aparte lo de barrer el suelo.

Grassi sonrió.

—Ésa era una de sus tareas: barrer nuestra fábrica y la de Fasano. Es decir, desde que empezó a trabajar también para él. Asegurarse de que los sacos de arena no perdían una vez abiertos. —Se interrumpió, como si nunca se hubiera parado a pensar cuáles eran las obligaciones del *uomo di notte*— . Y controlar la temperatura y la *miscela* durante la noche —prosiguió—. También tenía que vigilar que los sacos no se volcaran ni se mezclara el contenido. —Grassi pidió otro café y, mientras esperaba, preguntó—: ¿Usted sabe lo que es la *miscela*, verdad?

Brunetti recordaba la palabra, pero poco más.

—Sólo sé que está compuesta de arena y otras cosas —dijo.

Llegó el café y Grassi echó otros tres terrones.

—Arena, sí —dijo—. Y los minerales correspondientes. Si el color que deseamos es el amatista, le echamos manganeso, o cadmio para el rojo. Algunos sacos se parecen, y hay que tenerlos separados y bien derechos. El contenido no puede caer al suelo, o tendríamos un buen pastel y habría que tirarlo todo. —Miró a Brunetti, que movió la cabeza de arriba abajo para indicar que lo seguía—. Cuando nosotros nos vamos, *l'uomo di notte* echa los ingredientes de la *miscela* en el *crogiolo*, de acuerdo con la fórmula, la remueve y deja que se caliente durante toda la noche, para que a las siete de la mañana, cuando nosotros entramos, esté a punto y podamos empezar a trabajar.

—¿Qué más tenía que hacer?

De nuevo, Grassi hizo un esfuerzo para recordar cuáles podían ser las tareas del muerto.

—Comprobar los filtros y, quizá, llevar los barriles de un lado al otro.

—¿Qué filtros? —preguntó Brunetti.

—Los de las muelas de pulir. El agua que usan los pulidores se filtra y el desperdicio se mete en barriles y se vuelve a filtrar un par de veces —dijo Grassi con indiferencia—. Pero de eso no sé nada, yo sólo entiendo de vidrio. —Miró a Brunetti fijamente, como el orador que evalúa a su auditorio, y añadió—: Es de locos, Marghera echa al aire y a la laguna toda la mierda que le da la gana: cadmio, dioxina, petrotal y petrocual y nadie dice ni pío. Pero a la que nosotros dejamos caer a la laguna una taza de polvo de vidrio, ya los tenemos encima con inspecciones y multas. Y unas multas como para obligarte a cerrar. —Reflexionó un momento y añadió—: No es de extrañar que De Cal piense vender la fábrica.

Brunetti tomó nota del comentario y volvió a Tassini.

—¿Esas cosas decía Tassini? ¿Sobre la contaminación?

Grassi miró al techo.

—No hablaba de otra cosa. A la mínima, te largaba uno de sus discursos. A veces, tenías que decirle que se callara. Que si este veneno y ese otro veneno estaban intoxicándonos a todos, y que el veneno no sólo viene de Marghera, sino también de aquí. —Calló un momento, haciendo memoria—. Yo traté de hablar con él un par de veces. Pero no quería escuchar. —Se inclinó y puso una mano en el brazo de Brunetti—. Yo he visto los números y sé que aquí no muere tanta gente como en Marghera. Allí sí que caen como moscas. —Se irguió y retiró la mano—. Quizá las corrientes se lleven de aquí esas cosas. No sé. Traté de decírselo a Giorgio, pero no quiso escucharme. Se le había metido en la cabeza que estaban envenenándonos a todos, y por más que le dijeras, no se dejaba convencer.

Grassi calló y, al cabo de un momento, añadió con sincera tristeza en la voz:

—El pobre tenía que creerlo así, desde luego. Después de lo de la niña...

Meneó la cabeza, pensando en la niña, o pensando en la debilidad humana. Brunetti no lo sabría decir. Grassi hablaba sin reproche; al contrario, Brunetti no percibía en su tono más que afecto, ese afecto que nos inspira la persona que se las ingenia para equivocarse siempre en todo sin despertar la animadversión de nadie.

—Me parece que ahí llega su barco —dijo Grassi.

Brunetti ladeó la cabeza con gesto interrogativo.

—No reconozco el motor, y viene de la ciudad, de prisa —dijo el *maestro*.

Sacó dinero de bolsillo y lo dejó en el mostrador. Brunetti le dio las gracias y juntos fueron hacia la puerta.

Cuando llegaron al canal, vieron que Grassi no se había equivocado. La lancha de la policía estaba atracando en el embarcadero de la ACTV. A bordo venían Bocchese y el equipo de criminalística.

15

Brunetti los saludó con la mano desde el otro lado del canal y cruzó el puente para ir a su encuentro. Además de Bocchese venían dos fotógrafos y dos técnicos que estaban desembarcando el equipo habitual.

Brunetti hizo las presentaciones y explicó a Bocchese que Grassi era uno de los *maestri* que trabajaban en el *fornace* donde se había encontrado el cadáver. Los dos hombres se estrecharon la mano y Bocchese se volvió a decir unas palabras a uno, que se dio por enterado agitando una mano. En el muelle iban apilándose las cajas y las bolsas. Cuando le pareció que todo había sido descargado, Brunetti los llevó por el camino de tierra que conducía a las puertas metálicas de la fábrica. Le sorprendió ver junto a ellas a dos hombres, uno con uniforme de la policía, en el que reconoció a Lazzari, del puesto de Murano. El otro era De Cal, que gritaba y gesticulaba.

Al ver a Brunetti, De Cal lo embistió vociferando:

—¿Se puede saber qué demonios pasa ahora? Primero saca del calabozo a ese canalla y ahora me impide entrar en mi propia fábrica.

Más acostumbrado que los otros a los arrebatos de De Cal, Grassi se adelantó y, señalando a los técnicos que estaban poniéndose sus monos desechables, le dijo:

—Me parece que quieren entrar solos, señor.

—Recuerda para quién trabajas, Grassi —escupió De Cal con la cara roja de ira—. Trabajas para mí. No para la policía. Aquí las órdenes las doy yo, no la policía. —Acercó la cara a la de Grassi. Brunetti observó que tenía hinchados los tendones del cuello—. ¿Está claro?

El comisario se situó al lado de Grassi.

—Su fábrica ha sido escenario de una muerte, *signor* De Cal —dijo, observando que Lazzari parecía contento de ver que él tomaba el relevo—. Los técnicos estarán ahí dentro unas horas. Cuando ellos terminen, sus hombres podrán volver al trabajo.

De Cal arremetió bruscamente contra Brunetti, obligándolo a dar un paso atrás:

—Yo no puedo perder unas horas. —Miró a los técnicos y a sus aparatos como si hasta entonces no hubiera advertido su presencia—. Esos payasos se pasarán ahí dentro todo el día —dijo—. ¿Cómo van mis hombres a trabajar en medio de toda esa gente?

—Si lo prefiere, *signor* —dijo Brunetti en su tono más oficial—, pediremos una orden judicial y clausuraremos la fábrica durante una o dos semanas. —Sonrió observando que Grassi había aprovechado la oportunidad para desaparecer.

De Cal abrió la boca, la cerró y se alejó rezongando. Brunetti captó más de un «hijo de puta» y cosas peores, pero optó por desentenderse del viejo.

Los técnicos, que durante la escena habían dejado las bolsas en el suelo, las recogieron y fueron hacia las puertas. Brunetti los detuvo con un ademán y dijo a Bocchese:

—Si traen mascarillas, pónganselas.

Los hombres volvieron a dejar las bolsas en el suelo y uno sacó varias mascarillas quirúrgicas que repartió entre sus compañeros. Brunetti extendió la mano, tomó una, rompió el envoltorio, se pasó la goma por detrás de las orejas y se ajustó la mascarilla a la nariz y la boca, luego, del mismo hombre, aceptó unos guantes de plástico y se los puso.

Uno de los técnicos acarreaba sobre el hombro una bolsa alargada que contenía lámparas y trípodes. Fue el primero en entrar y se puso a buscar un enchufe. Sin dirigirse a nadie en particular, Brunetti dijo:

—Está al fondo, delante del horno central —y siguió a los técnicos al interior del edificio.

Aún no se le habían acostumbrado los ojos a la relativa oscuridad de la nave interior, cuando Brunetti oyó que lo llamaban desde la puerta. Se volvió y vio a Vianello, con guantes pero sin mascarilla. Brunetti levantó una mano, se acercó al técnico, le pidió otra mascarilla y la llevó al inspector diciendo:

—La necesitarás.

Andando uno al lado del otro —Brunetti se sentía fortalecido por la presencia de Vianello—, fueron hacia el tercer horno, pero se pararon unos metros antes de llegar para esperar a que el fotógrafo terminara su trabajo. Brunetti miró los termómetros y vio que el *Forno* III había subido a 1.348 grados. Ignoraba qué temperatura podía haber delante y debajo de la boca.

Cuando hubo tomado una serie de fotografías del suelo, el fotógrafo se acercó al muerto y lo enfocó desde todos los ángulos.

—¿Qué médico viene? —preguntó Brunetti.

—Venturi —respondió Vianello con apreciable falta de entusiasmo.

A la derecha de Brunetti había una hilera de los útiles de hierro que utilizan los sopladores de vidrio: cañas y tubos de longitudes y diámetros varios. En el banco de trabajo del *maestro* se alineaban pinzas, tenazas y paletas, ninguna de las cuales tenía marcas de sangre. Desde unos carteles clavados en la pared, mujeres desnudas, de pechos enormes, lanzaban miradas provocativas al muerto y a los hombres que se movían en silencio alrededor de él.

Brunetti, situado en diagonal a la escena, miró el rostro barbudo de Tassini, pero enseguida volvió la cara, porque no quería ver aquel cuerpo bañado en sus propios detritus más de lo imprescindible. El flash del fotógrafo atrajo su mirada, y vio que el extremo de una de las cañas de soplar había quedado aprisionado debajo del cuerpo de Tassini.

El comisario oyó ruido a su espalda y, al volverse, vio al *dottor* Venturi, que acababa de dejar el maletín en el banco de trabajo del *maestro*. Cayeron al suelo unas tenazas. Brunetti las recogió y las dejó en el banco sin decir nada a Venturi. El médico abrió el maletín, sacó unos guantes y se los puso. Miró al muerto, aspiró por la nariz e hizo una mueca de repugnancia. Brunetti observó que las solapas del abrigo de Venturi estaban cosidas a mano. Sus zapatos negros reflejaban la luz del horno.

—¿Es él? —preguntó el joven médico señalando al muerto.

Nadie contestó. Venturi metió la mano en el maletín y sacó una mascarilla de gasa y un frasco de colonia 4711 con la que roció profusamente la mascarilla. Cerró el frasco y lo guardó en el maletín. Se acercó la mascarilla a la cara y se pasó la goma por detrás de las orejas.

Un jersey verde oscuro colgaba del respaldo de la silla del *maestro*. Venturi lo tomó y lo dejó caer al suelo, al lado del muerto. Se levantó la pernera izquierda del pantalón, se agachó y apoyó la rodilla en el jersey. Palpó la muñeca del muerto, la sostuvo un segundo y la dejó caer al suelo.

—Aún no está asado del todo, diría yo —murmuró, pero no con un susurro sino con el volumen de voz que usaría un estudiante para decir algo del profesor durante la clase.

El médico se puso en pie, miró a Brunetti y se sacó los guantes, dejándolos caer en el banco del *maestro*, al lado del maletín.

—Está muerto —dijo. Cerró el maletín y lo agarró por el asa. Fue hacia la puerta—. Con su permiso —murmuró y, al cabo de un momento, añadió—: Caballeros.

—Se olvida del jersey —dijo Brunetti y, haciendo una pausa aún más larga, añadió—: *Dottore*.

—¿Qué? —inquirió Venturi, en un tono anormalmente alto, incluso pese a la feroz competencia del rugido de los hornos.

—El jersey —repitió Brunetti—. Ha olvidado recoger el jersey. —Mientras hablaba, Brunetti notó que Bocchese se situaba a su derecha y Vianello a su izquierda.

Venturi los miró, vio el sudor en la frente de Vianello y el ceño fruncido de Bocchese. Retrocedió, se agachó, levantó el jersey por una manga e hizo ademán de arrojarlo al banco de trabajo, pero Vianello inició un movimiento, y el médico rectificó y colgó el jersey del respaldo de la silla. Luego, volvió a empuñar el maletín.

Ninguno de los tres hombres se movió. Venturi dio dos pasos hacia la izquierda para sortear a Bocchese. No se molestaron en volver la cabeza para verlo marchar, y no vieron cómo se arrancaba la mascarilla y la arrojaba al suelo.

Bocchese gritó a los fotógrafos:

—¿Ya lo tenéis todo, chicos?

—Sí.

Brunetti no quería hacer aquello, y estaba seguro de que ni Bocchese ni Vianello deseaban intervenir. Pero cuanto antes tuvieran una idea de lo que había podido ocurrirle a Tassini antes podrían... ¿qué? ¿Preguntarle? ¿Hacerlo volver a la vida? Brunetti ahuyentó estos pensamientos.

—No tienen obligación de ayudarme —dijo a los dos hombres, acercándose al cuerpo de Tassini.

Se puso de rodillas. El olor a orina y heces se acentuó. Vianello se situó al otro lado y Bocchese se arrodilló junto al inspector. Los tres hombres pusieron las manos debajo del cuerpo. Aquello estaba muy caliente, y Brunetti tuvo la impresión de que tocaba algo viscoso. Notó el sabor de la *grappa* en la boca.

Lentamente, dieron la vuelta al hombre. Tenía la cara hinchada, y Brunetti observó una señal en la frente, junto al nacimiento del pelo. Al poner el cadáver boca arriba, el brazo izquierdo, que estaba aprisionado debajo, quedó libre y golpeó el suelo con un sonido sordo, amortiguado por el grueso manguito antitérmico que lo cubría. Vianello y Bocchese se levantaron y fueron hacia la puerta. Brunetti se dispuso a registrar los bolsillos de Tassini, lo miró una vez más y abandonó la idea. Fuera encontró a Vianello apoyado en la pared. Bocchese estaba donde la hierba, con el cuerpo doblado y las manos en las rodillas. Ninguno de los dos llevaba ya la mascarilla.

Brunetti se quitó la suya.

—Al otro lado hay un bar —dijo con una voz que quería ser normal.

Los llevó por la orilla del canal, puente arriba y puente abajo. Cuando llegaron al bar, la cara de Vianello había recuperado su color y Bocchese tenía las manos en los bolsillos.

El regusto a *grappa* hizo comprender a Brunetti que no debía repetir, y pidió una infusión de manzanilla. Bocchese y Vianello se miraron y pidieron lo mismo. Permanecieron en silencio hasta que les pusieron en el mostrador tres pequeñas teteras. Echaron el azúcar directamente en las teteras y se las llevaron, con las tazas, a una mesa situada al lado de la ventana.

—Puede haber sido cualquier cosa —apuntó finalmente Bocchese rompiendo el silencio.

Vianello se sirvió la manzanilla y sopló varias veces antes de decir:

—Se daría un golpe en la cabeza.

—O se lo darían —dijo Brunetti.

—Quizá tropezó con la caña —sugirió Bocchese.

Brunetti recordó la precisión con que estaban ordenadas las herramientas.

—No, a no ser que estuviera usándola. La nave está muy bien ordenada, no había nada más fuera de su sitio, y en el extremo de la caña había vidrio, lo que significa que estaba utilizándola para fabricar algo. Quizá iba a empezar.

Recordó que Grassi había dicho que Tassini no tenía aptitudes para soplador de vidrio. Pero nada le impedía probar.

—Quizá era la manera de mantenerse despierto —sugirió Bocchese—. Soplar vidrio.

—Él leía —dijo Brunetti.

Los otros dos lo miraron con extrañeza.

Bocchese apuró la manzanilla de la taza y volvió a servirse de la tetera.

—No es así como se aprende a soplar el vidrio, jugando a solas en la fábrica, de noche.

Brunetti miró el reloj, vio que eran más de las nueve, sacó el *telefonino* y marcó el número del *dottor* Rizzardi en el hospital.

—Soy yo, Ettore. Estoy en Murano. Sí, un muerto. —Escuchó unos instantes y dijo—: Venturi. —Un silencio, éste más largo, a uno y otro lado, y Brunetti dijo—: Le agradecería que se encargara usted.

Vianello y Bocchese oían el murmullo de la voz de Rizzardi, pero sólo distinguían con claridad la de Brunetti, que decía:

—En una fábrica de vidrio. Estaba delante de uno de los hornos. —Otro silencio y Brunetti dijo—: No lo sé, quizá toda la noche.

Brunetti miró los carteles de la pared del fondo del bar, concentrando la atención en la Costa Amalfitana, para apartarla de las palabras que acababa de pronunciar. Casas colgadas del acantilado, que se agarraban a la roca como podían, y colores que se alternaban caprichosamente, sin preocuparse por la armonía. El sol relucía en el agua y los veleros navegaban rumbo a lugares que el observador tenía que suponer más bellos todavía.

—Gracias, Ettore —dijo Brunetti y colgó.

Se levantó, fue al mostrador, dejó un billete de diez euros y los tres hombres salieron del bar.

Cuando volvieron a la fábrica, el barco ambulancia del hospital se alejaba del muelle. No se veía a De Cal, pero en la puerta había tres o cuatro hombres fumando y hablando en voz baja. Dentro del edificio, los técnicos, enfundados en sus monos, recogían el equipo. Brunetti observó que una de las cañas de soplar estaba cubierta de polvo gris y apoyada en la pared. El suelo parecía limpio. ¿Tassini había barrido antes de morir?

Bocchese habló con dos de sus hombres y volvió a donde estaban Vianello y Brunetti.

—En esa caña hay huellas —dijo—. Y manchas. —Dejó pasar un momento antes de añadir—: Eso significa que pudo caer sobre ella.

—¿Hay huellas en algún otro sitio? —preguntó Brunetti.

Antes de que Bocchese pudiera responder, uno de sus hombres sacó un objeto de su maleta y se acercó al largo tubo de hierro. Había sacado una bolsa de plástico larga y delgada, parecida a las que se usan en las panaderías para envolver las *baguettes*, pero mucho más larga. Metió la caña en ella. Volvió a la maleta y extrajo un rollo de cinta adhesiva que usó para sellar la parte de abajo de la funda. Luego, retorciendo la cinta, hizo un asa a cada extremo, para que el largo tubo pudiera ser transportado por dos personas sin rozar la superficie en la que estaban las huellas.

—Vale más analizarlo a fondo —dijo Bocchese, y Brunetti pensó en la señal que Tassini tenía en la frente.

Cuando el técnico se iba, Brunetti dijo:

—¿Me tendrá informado?

Bocchese contestó con un gruñido y un movimiento de cabeza, y él y los técnicos se alejaron. Al cabo de unos minutos, dos de ellos volvieron, agarraron la caña por las asas y la sacaron de la fábrica.

—Vamos a echar una mirada —dijo Brunetti.

Como sabía que los técnicos habían examinado el suelo y las superficies, fue hasta el fondo de la fábrica, donde había una mesa llena de objetos de vidrio.

Allí estaban, puestos en fila, los delfines y los toreros de reluciente pantalón negro y chaquetilla roja.

—*De gustibus* —dijo Vianello, contemplando las piezas.

Una puerta daba a una especie de celda, ocupada por una cama plegable y una silla. Un ejemplar del *Gazzettino* de la víspera estaba abierto en la silla, como si lo hubieran dejado allí apresuradamente. En la cabecera de la cama, apoyada en la pared, había una almohada con lo que parecía la huella de una cabeza en el centro.

Brunetti levantó el periódico por las dos puntas de arriba y lo depositó en la cama. En la silla aparecieron entonces dos libros: *Enfermedades laborales, la maldición de nuestro milenio* y el *Infierno* de Dante, edición rústica para colegios, cuyo ajado aspecto hacía pensar que era objeto de lectura frecuente. Brunetti apartó a un lado el primer libro y abrió el segundo. Las esquinas de muchas páginas estaban gastadas y amarillentas. Al ojearlo, vio muchas anotaciones en el margen. Tassini había firmado el libro en tinta roja en la cara interior de la cubierta. Era una firma amanerada, con superfluas líneas horizontales que partían del punto de la última «i». La edición databa de veinte años atrás. Brunetti observó que las anotaciones estaban hechas en rojo y en negro, y que estas últimas, escritas en letra más pequeña, eran menos concisas.

Vianello se había adelantado para mirar por una ventanilla situada junto a la cabecera de la cama. Desde allí se veían claramente las rutilantes llamas de los hornos.

—¿Qué es? —preguntó señalando con la barbilla el libro que Brunetti tenía en la mano.

—El *Infierno*.

—Muy apropiado —comentó el inspector.

16

Brunetti se llevó los libros de Tassini. Él y Vianello salieron del pequeño dormitorio y atravesaron la fábrica. Como uno de los libros era en rústica y el otro de pequeño formato, le cupieron en el bolsillo de la chaqueta. Acababa de guardarlos cuando De Cal entró como catapultado por la puerta principal y fue directamente hacia ellos.

—Gasto dos mil euros a la semana en gas para los hornos, por Dios —dijo, como si hubiera llegado al fin de una larga explicación que ellos no habían querido escuchar—. Dos mil euros. Si pierdo un día de producción, ¿quién me paga el gas? Estos hornos no pueden encenderse y apagarse como un aparato de radio, ¿comprenden? —dijo señalando con un movimiento frenético los tres hornos, que ahora estaban abiertos.

»Y también he de pagar a los trabajadores. Ahora mismo me están costando dinero. Sus hombres se han marchado y ustedes están ahí sin hacer nada. Lo mismo que los trabajadores, sólo que a ellos tengo que pagarles.

Vianello y Brunetti se acercaron a él. De Cal prosiguió:

—Los he visto marchar —dijo señalando al canal—. He visto que volvían a la ciudad. Yo quiero abrir la fábrica y quiero que mis hombres vuelvan al trabajo y no tener que pagarles por estar charlando sin hacer nada, mientras se desperdicia el gas,

Brunetti no pudo por menos que decir:

—Aquí ha muerto un hombre esta mañana.

De Cal se contuvo de escupir, con evidente esfuerzo.

—Ha muerto esta mañana. Como si hubiera muerto ayer, o hubiera muerto hace dos días. ¿Qué importa eso? Ya no está. —Mientras hablaba, iba perdiendo el control—. Mantener los hornos encendidos me cuesta dinero —gritó, recalcando la última palabra—. Y a mis trabajadores los pago tanto si están aquí dentro, trabajando, como si están ahí fuera, diciendo lo buen chaval que era Tassini, a pesar de todo. —Se acercó y levantó la mirada primero hacia la cara de Brunetti y después hacia la de Vianello, como buscando la razón por la que no podían entender algo tan simple—: Estoy perdiendo dinero.

Brunetti y Vianello no se miraron. Al fin Brunetti dijo:

—Ya pueden entrar a trabajar, *signor* De Cal.

Sin molestarse en darle las gracias, el hombre dio media vuelta y salió. Le oyeron llamar a los hombres y decir a uno de ellos que fuera a avisar a los demás. Ya era hora de volver al trabajo. El negocio es el negocio. La vida sigue.

Brunetti descubrió de pronto lo que debía hacer, y le sorprendió haber conseguido no pensar en ello hasta este momento. La esposa de Tassini, la familia de Tassini: alguien tenía que ir a decirles que las cosas ya nunca volverían a ser como antes. Alguien tenía que ir a decirles que la vida que habían conocido hasta entonces había terminado. Sintió el impulso de llamar a la *questura* para pedir que enviaran a una agente. No conocía a la viuda, con la suegra había hablado una única vez y su conversación con Tassini no había durado ni un cuarto de hora. A pesar de todo, debía ir él.

Se volvió hacia Vianello, le dijo adónde iba y le pidió que se quedara para hablar con los trabajadores y, a poder ser, con De Cal. ¿Tenía enemigos Tassini? ¿Quién más podía haber venido a la fábrica por la noche? ¿Era Tassini tan torpe como decía Grassi?

Brunetti se despidió de Vianello diciendo que ya hablarían en la *questura*, salió a la *riva* y se dirigió hacia la lancha de la policía. Foa estaba en la cabina. Había abierto una de las puertas de madera del armario de control y estaba enrollando cinta aislante en un cable. Al oír los pasos de Brunetti en la cubierta, el piloto levantó la mirada, saludó con la cabeza, introdujo el cable en su lugar y cerró el armario. A continuación, puso en marcha el motor.

—Vamos a la parada de Arsenale —dijo Brunetti.

Empezó a bajar a la cabina, pero, cuando la lancha salió al canal y sintió en la cara el aire de la mañana, decidió quedarse en cubierta. Trataba de mantener la mente en blanco, pero tenía la sensación de que, primero, la brisa y, luego, cuando la lancha aceleró, el viento que le sacudía la ropa se llevaban todo lo que aún pudiera estar adherido a ella

—¿Tenemos prisa, comisario? —preguntó Foa cuando se acercaban a Fondamenta Nuove.

Brunetti deseaba que la travesía durase lo más posible; quería no tener que dar aquella noticia. Pero respondió:

—Sí.

—Entonces preguntaré si podemos cruzar por el Arsenale —dijo Foa, sacando su *telefonino*.

Buscó un número programado y habló apenas un momento. Guardó el aparato en el bolsillo, hizo un viraje cerrado hacia la izquierda, luego describió un arco hacia la derecha, pasó bajo el puente peatonal y cruzó el Arsenale en línea recta.

¿Cuántos años habían transcurrido desde que el número 5 hacía ese recorrido cada diez minutos?, se preguntó Brunetti. En otras circunstancias, hubiera disfrutado con la vista de los astilleros que habían alimentado la grandeza de Venecia, pero en este momento no podía pensar más que en el viento purificador.

Foa entró en uno de los puntos de atraque de los taxis, al lado de la parada de Arsenale, y detuvo la lancha el tiempo suficiente para que Brunetti saltara al muelle. El comisario agitó la mano en señal de agradecimiento, pero no dijo al piloto lo que debía hacer a continuación: Foa podía regresar a la *questura* o irse a pescar. A él le daba igual.

Subió por Via Garibaldi, resistiendo a cada bar que pasaba la tentación de entrar a tomar un café o un simple vaso de agua. Tocó el timbre del piso de Tassini, vio que eran casi las once y volvió a llamar.

—¿Quién...? —oyó que preguntaba lo que le pareció una voz de mujer, que fue ahogada por el crepitar de parásitos del contacto defectuoso—. ¿Giorgio? —dijo la misma voz, terminando la pregunta en una nota aguda de esperanza.

Él volvió a llamar y la puerta se abrió.

Mientras subía la escalera, oyó unos pasos rápidos sobre su cabeza y, al poner el pie en el último tramo, vio en lo alto a una mujer. Era más esbelta que su madre, pero también tenía los ojos verdes. El cabello le llegaba hasta más abajo de los hombros, con abundantes canas que la hacían aparentar más edad de la que tenía. Llevaba una falda marrón, zapatos planos y se ceñía al cuerpo una chaqueta de punto beige, tanto para abrigarse como para protegerse.

—¿Qué ha pasado? —preguntó al verlo en la escalera—. ¿Qué ha sido? —Le falló la voz, como si bastara verlo (u olerlo, pensó Brunetti, durante un momento de horror) para perder la esperanza.

Él siguió subiendo la escalera, mientras trataba de borrar de su cara la compasión.

—*Signora* Tassini... —empezó a decir.

—¿Qué le ha pasado a mi marido? —preguntó ella. La voz volvió a rompérsele en la última palabra. Detrás de la mujer sonó otra voz que, en un primer momento, Brunetti no reconoció:

—¿Pasa algo malo? —preguntó, y luego ya le resultó familiar al decir—: Sonia, sube. —Al cabo de un momento, el tono se hizo más perentorio—: Sonia, Emma está llorando.

La mujer, dividida entre la amenaza que percibía en la presencia de Brunetti y el peligro más inmediato que anunciaba su madre, retrocedió rápidamente escalera arriba, pero, antes de llegar a la puerta y desaparecer en el apartamento, volvió dos veces la cabeza para mirar al visitante.

La madre lo esperaba en el rellano.

—¿Qué ha pasado? —preguntó al verlo.

—Un accidente, en la fábrica. —Le pareció conveniente decirlo así, aunque lo dudaba; antes hubiera creído en el hada madrina.

Por la forma en que lo taladraron los ojos verdes, él comprendió que había subestimado la inteligencia que albergaban.

—Ha muerto, ¿verdad?

Brunetti asintió. Detrás de la mujer se oía la voz de la hija, acompañada de otros sonidos, arrullando a su propia hija.

—¿Cómo ha sido? —preguntó la mujer en voz más baja.

—Aún no lo sabemos, *signora* —dijo Brunetti—. Eso lo dirá la autopsia, espero. —Hablaba como si aquello fuera un proceso normal.

—*Maria Santissima* —dijo ella, sacando el arrugado paquete de Nazionale blu. Brunetti sólo tuvo tiempo de leer las grandes letras que vaticinaban la muerte antes de que ella encendiera el cigarrillo y devolviera el paquete al bolsillo—. Pase. Yo entraré cuando acabe.

Sorteando a la mujer, Brunetti entró en el apartamento. La esposa de Tassini estaba sentada en el manchado sofá, acunando a la niña que lloriqueaba. La mujer sonrió y se inclinó para dar un beso a la pequeña. No se veía al niño, pero a Brunetti le pareció oír una vocecita que canturreaba en el fondo del apartamento.

Él se acercó a la ventana, apartó el visillo y se quedó mirando los ladrillos y las ventanas de la casa de enfrente sin pensar en nada.

La primera señal de que había entrado la otra mujer se la dio el sonido de su voz:

—Dígaselo ya, comisario.

Brunetti se volvió y la vio sentada en el sofá, al lado de su hija.

—Lo lamento, *signora* —comenzó a decir—, le traigo una mala noticia. La peor noticia. —La mujer levantó la cara, pero no dijo nada. Lo miraba fijamente, esperando la peor noticia, a pesar de que ya debía de saber cuál era—. Esta mañana —prosiguió él—, al entrar en la fábrica, uno de los trabajadores ha encontrado a su esposo, muerto.

Antes de que él pudiera leer su expresión, ella bajó la cara y miró a la niña que parecía haberse dormido. Luego levantó la mirada y preguntó:

—¿Cómo ha sido?

—Aún no lo sabemos, *signora*. —Brunetti no sabía cómo consolar a esta mujer y deseaba que su madre hiciera o dijera algo, pero ninguna de las dos se movía.

La niña gorgoteó, y la mujer le puso la mano en el pecho. Como si hablara a la niña, dijo:

—Él lo sabía.

—¿Qué sabía, *signora*?

—Que algo ocurriría. —Miró a Brunetti, después de hablar.

—¿Qué decía, *signora*? —Ella no contestó, y él insistió—: ¿Que le ocurriría algo así?

Ella movió la cabeza negativamente.

—No, sólo que sabía cosas y que saberlas era peligroso.

La madre asintió. Se lo había oído decir.

—¿Le dijo cuál creía él que era el peligro, *signora*? ¿O lo que él sabía? —Frente a su silencio, él añadió—: ¿O dijo cuál era la causa del peligro?

La madre miró a su hija, tratando de adivinar el alcance de lo que sabía, pero la esposa de Tassini dijo:

—No. Nada. Sólo que sabía cosas, y que saberlas era peligroso para él.

Brunetti pensó en la información de la que le había hablado Tassini durante su entrevista.

—Cuando hablé con él... —dijo, preguntándose si

ella demostraría sorpresa. En vista de que no era así, prosiguió—: Su marido dijo que tenía una carpeta en la que guardaba la información que iba reuniendo. Dijo que tenía papeles importantes.

Ella ni parpadeó. Estaba enterada de la existencia de la carpeta.

—Quizá la carpeta pueda ayudarnos a comprender lo que ha ocurrido.

—Lo que ha ocurrido es que Giorgio ha muerto —explotó la madre—. No sé en qué pueden ayudar ahora los papeles.

Brunetti no trató de contradecirla.

—Podrían ayudarme a mí —dijo.

La *signora* Tassini se volvió hacia su madre y le puso en el regazo a la niña dormida. Se levantó y se dirigió al fondo del apartamento, como si sólo fuera a vigilar al niño.

Él la oyó hablar a su hijo en la otra habitación, con voz serena y tranquilizadora. A los pocos minutos, salió con una carpeta marrón en la mano, que le entregó diciendo:

—Me parece que esto es todo lo que voy hacer por usted. Ahora agradecería que se marche.

Brunetti se levantó, tomó la carpeta que ella le tendía y, sin dar las gracias a ninguna de las dos mujeres, salió del apartamento.

17

Una vez en la calle, Brunetti abrió la carpeta. No sabía qué esperaba encontrar, pero sin duda algo más que tres hojas de papel con unos cuantos números escritos a mano. En la parte superior de la primera estaban las letras VR y DC, estas últimas, sin duda, alusivas a De Cal. Debajo había dos números: 200973962 y 100982915. ¿Sumas de dinero sin puntos ni comas? ¿Códigos bancarios? ¿Números de teléfono? En la segunda hoja había cuatro números: la primera parte de cada uno estaba escrita en cifras romanas, separadas por una barra de unas cifras arábigas. Al principio, pensó que podían ser fechas, primero, el mes y, después, el día, pero uno de los números era más alto que 31, lo que le obligó a descartar esta posibilidad. La tercera página contenía seis pares de números. El primero era 45º 27.60, y 12º 20.90; los otros pares eran casi idénticos y sólo cambiaban las últimas cifras. La primera suposición, al ver el signo de grados, fue que se trataba de un sistema para anotar las temperaturas de un horno, o quizá de cada uno de ellos, pero serían temperaturas muy bajas.

Brunetti nunca había sentido afición por los crucigramas, y los jeroglíficos y las adivinanzas lo aburrían. Se encaminó hacia la *questura* y, al llegar al pie de Ponte dei Grechi, se detuvo al darse cuenta de que había perdido la noción del tiempo. Vio que eran más de las doce y media, y llamó a Paola para decirle que no volvería a casa hasta la noche. Ella, reaccionando más al tono que al mensaje, sólo le dijo que comiera algo y que procurara llegar a una hora razonable.

Él entró en el bar y pidió un *panino* y un vaso de agua mineral, y después, cuando se le despertó el hambre, otro *panino*. Una vez hubo terminado —aunque sin sentirse saciado— bajó por la *riva* hasta la *questura*. La lancha de Foa estaba amarrada frente al edificio, pero no se veía al piloto.

El agente de la puerta dijo que Vianello aún no había vuelto. Brunetti le pidió que, cuando viera al inspector, le dijera que subiera a su despacho, y fue al laboratorio en busca de Bocchese.

Cuando entró Brunetti, el técnico levantó la cabeza un momento y luego volvió a mirar lo que tenía ante sí en su larga mesa de trabajo. A un lado estaba la caña de soplar, descansando sobre dos bloques de madera de unos diez centímetros de alto, situados uno a cada extremo.

—¿Hay algo? —preguntó Brunetti señalándola con el mentón.

Bocchese, que estaba afilando unas tijeras, levantó la mirada y dijo:

—En el extremo hay muchas huellas del muerto. Se ven otras parciales, pero debió de estar manejándola mucho rato y sus huellas borraron o taparon todo lo que había debajo.

Brunetti miró el largo tubo de hierro como si a simple vista pudiera descubrir algo. En el extremo que estaba más cerca había una especie de burbuja en forma de tortuga: plana por debajo y abombada por encima.

—¿Qué pudo pasar? —dijo Brunetti, que conocía al técnico lo suficiente para no preguntarle directamente qué creía él que había pasado.

Bocchese nunca contestaba esta clase de preguntas. Quizá no le gustaba hacer conjeturas.

Señaló a la tortuga con las tijeras.

—A lo mejor quería hacer alguna pieza. El horno frente al que estaba tenía una temperatura mucho más alta que los otros: allí se preparaba el vidrio para el día siguiente. Él estaba solo en la fábrica. Puede que quisiera hacer algo. Si dejó caer la caña, el vidrio fundido se aplastaría por abajo y quedaría así.

—¿Qué pudo pasarle? —repitió Brunetti.

Bocchese levantó la mirada de las tijeras.

—Guido, yo puedo hablar de lo que dicen las pruebas. El porqué habrá de averiguarlo usted.

Brunetti hizo como si no le hubiera oído.

—¿Ha visto el cuerpo?

—Tenía una señal en la frente. Quizá al caer se dio un golpe con la puerta.

—¿Alguna marca en la puerta?

Bocchese levantó una hoja del *Gazzettino* que tenía abierta encima de la mesa y la cortó por la mitad de seis tijeretazos. Mientras una de las mitades se posaba en la mesa, él dijo:

—En el interior del horno, la temperatura estuvo rozando los 1.400 grados Fahrenheit toda la noche. Quizá un poco menos en la puerta. No hay marca que pueda resistir esa temperatura.

—¿Y en el suelo? —preguntó Brunetti—. ¿O en el cuerpo?

Bocchese meneó la cabeza.

—Nada. Todo estaba limpio, recién barrido. —Dio otro tijeretazo al *Gazzettino*—. Una de sus tareas, tengo entendido: barrer.

—A usted no le gusta esto, ¿verdad?

Bocchese se encogió de hombros.

—Yo mido y anoto. Usted decide si ha de gustar o no.

Brunetti levantó una mano aceptando la respuesta, le dio las gracias y se volvió para marcharse. A su espalda oyó decir a Bocchese.

—Pero no me gusta, no.

En su despacho, Brunetti puso las tres hojas de papel en la mesa, apoyó la barbilla en las manos y miró fijamente los números. Veinte minutos después, se levantó y fue a la ventana, pero el cambio de postura no le ayudó a comprender.

Repasó mentalmente su conversación con Tassini. Cuanto más pensaba en la conducta de Tassini, más extraña le parecía. Se mostraba muy reservado, como si quisiera impedir que trascendiera lo que había descubierto, al tiempo que daba a entender que su información era de gran importancia. Había dicho que leía mucho, que anotaba sus conclusiones y que grandes científicos le habían ayudado a comprender, pero no había explicado qué era lo que comprendía. Tampoco había dejado claro por qué De Cal deseaba con tanto empeño mantener a su yerno alejado del *fornace*.

Tassini había dicho que estaba a punto de descubrir la prueba definitiva, pero Brunetti ignoraba a qué podía referirse. Y lo cierto era que Tassini había muerto y su esposa decía que él tenía miedo.

Brunetti volvió a la mesa y, de nuevo, miró los números.

Así lo encontró la *signorina* Elettra cuando entró, al cabo de un rato, con un papel en la mano.

—Comisario —dijo cuando él la miró con gesto de preocupación—, ¿qué sucede? —Y como él no respondiera, ella agregó suavizando el tono—. Me han dicho lo de ese pobre hombre. Lo siento.

—Era demasiado joven —dijo Brunetti, sorprendiéndose de sus propias palabras. Después de una pausa, dijo—: Estoy tratando de resolver un enigma. —Al ver que la joven parecía desconcertada, él fijó su atención en ella y preguntó—: ¿Qué pasa?

—He encontrado algo que quizá le interese. Es el informe de los *carabinieri*. —Al ver que él la miraba confuso, explicó—: De una visita que les hizo Tassini.

Brunetti la invitó a sentarse. Ella así lo hizo, puso el papel en la mesa y dijo:

—Es copia del informe, aunque no dice mucho. Pero también he averiguado cosas hablando con la gente.

—De acuerdo —dijo Brunetti—. Cuente.

Ella señaló el papel con el dedo.

—Un amigo me envió copia de ese informe. Hace un año, Tassini presentó una denuncia contra su patrono por dirigir una planta de producción insegura. Consta en el informe que el *maresciallo* del cuartel de Riva degli Schiavoni le dijo que las pruebas no eran suficientes y le sugirió que se buscase un abogado y presentara una demanda civil. Eso, en el caso de que Tassini deseara insistir en su queja. Ellos no se la admitieron oficialmente.

—¿Y él buscó un abogado?

—No lo sé. Ellos no tienen nada más en sus archivos y a nosotros no acudió. No sé si debería seguir buscando.

Brunetti negó con la cabeza. Tassini ya no necesitaba abogados.

—¿Algo más? —preguntó.

—La fábrica De Cal, comisario. He preguntado, y se dice que está a punto de venderla.

—¿A quién ha preguntado?

—A un amigo —respondió ella escuetamente.

La *signorina* Elettra era tan reacia como el propio Brunetti a revelar una fuente, si no era indispensable.

—¿Se sabe quién puede estar interesado en comprarla?

—Puesto que los chinos aún no han descubierto el vidrio... —contestó ella con el tono irónico que reservaba para referirse al afán adquisitivo de los chinos de Venecia—, por lo menos el vidrio de Venecia, el único nombre que se ha mencionado es el de Gianluca Fasano. Es dueño de la fábrica de al lado. Mi amigo dice que los hornos De Cal son mucho más nuevos que los suyos.

—¿Entonces quiere seguir dirigiendo fábricas de vidrio? —preguntó Brunetti, pensando en los rumores acerca de las aspiraciones políticas de Fasano.

—¿Qué hay más típicamente veneciano que el vidrio de Murano? —preguntó ella, y a él lo sorprendió observar que hablaba en serio—. Sería la prueba de que realmente quiere ayudar a la ciudad a cobrar nueva vida. —La *signorina* Elettra no solía expresarse en estos términos, salvo cuando adoptaba un tono de jocosa solemnidad, pero ahora no era así—. Sería bueno para nosotros —añadió—. Para los venecianos.

—Así pues, ¿usted le cree? —preguntó Brunetti—. ¿A pesar de que quiera dedicarse a la política?

Advirtiendo el escepticismo del comisario, ella moderó su entusiasmo y dijo únicamente:

—Es presidente de la Asociación de Fabricantes de Vidrio; no es un cargo político.

—Es un buen peldaño —dijo Brunetti en tono objetivo—. Se empieza en Murano y se pasa a Venecia. Usted lo ha dicho: ¿qué puede ser más veneciano que el vidrio de Murano? —Tomando por asentimiento su silencio, él preguntó—: ¿De qué otro modo piensa Fasano ayudar a Venecia a cobrar nueva vida?

—Dice que no habría que vender más apartamentos a los no venecianos. —Y, antes de que él pudiera hacer una objeción o citar las leyes europeas, agregó—: Salvo si pagaran un fuerte impuesto de no residentes. —En vista de que Brunetti no respondía, añadió—: Dice que si quieren vivir aquí que paguen.

—¿Algo más? —preguntó Brunetti con voz neutra.

—Como la ciudad siempre está quejándose de que no tiene dinero, él propone que se hagan públicas las cuentas del Casino, para que la gente sepa lo que se gasta en salarios, cuánto cobra cada cual y qué alquileres pagan los arrendatarios de los restaurantes y los bares. Y quiénes son los concesionarios. —A Brunetti le parecían propuestas razonables, y asintió, animándola a continuar—. Él quiere que la ciudad, o la región, vuelva a pagar el cuarenta por ciento del suministro del gas que consumen los hornos de Murano. De lo contrario, dentro de pocos años, habrá mucha gente sin trabajo. —Como Brunetti seguía sin hacer comentarios, prosiguió—: También le preocupa el peligro que supone Marghera para la laguna. Pregunta por qué se pagan tan pocas multas.

—¿Se trata de penalizar a la gran empresa? —preguntó Brunetti, e inmediatamente se arrepintió de sus palabras.

—O de salvar la laguna —dijo ella—, como prefiera usted plantearlo.

—¿Tiene respaldo político? —preguntó Brunetti.

—Los verdes simpatizan con él, pero no es su candidato. Supongo que se propone hacer lo mismo que Di Pietro, fundar su propio partido. Pero en realidad no lo sé.

—Espero que con mejor fortuna —dijo Brunetti, recordando la fracasada campaña de Di Pietro.

—Aquí está el informe, comisario —dijo ella acercándole el papel. No era la primera vez que el brusco cambio de conversación denotaba que la *signorina* Elettra prefería no discutir de política. Por eso lo sorprendió que agregara—: Me parece que nuestros puntos de vista sobre la necesidad de proteger la laguna difieren, señor. —Se levantó y fue hacia la puerta.

—Gracias —dijo él alargando la mano hacia el papel.

Aquella sombra de formalidad, incluso de censura, que de repente había caído sobre la conversación hizo que Brunetti desistiera de enseñarle las tres hojas de la carpeta de Tassini. Tampoco ella le preguntó antes de marcharse si deseaba algo más.

18

Cuando la *signorina* Elettra se fue, Brunetti se preguntó, con la actitud de un miembro del Centro de Control de Epidemias, qué trayectoria describía ahora el arco de la infección ecológica: si partía de ella en dirección a Vianello o hacía el recorrido en sentido contrario. Y pensó si no estaría él mismo expuesto al contagio por trabajar tan cerca de ellos y si tardaría mucho en sentir los primeros síntomas.

Brunetti consideraba que su preocupación por la ecología y el futuro del entorno era mayor que la del ciudadano medio —tendría que haber sido de piedra para resistir la campaña permanente de sus hijos—; pero era evidente que, a los ojos de sus dos colegas, estaba muy por debajo del nivel que ellos juzgaban aceptable. Siendo tan firme y sincero su compromiso, ¿por qué Vianello y la *signorina* Elettra prestaban sus servicios a la policía, en lugar de trabajar en alguna agencia de protección del medio ambiente?

Y, apurando el razonamiento, por qué seguían trabajando para la policía todos ellos, se preguntaba Brunetti. Él y Vianello aún tenían una explicación: trabajaban en esto desde hacía décadas. Pero ¿y Pucetti, por ejemplo? Era joven, inteligente y ambicioso. ¿Por qué había decidido vestir de uniforme, recorrer las calles de la ciudad a todas horas y velar por el mantenimiento del orden público? Pero aún más sorprendente y enigmático era el caso de la *signorina* Elettra. Al cabo de los años, había dejado de hablar de ella con Paola, no tanto porque hubiera observado en su esposa reacción alguna como porque a él mismo le parecía improcedente oírse elogiar o mostrar curiosidad por otra mujer. ¿Cuánto tiempo llevaba en la *questura* la *signorina* Elettra? ¿Cinco años? ¿Seis? Brunetti reconocía que ahora sabía de ella poco más que al principio: sólo que podía confiar en su competencia y discreción, y que su máscara de festiva ironía ante las debilidades humanas era sólo eso, una máscara.

Brunetti puso los pies en la mesa, cruzó las manos tras la nuca y echó la silla hacia atrás. Con la mirada perdida en el vacío, se puso a pensar en todo lo sucedido desde que Vianello le pidió que fuera a Mestre. Hacía desfilar los hechos como el que pasa las cuentas de un rosario: cada uno, una entidad en sí mismo, pero enlazado con el anterior y con el siguiente, hasta llegar al hallazgo del cadáver de Tassini delante del horno.

No había comido nada más que los dos *panini* en todo el día, y ahora se arrepentía. Los bocadillos habían servido poco más que para hacerle pensar en la comida, sin calmarle el apetito, y ahora ya era muy tarde para conseguir algo en un restaurante y muy temprano todavía para irse a casa.

Se inclinó hacia delante y tomó las tres hojas de papel, las miró y luego las dejó caer, una a una, en la mesa. Sentía rigidez en la rodilla izquierda y cruzó los tobillos para poder doblarla un poco. Cuando se revolvió en el asiento al cambiar de postura, notó que rozaba el respaldo del sillón uno de los libros que tenía en el bolsillo y de los que se había olvidado.

Los sacó, miró el tomo de la admonición ecológica y lo echó sobre la mesa. Quedaba el Dante, un viejo amigo del que nada sabía desde hacía más de un año. Optimista por naturaleza, Brunetti hubiera preferido el *Purgatorio*, el único libro que admite la posibilidad de la esperanza, pero, ante la alternativa de *Las enfermedades laborales*, eligió la lúgubre aflicción del *Infierno*.

Como solía hacer en los últimos años, abrió el libro al tuntún, mientras pensaba que ésta podía ser la manera en que otras personas leían los textos religiosos: dejando que el azar los llevara a la iluminación.

Fue a parar al momento en el que Dante, recién llegado al infierno y aún capaz de sentir piedad, trata de dejar para Cavalcante el mensaje de que su hijo vive, antes de seguir a su guía hacia el hondo valle, asfixiado ya por el hedor. Pasó unas páginas, encontró a Vanni Fucci haciendo aquel gesto obsceno a Dios, y siguió ojeando. Leyó la violencia que Dante descarga sobre Bocca Degli Abbati y sintió un punto de satisfacción ante el atroz castigo infligido al traidor.

Retrocedió y se encontró leyendo uno de los pasajes señalados por las notas que Tassini había escrito en rojo. Canto XIV, la arena ardiente, el arroyo de sangre y la lluvia de llamas, el horrendo trasunto de la naturaleza que Dante creía lugar a propósito para quienes pecaban contra ella: los usureros y los sodomitas. Brunetti siguió a Dante y a Virgilio infierno adentro, en medio de la nieve llameante que caía a su alrededor. Aparecieron entonces el cortejo de sombras, en una de las cuales Brunetti reconoció a Brunetto Latino, el respetado maestro de Dante. A pesar de que nunca le habían gustado los pasajes que ahora seguían —el elogio del genio del Dante que el autor pone en boca de *ser* Brunetto y la aparición de figuras públicas—, siguió leyendo hasta el final del canto siguiente. Volvió atrás, a las gruesas líneas rojas que subrayaban «... el llano que rechaza las plantas de su albero... Su guirnalda es el bosque doloroso». Tassini había escrito en el margen: «Ni plantas, ni vida. Nada.» Y en tinta negra: «El arroyo *gris*.»

Brunetti llegó a los hipócritas. Los reconoció por sus capas, tan voluminosas como los mantos de los benedictinos de Cluny, áureas y ligeras por fuera y oscuras y pesadas como el plomo por dentro, perfecta imagen de su falsedad, capas que estaban condenados a arrastrar hasta el fin de los tiempos.

Los versos que describen las capas estaban rodeados por un trazo verde y unidos por una línea al texto de la página anterior, donde Virgilio dice: «Si emplomado vidrio fuese yo, mejor tu exterior no reflejara.»

El sonido del teléfono sacó del *Infierno* a Brunetti, que dejó caer la silla hacia delante y contestó con su apellido.

—Se me ha ocurrido llamarte...

Era Elio Pelusso, un compañero de colegio de Brunetti, que trabajaba en la redacción del *Gazzettino* y que en más de una ocasión le había facilitado información y prestado ayuda. Brunetti no imaginaba cuál podía ser el motivo de la llamada; en otras palabras, no adivinaba qué clase de favor iría a pedirle Pelusso.

—Hombre, me alegro de oír tu voz.

Pelusso se echó a reír.

—¿Es que ahora os dan clases de diplomacia para tratar con la prensa? —preguntó.

—¿Tanto se nota?

—Que un policía me diga que se alegra de oír mi voz me pone la piel de gallina.

—¿Y si lo dice un amigo? —preguntó Brunetti, como si se hubiera ofendido.

—Eso es distinto —dijo Pelusso con un tono más afable—. ¿Vuelvo a llamar y empezamos otra vez?

—No hace falta, Elio —rió Brunetti—. Sólo dime qué quieres saber.

—Esta vez llamo para contar no para que me cuentes.

Brunetti se reservó el comentario de que anotaría la fecha para conservarla en la memoria y se limitó a preguntar:

—¿Contarme qué?

—Una persona me ha dicho que tu jefe ha recibido una insinuación de un tal Gianluca Fasano.

—¿Qué clase de insinuación?

—La que suele hacer la gente a la que no le gusta enterarse de que alguien anda haciendo preguntas acerca de los amigos.

—Supongo que no me dirás de dónde has sacado la información, ¿verdad? —preguntó Brunetti.

—Supones bien.

—¿Es persona de confianza?

—Sí.

Brunetti meditó un momento. El camarero. O el camarero o Navarro.

—Estuve en la fábrica de al lado.

—¿La De Cal? —preguntó el periodista.

—Sí. ¿Lo conoces?

—Lo suficiente como para saber que es un cafre y que está muy enfermo.

—¿Cómo de enfermo? —preguntó Brunetti—. ¿Y cómo lo sabes?

—Lo había visto varias veces, pero últimamente fui al hospital a visitar a un amigo y él estaba en la misma habitación.

—¿Y?

—Bueno, ya sabes lo que pasa en Oncología —dijo Pelusso—. Nadie dice a nadie lo que imagina que el otro no quiere oír. Pero mi amigo oyó la palabra «páncreas» varias veces, las suficientes como para comprender que no hacía falta decir mucho más.

—¿Cuánto hace de eso?

—Cosa de un mes. De Cal estaba ingresado para unos análisis, no para tratamiento. De todos modos, lo tuvieron allí dos días, lo suficiente para que mi amigo llegara a aborrecerlo tanto como él parece aborrecer a su yerno —dijo el periodista. Entonces, quizá pensando que había dado suficiente información sin recibir nada a cambio, preguntó—: ¿Por qué te interesa Fasano?

—No sabía que me interesara —dijo Brunetti—. Pero quizá me interese ahora.

—¿Y De Cal?

—Amenazó al marido de una conocida.

—Típico de él —dijo Pelusso.

—¿Algo más? —preguntó Brunetti, sabiendo que ya sería mucho pedir.

—No.

—Gracias por llamar —dijo Brunetti—. Me has dado en qué pensar.

—Mi máxima ilusión en esta vida es colaborar con las fuerzas del orden —dijo Pelusso con su voz más meliflua, esperó la risa de Brunetti y, cuando la oyó, colgó el teléfono.

Con el *Infierno* abierto en las rodillas, Brunetti se preguntaba dónde habría puesto Dante a un tipo como De Cal. ¿Con los ladrones? No. Brunetti no creía que robase más de lo que el empresario normal está obligado a robar a Hacienda a fin de subsistir, y eso casi no puede llamarse pecado. ¿Con los explotadores? ¿Y cómo iba a sacar adelante el negocio? Brunetti recordó la cara roja de indignación del hombre y comprendió que tendría que estar con los iracundos, para ser despedazado por sus compañeros de pecado, lo mismo que Filippo Argenti. Por otra parte, si De Cal sabía que moriría pronto y aun así no pensaba más que en el beneficio, Dante podría haberlo puesto con los avaros, condenado a empujar pesos tan grandes como la fortuna que habían acumulado, por toda la eternidad.

Brunetti había leído en la sección de Ciencia de *La Repubblica* el informe de unos experimentos realizados en enfermos de Alzheimer. Muchos de ellos perdían el uso del mecanismo cerebral que rige la sensación del hambre y de la saciedad, y comían una y otra vez, sin recordar que ya habían comido, a pesar de que no podían tener hambre. A veces pensaba que otro tanto les ocurría a las personas que sufren la enfermedad de la avaricia: el concepto de «suficiente» ha sido eliminado de su cerebro.

Dobló las hojas en tres y se las metió en el bolsillo de la chaqueta. Abajo, dejó una nota en la mesa de Vianello, diciendo que se marchaba, que no volvería en todo el día y que hablarían a la mañana siguiente. Había decidido concederse una tarde de asueto. Salió a Riva degli Schiavoni y tomó el 1 hasta Salute. Allí fue hacia el oeste, andando a la aventura, dejándose llevar por los recuerdos y por el ánimo. Cortó por el paso subterráneo contiguo a la abadía, pasó por delante de edificios y más edificios en obras y luego torció a la izquierda, hacia los Incurabili. No quedaba más que un fragmento del fresco de Bobo, cubierto por un vidrio, para proteger de los elementos lo que aún no se había perdido. Con un poco más de calor, se habría tomado el primer helado del año, pero no en Nico's sino en la tiendecita de Gli Schiavoni. Pasó por delante del Giustinian, cruzó a Fondamenta Foscarini y bajó hasta Tonolo, a tomar café y un pastel. Como apenas había almorzado, fueron dos pasteles: un cisne de nata y un minúsculo *éclair* de chocolate, suave como la seda.

En el escaparate de una tienda en la que una vez se había comprado un jersey gris, vio el que podía ser el hermano gemelo, pero en verde. Era su talla, y al poco rato, también era suyo el jersey, sin ni haberse molestado en probárselo. Al salir a la calle, se sentía feliz, como cuando era niño y todos estaban en el colegio menos él, y nadie sabía por dónde andaba ni qué hacía.

Cerca de San Pantalon, entró en una bodega y compró una botella de nebbiolo, un sangiovese y un barbera muy joven. Ya eran casi las siete y decidió irse a casa. Cuando entraba en su calle, vio a Raffi abrir la puerta de su edificio y lo llamó, pero su hijo no lo oyó y cerró. Brunetti tuvo que hacer equilibrios con los paquetes para sacar las llaves y, cuando entró en el portal, ya era tarde para hacerse oír sin gritar.

Al poner el pie en el último tramo de la escalera, oyó la voz de Raffi, al que había visto entrar solo. El misterio se aclaró cuando, a la mitad del tramo, vio a su hijo apoyado en la pared, al lado de la puerta, con el *telefonino* en la mano.

—No, esta noche no puedo. Tengo que hacer cálculo. Ya sabes la cantidad de trabajo que nos pone.

Brunetti sonrió a su hijo, que levantó una mano y, con un elocuente gesto de solidaridad masculina, miró al techo mientras decía:

—Claro que tengo ganas de verte.

Brunetti, abandonando a Raffi a lo que supuso era la tierna porfía de Sara Paganuzzi, entró en el apartamento y se sintió envuelto en un aroma a alcachofas que, procedente de la cocina, flotaba por el pasillo e inundaba la casa. Aquella apetitosa fragancia despertó el recuerdo del hedor que había respirado doce horas antes. Dejando los paquetes en el suelo, se fue por el pasillo en sentido opuesto a la cocina y entró en el cuarto de baño.

Veinte minutos después, duchado, con el pelo mojado y vestido con un pantalón de algodón y una camiseta, volvió al recibidor en busca del jersey. Los dos paquetes habían desaparecido. Siguió hasta la cocina, donde vio las tres botellas alineadas en la encimera, a Paola frente a los fogones y a Chiara poniendo la mesa.

Paola se volvió y frunció los labios besando el aire. Chiara lo saludó con una sonrisa.

—¿No tienes frío? —preguntó Paola.

—No —respondió Brunetti retrocediendo en dirección a la habitación de Raffi.

Según avanzaba por el pasillo crecía su indignación: aquel jersey era suyo, había trabajado para pagarlo y el color era perfecto para ese pantalón. Preparado para ver a su hijo con el jersey puesto, se paró delante de la puerta, llamó con los nudillos y, al oír la voz de Raffi, entró.

—*Ciao, papà* —dijo el chico levantando la mirada de los papeles esparcidos sobre la mesa.

Tenía ante sí un libro de texto, apoyado en la rana de cerámica que Chiara le había regalado en Navidad. Brunetti saludó a su hijo e hizo una inspección ocular de la habitación, perfectamente profesional, según le pareció.

—Te lo he dejado encima de la cama —dijo Raffi, volviendo al trabajo.

—Oh, está bien. Muchas gracias.

Se lo puso para la cena y recibió las felicitaciones de Paola y de Chiara, que se lamentó de que los buenos jerséis siempre fueran de hombre, y que las chicas tuvieran que llevar angora color de rosa y otras chorradas por el estilo. Pero, por otra parte, al parecer, las chicas tenían preferencia cuando de servirse fondos de alcachofa fritos y chuletas de cerdo con polenta se trataba. Paola, sin la menor aprensión por el hecho de que acabaran de traerlo, había abierto el sangiovese, y a Brunetti le pareció un gran acierto.

Como había merendado dos pasteles, Brunetti rechazó la pera asada, con gran sorpresa del resto de los comensales. Nadie le preguntó por su salud, pero vio a Paola muy solícita, porque le dijo si querría tomar *grappa* en la sala y, quizá, café, mientras los chicos fregaban los cacharros.

Ella se reunió con él un poco después. Traía una bandeja, con dos cafés y dos buenos vasos de *grappa,* que dejó en la mesita, y se sentó a su lado.

—¿Por qué te has duchado? —le preguntó.

Él echó azúcar en el café y dijo, mientras lo removía:

—He estado paseando, hacía más frío del que esperaba y he pensado que me vendría bien una ducha, para entrar en calor.

—¿Y te ha ido bien? —preguntó ella, sorbiendo el café.

—Ajá. —Él terminó el café y levantó la *grappa.*

Ella dejó la taza, tomó el vasito y se arrellanó en el sofá.

—Buen día para pasear.

—Ajá —fue todo lo que le salió a Brunetti. Luego dijo—: Te lo contaré en otro momento, ¿vale?

Ella se acercó mínimamente, hasta rozarle el hombro y dijo:

—Claro que sí.

—A ti se te dan bien los crucigramas, ¿verdad? —preguntó él.

—Bastante bien.

—Me gustaría que vieras una cosa —dijo él poniéndose en pie.

Sin esperar respuesta, fue al recibidor a buscar las tres hojas de papel que tenía en la chaqueta y volvió a la sala con ellas en la mano.

Las desdobló, se sentó al lado de su mujer y se las dio.

—Las he encontrado en la habitación de un hombre que trabajaba en Murano. Creo que ha sido asesinado.

Ella miró los papeles sosteniéndolos a distancia. Brunetti volvió a levantarse, fue al estudio de su mujer y volvió con sus gafas. Ella se las puso y estudió los papeles más de cerca. Trató de sostenerlos uno al lado del otro, no pudo, se inclinó hacia delante y los extendió encima de la mesa, después de apartar la bandeja hacia un lado, para hacer sitio.

—He pensado que podían ser códigos de cuentas bancarias —apunto Brunetti—, pero no tiene sentido. Ese hombre ni tenía dinero ni creo que le interesara.

Paola volvió a inclinar la cabeza para mirar los papeles.

—¿También has descartado que puedan ser fechas? —preguntó, y él asintió con un gruñido.

Al cabo de un rato, ella dijo:

—El primer número de la primera hoja es casi el doble del segundo.

—¿Eso significa algo para ti? —preguntó él.

—No.

Ella meneó la cabeza con un movimiento rápido. No dijo nada de los números de la segunda y tercera hojas.

Así se quedaron, mirando los papeles, concentrados inútilmente, y así los encontró Chiara al pasar camino de su cuarto, para seguir con el latín. Se sentó en el brazo del sofá, al lado de Brunetti.

—¿Qué es eso? —preguntó.

—Un rompecabezas —respondió Brunetti—. No sabemos qué significa.

—¿Te refieres a las coordenadas? —preguntó Chiara señalando los números anotados en la tercera hoja.

—¿Coordenadas? —preguntó un asombrado Brunetti.

—Desde luego —dijo ella con indiferencia—. ¿Qué van a ser si no? Mira —dijo, señalando el signo de grados que seguía al primer número—, grados, minutos y segundos. —Se acercó el papel—: Esto es la latitud, que siempre se da primero, y esto, la longitud. —Miró los números otro momento y dijo—: Las segundas coordenadas indican un lugar que está muy cerca del primero, un poco hacia el sudeste. ¿Quieres saber dónde?

—¿Dónde, qué? —preguntó Brunetti, un poco aturdido todavía.

—Dónde están esos sitios —dijo Chiara golpeando el papel con el índice—. ¿Quieres saber dónde están?

—Sí —dijo Paola.

—*Okay* —dijo Chiara poniéndose de pie.

Antes de un minuto, estaba de vuelta con el atlas gigante que había pedido en Navidad, el mejor que Brunetti había podido encontrar, publicado en Inglaterra, con más de 500 páginas casi tan grandes como las del *Gazzettino*.

Chiara dejó caer el libro en la mesa, tapando los papeles, que sacó tirando de las esquinas. Usando las dos manos, abrió el libro por la mitad y fue pasando hojas. De vez en cuando, miraba los números y luego volvía al libro. Con un resoplido de impaciencia, retrocedió a las primeras páginas, recorrió con el índice los números que aparecían en la parte superior de un mapa de Europa y luego lo deslizó por el margen derecho de la página. A continuación, fue levantando cuidadosamente la esquina superior de las hojas, hasta encontrar el número que buscaba, abrió el libro por allí y los tres se encontraron mirando a la laguna de Venecia.

—Parece que están en Murano —dijo Chiara—, pero para encontrar el sitio exacto necesitas un mapa más detallado, quizá una carta de navegación de la laguna.

Sus padres no decían nada, los dos se habían quedado mirando el mapa. Chiara se puso en pie otra vez.

—Ahora tengo que volver a las guerras de las Galias —dijo, y se fue a su habitación.

19

—¿Todas esas cosas las saca de los libros de Patrick O'Brian? —preguntó Brunetti cuando Chiara se fue.

Quería hacer un chiste o, por lo menos, un medio chiste, pero Paola respondió, completamente en serio:

—Probablemente, en el siglo diecinueve utilizaban el mismo sistema para anotar latitud y longitud, pero ella tiene mejores mapas.

—Nunca más diré ni una palabra contra esos libros —prometió Brunetti.

—Pero ¿seguirás sin querer leerlos? —preguntó ella.

Desentendiéndose de la pregunta, Brunetti dijo:

—¿Aún tenemos aquellas cartas de navegación?

—Deben de estar en la caja —respondió Paola, dejando que Brunetti fuera en busca de la vieja caja de madera en la que la familia guardaba los mapas.

Brunetti volvió a los pocos minutos, dio a su mujer la mitad del contenido de la caja y él repasó el resto. Al poco rato, Paola dijo levantando uno de los mapas:

—Aquí está el grande de la laguna.

Era un recuerdo del verano que habían pasado explorando la laguna en un viejo bote que les prestó un amigo. Debía de hacer más de veinte años, porque aún no habían nacido los chicos. Él recordaba la noche en que, al bajar la marea, se quedaron varados en un canal bajo las estrellas.

—Qué de mosquitos había —dijo Paola, que también recordaba aquella noche, y lo que hicieron después de untarse mutuamente de repelente.

Brunetti dejó caer al suelo sus mapas y extendió el de ella en la mesa. Sin que él se lo pidiera, Paola le leyó la coordenada de la latitud de la primera anotación y él recorrió el margen del mapa con el dedo, deteniéndose al llegar al valor indicado. Empujó la mesa con las rodillas, para acabar de extender el mapa. Ella leyó la longitud y él deslizó el dedo por la parte superior hasta encontrar el número. Bajó el índice izquierdo por las líneas verticales y con el derecho trazó una horizontal buscando la intersección. Repitieron la operación con la segunda anotación y fueron a parar a un punto que parecía estar a pocos metros del primero.

—Todos, en Sacca Serenella —dijo él.

—No pareces sorprendido.

—No lo estoy.

—¿Por qué?

Brunetti tardó casi media hora en explicarle lo ocurrido, incluidos el registro de la habitación del muerto, habitación que no estaba lejos del punto de intersección de las líneas, y la dolorosa visita a la viuda y a su madre, pero sin dar detalles de las circunstancias de la muerte de Tassini

Cuando acabó de hablar, Paola fue a la cocina y volvió con la botella de *grappa*. Se la entregó a Brunetti y se sentó a su lado, luego dobló el mapa y lo dejó caer al suelo con los otros. Le quitó la botella, sirvió dos pequeños tragos y preguntó:

—¿De verdad creía que estaba intoxicado y que su hija se había contagiado?

—Yo diría que sí.

—¿A pesar de los informes médicos?

Brunetti se encogió de hombros, dando a entender la poca importancia que los informes médicos tienen para quien ha decidido no creerlos.

—Él estaba convencido.

—Pero ¿cómo podía haberse contaminado? —preguntó ella—. Si trabajara en Marghera, sería distinto, pero no he oído decir que en Murano haya peligro, me refiero para la gente que trabaja allí.

Brunetti rememoró su conversación con Tassini.

—Él creía que había una conspiración para impedir que le hicieran análisis fiables, a fin de que no hubiera suficientes pruebas genéticas. —Vio su escepticismo y dijo—: Eso pensaba.

—Pero ¿qué es lo que creía ese hombre en concreto? —inquirió Paola.

Brunetti extendió las manos en ademán de resignación:

—No conseguí que me dijera de dónde creía él que venía el mal ni cómo podía haber afectado a la niña. Sólo dijo que De Cal no era el único culpable de lo que ocurría. —Y antes de que ella volviera a preguntar, añadió—: No, no me dijo qué era lo que ocurría.

—¿Crees que podía estar loco? —preguntó Paola con voz más suave.

—Yo no entiendo de eso —respondió Brunetti, después de reflexionar—. Él creía que había algo de lo que, al parecer, no existían pruebas o, por lo menos, él no las tenía. Yo no diría que eso sea estar loco.

Esperaba que Paola dijera que acababa de describir

ni más ni menos que la fe católica, pero, al parecer, esta noche Paola no lanzaba pullas fáciles, y sólo dijo:

—Pero lo creía lo suficiente como para anotar esos números, sea lo que sea lo que significan.

—Sí —admitió Brunetti—. Pero el que anotara unos números no significa que lo que él creía tenga que ser cierto.

—¿Y los otros números? —preguntó ella recogiendo del suelo las otras dos hojas y poniéndolas en la mesa.

—Ni idea —dijo Brunetti—. He estado toda la tarde mirándolos y no les encuentro sentido.

—¿No hay pistas? —preguntó ella—. ¿No había nada más en su habitación?

—Nada —dijo Brunetti y entonces recordó los libros—. Sólo unas enfermedades laborales y un Dante.

—No bromees, Guido —cortó ella.

Él se levantó, fue de nuevo a la chaqueta y esta vez volvió con los dos libros.

La reacción de Paola ante *Enfermedades laborales* fue similar a la de él, aunque ella lo dejó caer al suelo, no a la mesa.

—El Dante —dijo alargando la mano.

Él se lo dio y vio cómo ella lo miraba, lo abría por la portada, leía los datos de publicación, lo abría por la mitad y lo hojeaba hasta el final.

—Su libro del colegio, ¿verdad? —dijo—. ¿Era aficionado a la lectura?

—Vi muchos libros en su casa.

—¿Qué clase de libros? —Lo mismo que Brunetti, ella pensaba que los libros dicen mucho de la persona.

—No sé. Estaban en una estantería del fondo de la sala, y no me acerqué lo bastante para leer los títulos.

—Los había mirado sin fijarse, pero ahora, al recordar la habitación, le parecía volver a ver los lomos con nervios y letras doradas, como los de los poetas clásicos o de las ediciones de los grandes novelistas que Paola tenía en su estudio—. Sí, era amante de la lectura —dijo al fin.

Paola ya estaba absorta en el Dante. Él la observó unos minutos, hasta que ella volvió una página, lo miró con expresión de asombro y preguntó:

—¿Cómo he podido olvidar que es perfecto?

Brunetti recogió los mapas, los guardó, cerró la caja y la dejó en el suelo.

De pronto, acusó el peso de todos los sucesos del día.

—Me parece que lo mejor que puedo hacer es acostarme —dijo, sin dar más explicaciones.

Ella se limitó a asentir y volvió a sumirse en el *Infierno.*

Apenas se metió en la cama, Brunetti cayó en un pesado sueño y no oyó acostarse a Paola. No hubiera podido decir si encendió la luz, si hizo ruido, ni si estuvo leyendo. Pero cuando las campanadas de San Marcos resonaron en su ventana a las cinco de la mañana, él abrió los ojos y dijo:

—Leyes.

Encendió la luz y se incorporó sobre un codo para ver si había despertado a Paola. Ella dormía. Brunetti se levantó y salió al pasillo, una de cuyas paredes estaba cubierta de los libros que él consideraba suyos: los historiadores griegos y romanos, y los que les habían sucedido a lo largo de dos mil años. Al otro lado había libros de arte y de viajes y, en el estante de arriba, algunos textos de la universidad y varios tomos de derecho civil y penal.

Los papeles de Tassini seguían en la mesa de la sala, al lado de *Enfermedades laborales*. Él era licenciado en derecho, había dedicado años a leer y memorizar leyes, ¿cómo no había reconocido la anotación? Si los seis primeros dígitos del primer número se leían como una fecha, resultaba 20 de septiembre de 1973, y los del segundo, 10 de septiembre de 1982. Las tres últimas cifras corresponderían entonces al número de la ley. Él sabía que los tomos de la *Gazzetta Ufficiale* los tenía en el despacho, pero, no obstante, se puso a buscarlos. Sintió los pies fríos, y volvió a la habitación con los papeles y el libro de Tassini.

Se sentó en la cama, ahuecó la almohada para apoyar la espalda, juró entre dientes, se levantó otra vez y fue a la sala en busca de las gafas. Al volver a la habitación, se puso el jersey nuevo sobre los hombros y se metió otra vez en la cama.

Dejó que los papeles se deslizaran hacia el valle que había entre él y su mujer, que parecía encontrarse en estado comatoso, y abrió las *Enfermedades laborales* por el índice.

Estuvo leyendo hasta casi las seis y entonces dejó el libro, fue a la cocina, se preparó un *caffè latte* y volvió a la habitación con la taza. Sentado en la cama, tomaba el café y observaba la luz que iluminaba los cuadros de la pared del fondo.

—Paola —dijo poco después de que dieran las siete. Y luego—: Paola.

Ella debió de responder más al tono que a su nombre, porque dijo, con voz completamente normal:

—Si me traes café, te escucho.

Él se levantó por cuarta vez, puso la cafetera grande y llevó dos tazas a la habitación. La encontró sentada en la cama, con las gafas en la punta de la nariz y el libro de Tassini abierto sobre las rodillas.

Brunetti le entregó una taza. Ella la tomó, bebió y dio las gracias con una sonrisa. Dio unas palmadas en el colchón, a su lado, y él se sentó. Bebieron el café. Al cabo de un rato, ella se puso las gafas en la frente.

—No entiendo por qué haces eso, Guido. Pasarte la mitad de la noche leyendo una cosa así. —Con la mano libre, cerró el libro y lo arrojó sobre la cama.

—Me parece que ya sé lo que significan los números —dijo él—. Tassini sabía cuáles son las leyes que tratan de la contaminación y las anotó, pero sin separar fechas y números.

Él esperaba que Paola quisiera saber qué leyes eran, pero lo sorprendió al preguntar:

—¿Cómo sabía él los números de las leyes?

Brunetti detectó en su tono algo del desdén que las personas cultas reservan para los que aspiran a adquirir sus conocimientos.

—No tengo ni idea —confesó.

—¿Había estudiado leyes?

—Lo ignoro —dijo Brunetti, advirtiendo lo poco que sabía de Tassini. El hombre había pasado muy pronto de sospechoso a víctima—. Su suegra me dijo que quería ser vigilante nocturno para poder leer durante toda la noche.

Ella dijo con una sonrisa:

—Es posible que en otro tiempo mi madre hubiera dicho lo mismo de ti, Guido.

Pero se inclinó y le apretó la mano, dando a entender que bromeaba. O así lo esperaba él.

Brunetti se levantó y le quitó de la mano la taza vacía.

—Me voy a la *questura* —dijo, pensando comprar los periódicos por el camino, para ver cómo se informaba del caso.

Ella asintió y alargó la mano hacia la lectura que tenía en la mesita de noche. Brunetti recogió el libro de Tassini y volvió a la cocina, a poner las tazas en el fregadero.

Camino de la *questura*, Brunetti compró el *Corriere* y el *Gazzettino*, y lo primero que hizo al llegar a su despacho fue abrirlos sobre la mesa. Como la muerte había sido descubierta muy temprano, los reporteros habían tenido todo el día para husmear en la fábrica, el hospital y el domicilio de Tassini. Había una foto de Tassini, hecha años atrás, y otra de la fábrica De Cal con tres *carabinieri* delante: Brunetti ignoraba que hubieran intervenido. Ambos periódicos decían que el cadáver de Tassini había sido encontrado por un compañero cuando éste había entrado en la fábrica para ajustar la temperatura del *gettate* que había pasado la noche en los hornos. El hombre yacía delante de uno de los hornos, a una temperatura que se calculaba en más de cien grados centígrados.

La policía había interrogado a los compañeros y a la familia de Tassini, pero la investigación oficial no empezaría hasta que se conociera el resultado de la autopsia. Tassini contaba treinta y seis años, hacía seis que trabajaba en la fábrica De Cal y dejaba esposa y dos hijos.

Cuando acabó de leer los periódicos, Brunetti marcó el número del *telefonino* de Ettore Rizzardi, el *medico legale*, que contestó con un lacónico:

—¿Sí?

—Soy Guido —dijo Brunetti.

Sin darle tiempo de continuar, Rizzardi dijo:

—No se lo va a creer, pero murió de un ataque al corazón.

—¿Cómo? ¡Si aún no tenía cuarenta años!

—Bueno, no fue un ataque de ésos —dijo Rizzardi, con lo que sorprendió a Brunetti, que no sabía que hubiera más de un tipo de ataque al corazón.

—¿De cuáles entonces?

—Por deshidratación —dijo Rizzardi—. Estuvo allí tendido casi toda la noche. Fue la temperatura. El idiota de Venturi no se molestó en tomarla, pero llamé a los hombres del *fornace* y ellos me lo dijeron. Bueno, me dijeron que la temperatura que habría dentro del horno sería de unos 1.400 grados Fahrenheit y la puerta estaba abierta.

—¿Y cuánto sería en grados centígrados?

—Ciento cincuenta y siete —respondió Rizzardi—. Pero eso, justo delante de la puerta. En el suelo, no sería tan alta, pero lo suficiente para matarlo.

—¿Cómo?

—A esa temperatura se suda. Es peor que cualquier sauna que pueda imaginar, Guido. Sudas y sudas hasta que se te acaba el sudor. Y el sudor se lleva todos los minerales. Y cuando has perdido los minerales, especialmente sodio y potasio, viene la arritmia y, después, el paro cardíaco.

—Y te mueres —concluyó Brunetti.

—Exactamente, te mueres.

—¿Señales de violencia? —preguntó Brunetti.

—Tenía un golpe en la cabeza, con una pequeña herida, pero sin suciedad ni restos del objeto con el que se hubiera golpeado.

—O le hubieran golpeado —sugirió Brunetti.

—O con el que entrara en contacto, Guido —dijo

Rizzardi con voz firme—. Sangró un rato, hasta que murió.

Brunetti ya se había informado por Bocchese de que el fuego habría destruido cualquier resto de tejido humano que pudiera haber en la puerta del horno, y no tuvo que preguntar.

—¿Algo más? —dijo Brunetti.

—Nada —respondió Rizzardi—. Nada que pudiera parecerle sospechoso.

—¿La ha hecho usted? —preguntó Brunetti.

De pronto, sintió curiosidad; deseaba averiguar cómo podía Rizzardi saber tantas cosas sobre el estado del cuerpo de Tassini.

—Me ofrecí para ayudar a mi colega, el *dottor* Venturi, con la autopsia. Le dije que sentía curiosidad porque nunca había visto algo así —dijo Rizzardi con su voz neutra y profesional. Pero entonces cambió de tono—: Y es verdad, Guido. Nunca lo había visto, sólo había leído sobre ello. Tendría usted que haber visto esos pulmones, Guido. Nunca lo hubiera imaginado. La cantidad de líquido que producían al aspirar ese aire tan caliente. Yo lo había visto en cuerpos afectados por humo, desde luego, pero no imaginaba que el calor pudiera tener el mismo efecto.

—Pero ¿fue un fallo cardíaco? —preguntó Brunetti, deseoso de evitarse las expansiones clínicas de Rizzardi.

—Sí, eso es lo que Venturi puso en el certificado de defunción.

—¿Qué hubiera puesto usted? —preguntó Brunetti, esperando que Rizzardi confirmara sus propias sospechas.

—Fallo cardíaco, Guido. Fallo cardíaco. De eso murió, de un fallo cardíaco.

—Una cosa más, Ettore: ¿hay una lista de lo que tenía en los bolsillos?

—Un momento —dijo el médico—. La tenía aquí ahora mismo. —Brunetti oyó un golpe seco cuando el otro dejó el teléfono en la mesa, luego un roce de papeles. Al fin, volvió la voz—: Unas llaves, una billetera con el documento de identidad y treinta euros en billetes, un pañuelo y tres euros y ochenta y siete céntimos. Eso es todo.

Brunetti le dio las gracias y colgó.

20

Brunetti bajó a los archivos y sacó fotocopias de las leyes a las que se referían las notas de Tassini. De vuelta en su despacho, las leyó. La ley de 1973 fijaba límites para los vertidos en la laguna, el alcantarillado e incluso el mar. También señalaba el plazo dentro del cual los fabricantes de vidrio debían instalar purificadores de agua y mencionaba la agencia que se encargaría de inspeccionarlos. La ley de 1982 imponía límites aún más estrictos en el sistema de desagüe, y hacía referencia a los ácidos mencionados por Assunta. Mientras Brunetti leía lo legislado sobre límites y restricciones, no dejaba de oír la vocecita que preguntaba qué pasaba antes, qué se echaba a la laguna antes de que se aprobaran aquellas leyes.

Terminada la lectura, la razón instaba a Brunetti a bajar al despacho de Patta e informar al *vicequestore* del contenido de la carpeta de Tassini y del significado de algunos de aquellos números, y sugerirle que se practicara una inspección de los lugares señalados por las coordenadas, a fin de comprobar qué fundamento podían tener las sospechas de Tassini. Ahora bien, tras años de tratar con Patta y de observar su manera de escurrirse entre la burocracia, Brunetti no se hacía ilusiones respecto a la acogida que su superior dispensaría a la sugerencia. Si Pelusso decía la verdad —y Brunetti no comprendía por qué iba a mentir—, Fasano tenía suficiente influencia para quejarse a Patta, una influencia mayor de la que le había atribuido Brunetti en un principio.

Cuando volvía a la silla, uno de los libros de Tassini rozó el canto de la mesa, atrayendo la atención de Brunetti. ¿Dónde habría puesto Dante a Patta?, se preguntó de pronto. ¿Con los hipócritas? ¿Con los iracundos? También podía mostrarse magnánimo y poner al *vicequestore* en la puerta, con los oportunistas. Abrió el *Infierno* por la portada y la miró atentamente. Canto I. Canto II. Pasó varias páginas y allí lo tenía: Canto II y, después, Canto III, y Canto IV. Brunetti aspiró profundamente, asombrado de su propia ceguera. Había tenido en la mano el libro y los números de Tassini al mismo tiempo, y no lo había visto.

Sacó la hoja en la que había copiado los números de Tassini, miró el primero y abrió el Dante por el Canto VII, línea 103. *«L'acqua era buia assai più che persa.»* «El agua era mucho más oscura que *persa*», repitió. ¿Qué diantres era *persa*? Miró el reloj: Paola aún estaría en casa. Marcó.

—*Pronto* —contestó ella a la quinta señal.

—Paola, ¿qué quiere decir *persa*?

—¿En qué contexto? —preguntó su mujer, sin mostrar curiosidad por el motivo de la pregunta.

—Dante —dijo él.

—Me parece que es un color; pero deja que lo compruebe. —En menos de un minuto, ella volvió al lado del teléfono. Se la oía musitar mientras buscaba la palabra, costumbre que Chiara había heredado. Al fin dijo—: Es un color que está entre el morado y el negro, pero predomina el negro. —Esperó respuesta, y como no llegaba, preguntó—: ¿Algo más?

—Aún no. Ya te llamaré.

Paola colgó.

Brunetti volvió al libro. El arroyo que seguía Dante desembocaba en la Estigia, pero la referencia de Tassini se limitaba al verso 103, al agua negruzca.

No era menos lúgubre la siguiente: «*no fronda verde: de color oscura; no esbeltas ramas; tuertas y nudosas*».

Siguió con las referencias de Tassini: «*de un sarro están los muros guarnecidos que trae de abajo un hálito asqueroso por el que ojo y nariz son ofendidos*».

Y la última: «*en esa ardiente arena no aventures tu pisada*».

Esto mal podía considerarse materia de grave escándalo medioambiental, pero si la *signorina* Elettra estaba en lo cierto y Tassini tenía la fe del verdadero creyente, él podía haber interpretado estas descripciones dantescas a su manera y visto en ellas cuantas señales y presagios se le antojara.

Brunetti decidió bajar a hablar con Patta, al menos por el perverso afán de tener la satisfacción de comprobar que no se había equivocado al catalogarlo. ¿No había abdicado Celestino V para rehuir el poder que conlleva la dignidad del papado? Qué distinto de Patta, que se zafaba de las obligaciones sin renunciar al poder y las prebendas del cargo. Correr desnudo por un campo de gusanos y larvas, llorando lágrimas de sangre quizá fuera un castigo excesivo para la desidia de Patta, pero Brunetti se distraía con la escena mientras bajaba al despacho de su superior.

La *signorina* Elettra levantó la mirada de unos papeles y le dirigió una extraña sonrisa.

—Tengo cierta información respecto a Fasano que parece confirmar que es lo que dice ser.

—Me alegro —dijo él sin inmutarse—: Muchas gracias. —Luego preguntó—: ¿Está el *vicequestore*?

—Sí, señor. ¿Desea hablar con él? —preguntó, como si Brunetti pudiera tener otra intención, después de bajar dos tramos de escaleras y preguntar si estaba Patta.

Él trató de recordar si había estado muy mordaz al hablar de Fasano: ¿podía ser ésa la razón de tanta formalidad?

Ella levantó el teléfono y pulsó un botón, preguntó al *dottor* Patta si podía recibir al comisario Brunetti, colgó y señaló la puerta con un movimiento de la cabeza. Brunetti le dio las gracias y entró sin llamar.

—Ah, Brunetti —dijo Patta al verlo—, ahora iba a llamarlo.

—¿Sí, señor? —dijo Brunetti acercándose a la mesa de Patta.

—Sí, siéntese, siéntese —dijo Patta con un amplio ademán.

Brunetti obedeció con todos los sistemas en alerta máxima al percibir la afabilidad de Patta.

—Quería hablarle de eso de Murano —dijo Patta.

Brunetti hizo los posibles por mostrar un leve interés.

—Sí —dijo Patta—; quería hablarle de ese caso que usted parece estar creando.

—Ha muerto un hombre, señor —dijo Brunetti, esperando sorprender a Patta y hacerle reconsiderar sus palabras.

Patta se lo quedó mirando.

—De paro cardíaco, Brunetti. El hombre murió de paro cardíaco. —De su voz había desaparecido la afabilidad. Como Brunetti no decía nada, Patta prosiguió—: Suponía que, a estas horas, usted ya habría hablado con su amigo Rizzardi, comisario. —Ante la resistencia de Brunetti a responder, Patta repitió—: Murió de paro cardíaco.

Brunetti guardaba silencio. Al parecer, Patta no había terminado. El *vicequestore* prosiguió:

—No sé si habrá tenido tiempo de tejer alguna teoría criminal, Brunetti, pero, si es así, quiero que la desteja. El hombre se cayó y murió de un ataque al corazón mientras estaba trabajando.

—Era vigilante, no soplador de vidrio —dijo Brunetti—. Él no tenía por qué estar trabajando cerca del horno.

—Al contrario —dijo Patta con una tranquilidad que a Brunetti le pareció tan sorprendente como irritante—, precisamente por ser el vigilante tenía muchas razones para estar ahí. Podía haber ido a investigar una anomalía en el horno, como una subida repentina de la temperatura, y tropezar con la caña de soplar que alguien había dejado en el suelo, o podía estar haciendo lo que hacen muchos por la noche: fabricar un objeto para su casa.

Patta acompañaba de una sonrisa sus conjeturas, para subrayar su consistencia, y Brunetti se preguntó dónde habría aprendido el *vicequestore*, que era siciliano, tantas cosas acerca del arte de la fabricación del vidrio de Murano. Una fuente de información podía ser Scarpa, que secundaba el afán de su superior por exhibir la imagen de una Venecia limpia de delincuentes. Y, para empañar esa imagen, nada mejor que un asesinato. Pero Scarpa no era más veneciano que el propio Patta. ¿Entonces, Fasano?

Ya antes de empezar a hablar, Brunetti había comprendido que cuanto pudiera decir sería inútil, dado lo convencido que parecía Patta de que la investigación —o simple conato de investigación— podía darse por terminada. No obstante, dijo:

—Venía a hablarle de unos papeles que estaban en poder de Tassini.

—¿Cómo, en su poder?

—En su casa.

—¿Y cómo es que ahora se encuentran en poder de usted, comisario?

—Porque me los entregó su viuda.

—¿Hizo el informe correspondiente?

—Sí, señor —mintió Brunetti, sabiendo que la *signorina* Elettra no tendría inconveniente en atrasar la fecha cuando él redactara el informe.

Patta no cuestionó esta afirmación, y preguntó:

—¿Y qué papeles son ésos?

—Listas de números.

—¿Qué clase de números?

—Referencias a leyes y a específicos puntos geográficos. Y también referencias al *Infierno* de Dante. Había un ejemplar del poema en su cuarto de la fábrica.

—¿Y ese libro es otra pieza que se halla en su poder? —preguntó Patta.

—Sí, señor.

—¿Es eso todo lo que había, Brunetti? ¿O había alguna otra cosa, además de... —aquí Patta adoptó el énfasis con que se habla a un niño díscolo o desobediente—: referencias a leyes, a puntos geográficos y al *Infierno*? —Patta no supo, o no quiso, resistir la tentación de repetir las palabras de Brunetti.

Como si las palabras de su superior fueran una petición de información y no una burla, Brunetti dijo:

—Debía de haber un motivo por el que él guardara esas referencias, señor.

Patta meneó la cabeza con estudiada perplejidad.

—¿Ha dicho leyes y puntos geográficos, Brunetti? ¿Y qué viene a continuación, el número del primer premio de la lotería o las coordenadas geográficas del lugar en el que aterrizarán los extraterrestres? —Se levantó del sillón, y dio dos pasos mientras musitaba «Dante» como para calmar el tumulto de su espíritu. Luego, se instó a sí mismo a volver a sentarse—. Aunque quizá le sorprenda, Brunetti, esto es una *questura* —dijo inclinándose sobre la mesa y señalando con el dedo al comisario— y nosotros somos policías. Esto no es una tienda en el desierto a donde la gente viene a que le lean la palma de la mano o le echen las cartas

Brunetti miró a Patta un momento y desvió los ojos hacia un punto de la mesa.

—¿Me entiende, Brunetti? —Como el comisario no parecía dispuesto a contestar, Patta exigió—: ¿Me entiende usted?

—Sí, señor —dijo Brunetti, sorprendido de cuánta verdad había en su respuesta; se levantó.

—¿Y qué piensa hacer con esos números, Brunetti? —preguntó Patta con una voz acidulada por el sarcasmo y la amenaza.

—Las referencias al Dante las guardaré, señor. Siempre conviene saber dónde situar a los hipócritas y los oportunistas.

A Patta se le crispó la cara, pero aún no tenía bastante.

—¿Y con sus leyes y sus coordenadas?

—Oh, no lo sé, señor —dijo Brunetti dando media vuelta y yendo hacia la puerta—. Pero es útil saber qué dicen las leyes y dónde está exactamente cada cual. —Abrió la puerta, dijo—: *Buon giorno.* —Con suavidad, salió y cerró.

21

Al abandonar el despacho de Patta, Brunetti se detuvo junto a la mesa de la *signorina* Elettra un momento para tomar la carpeta que ella le tendía. Le dio las gracias, comprobó que llevaba el papel en el que había anotado las coordenadas de Tassini y salió de la *questura*. En el muelle no se veía ni rastro de Foa, al que encontró en el bar próximo al puente, tomando café y leyendo *La Gazzetta dello Sport*.

El piloto sonrió al ver entrar a Brunetti.

—¿Quiere un café, comisario?

—Con mucho gusto —dijo Brunetti.

En aquel momento, le habría gustado entender de deporte, de cualquier deporte, lo suficiente para entablar conversación, pero tuvo que limitarse a comentar que ya empezaba a hacer calor.

Cuando tuvo delante el café, Brunetti preguntó:

—¿Dispone usted de uno de esos aparatos que señalan la localización, Foa?

—¿Un GPS?

—Eso.

—Sí, señor. Está en el barco —dijo el piloto—. ¿Lo necesita?

—Sí —dijo Brunetti removiendo el café—. ¿Tiene algo que hacer ahora?

—Aparte de leer las gansadas de estos paquetes —dijo Foa golpeando el periódico con el dorso de los dedos—, nada. ¿Por qué? ¿Quiere ir a algún sitio?

—Sí —respondió Brunetti—. A Murano.

Mientras iban hacia la lancha, Brunetti habló al piloto de los números anotados por Tassini y aceptó complacido la felicitación de Foa por haber adivinado su significado. Cuando subieron a bordo, Foa abrió un compartimiento del cuadro y sacó un instrumento con cubierta de cristal. Mostró a Brunetti el GPS, que era poco mayor que un *telefonino* y tenía la doble función de señalar al norte e indicar las coordenadas exactas del lugar en el que se encontraba el aparato. Lo dejó ante sí en la repisa y puso en marcha el motor. La lancha se separó del muelle, al cabo de un momento, entró en Rio di Santa Giustina y salió a la laguna acelerando.

—¿Cómo funciona? —preguntó Brunetti tomando el aparato.

Él siempre había culpado de su falta de aptitudes para la mecánica y la tecnología a la circunstancia de haberse criado en Venecia, lejos de los automóviles; pero sabía que la verdadera razón era que nunca le había intrigado la manera en que funcionaban las cosas y, menos aún, los artilugios modernos.

—Por los satélites —dijo el piloto, decidiendo de pronto cruzar la estela de un 42 que iba al cementerio. Los saltos de la lancha obligaron a Brunetti a agarrarse a la barandilla, mientras Foa, manteniendo el equilibrio con soltura, se dejaba mecer por las olas. El piloto apartó la mano derecha del timón y señaló al cielo—. Ahí arriba está lleno de ellos, que giran, graban y vigilan. —Foa esperó un momento y añadió—: No me extrañaría que retrataran hasta lo que tomamos para desayunar.

Brunetti optó por no responder a esta divagación y Foa volvió a la información técnica.

—El satélite envía una señal que te dice dónde estás exactamente. Mire. —Señalaba dos rectángulos luminosos de la esfera del GPS, en los que se sucedían unos dígitos—. A este lado —añadió el piloto, apartando la mirada del agua que tenía ante sí para indicar un punto del instrumento— está la latitud. Y aquí, la longitud, que irá cambiando mientras nos movamos.

A modo de demostración, Foa hizo dos bruscos virajes, primero hacia la derecha e inmediatamente hacia la izquierda. Si la longitud y la latitud cambiaron, Brunetti no lo vio, ocupado como estaba en aferrarse a la borda para no salir despedido.

Brunetti devolvió el aparato a Foa y dirigió su atención a Murano, adonde se acercaban a velocidad considerable.

—¿Vamos al sitio de la última vez? —preguntó Foa.

—Sí, y me gustaría que me acompañara.

Foa no disimuló la satisfacción que la petición le producía. Aminoró la velocidad y, al acercarse al muelle, dio marcha atrás hasta que la lancha se detuvo. La corriente los empujó y el costado de la embarcación rozó el muro. Foa saltó a tierra, ató una amarra a una anilla del pavimento y aseguró la proa con otra amarra.

Brunetti guardó el GPS en el bolsillo de la chaqueta y desembarcó. Los dos hombres fueron hacia la fábrica De Cal.

—¿Quiere hablar con el viejo otra vez? —preguntó Foa.

—No, he venido a ver dónde están estos puntos.

Sacó de la cartera el papel en el que había anotado las coordenadas. Foa tomó el papel y leyó los números.

—La latitud y la longitud corresponden a la laguna —dijo, y añadió—: Deben de estar todos por aquí.

Brunetti, que ya tenía una vaga idea de la situación por lo que había visto en las cartas de navegación, asintió.

Rodearon el edificio de la fábrica por la izquierda, en dirección al descampado que había detrás. Brunetti observó, complacido, que en aquel lado del edificio no había ventanas.

Se pararon donde empezaba la hierba y Brunetti sacó el GPS. Fue a entregar el papel a Foa, pero rectificó y le dio el instrumento, pensando que el piloto estaría más familiarizado con su manejo. Foa miró el papel y se alejó en dirección al agua.

Con la mirada fija en el instrumento, el piloto cruzó el campo desviándose ligeramente hacia la izquierda, al norte de la isla. A mitad del camino entre la fábrica De Cal y el agua, se detuvo. Cuando Brunetti se reunió con él, Foa tiró de la mano con la que el comisario sostenía el papel y comprobó el segundo número.

Con la atención puesta en el GPS, Foa fue hacia la izquierda, donde había estado la cerca que separaba la propiedad de De Cal del terreno contiguo y de la que no quedaban más que unas estacas descoloridas, como los huesos resecos de un animal devorado por una tribu primitiva. Como para marcar más claramente la línea divisoria entre una y otra propiedad, había una franja de tierra desnuda donde estuviera la cerca: a uno y otro lado, la hierba empezaba a un metro de los palos caídos.

Al cabo de unos minutos, Foa se detuvo, miró el instrumento y dio unos pasos hacia la cerca.

—¿Cuál es el último dígito, comisario? Del segundo número.

Brunetti miró el papel.

—Punto noventa.

Foa dio dos pasos cortos hacia un lado, situándose con un pie a cada lado de los podridos restos de la cerca, que apartó de un puntapié. Miró el GPS, se movió ligeramente hacia la derecha, atento a la lectura, y dijo a Brunetti:

—Ya lo tengo, es aquí. Fuera lo que fuera lo que el hombre quería señalar, está aquí. —Tomó el papel de Brunetti, lo miró un momento y se volvió hacia la fábrica De Cal—. La segunda serie de coordenadas nos llevaría ahí dentro.

El piloto comprobó el GPS y volvió a mirar en derredor.

—Seguramente el tercer sitio se encuentra allí —dijo señalando a la fábrica del otro lado del campo, a la derecha de la De Cal.

Brunetti miró alrededor. ¿Podía verse desde aquí algo que no fuera visible desde otro ángulo? Los dos hombres giraron sobre sí mismos varias veces, y sin mencionar siquiera la posibilidad de que hubieran de ver algo, la descartaron. Brunetti se volvió hacia la fábrica De Cal, y los dos oyeron el chapoteo que sonó cuando levantó el pie. Al llegar, no habían reparado en la humedad del terreno, pero ahora, al mover los pies, vieron cómo las huellas de sus zapatos se llenaban de agua rápidamente.

Los dos tuvieron la misma idea.

—Tengo un cubo en la lancha, comisario, por si quiere llevar un poco de esto a Bocchese.

—Sí —dijo Brunetti, sin estar seguro de lo que podía haber allí, pero convencido de que había algo.

Se quedó esperando mientras el piloto se alejaba en dirección a la lancha, rodeando la fábrica. De vez en cuando, movía los pies y percibía el chasquido viscoso del barro.

Foa no tardó en volver con un cubo y una pala de plástico, como los que usan los niños para jugar en la playa. Al ver que Brunetti miraba esos objetos con atención, el piloto apretó los labios nerviosamente.

—Algún fin de semana me llevo la lancha para repasar el motor.

—¿Su hija le ayuda?

—Sólo tiene tres años —sonrió Foa—, pero le gusta ir conmigo a pescar almejas a la laguna.

—Mejor salir en un barco que uno conoce bien —dijo Brunetti—. Sobre todo, llevando a una niña.

Foa respondió con una sonrisa.

—El combustible lo pago de mi bolsillo —dijo, y Brunetti le creyó.

Le gustó que a Foa le pareciera importante decírselo.

Brunetti hundió la pala en el suelo y echó varias paladas de barro en el cubo que sostenía Foa. Luego, haciendo presión con la pala en sentido horizontal, recogió sólo agua que agregó al barro.

A su izquierda, sonó una voz que preguntaba:

—¿Qué hacen aquí?

Brunetti se levantó. Hacia ellos venía un hombre de la fábrica que, según tenía entendido, pertenecía a Gianluca Fasano.

—¿Qué hacen aquí? —repitió el recién llegado al que, al parecer, no impresionaba el uniforme de Foa.

Era alto, más que Vianello, y también más grueso. Una frente protuberante le hacía sombra en los ojos, incluso a la luz de la mañana. Tenía los labios finos y agrietados, y la piel de alrededor enrojecida.

—Buenos días —dijo Brunetti, yendo hacia el hombre con la mano extendida. Su gesto sorprendió al desconocido, que no supo sino estrechársela—. Soy el comisario Guido Brunetti.

—Palazzi —dijo el otro—, Raffaele.

Foa se acercó, Brunetti hizo las presentaciones y los dos hombres también se dieron la mano.

—¿Pueden decirme qué hacen? —preguntó Palazzi moderando el tono.

—He sido encargado de investigar la muerte de *l'uomo di notte*. Me han informado de que también trabajaba en la fábrica de ustedes.

—Sí —dijo Palazzi, y señaló el cubo—. ¿Qué es eso?

—Tomamos una muestra del suelo de la propiedad del *signor* De Cal —dijo Brunetti, señalando el lugar en el que se encontraban cuando Palazzi los había visto.

—¿Para qué? —preguntó el hombre con verdadera curiosidad.

—Para analizarla —dijo Brunetti.

—¿Es por lo de Giorgio?

—¿Usted lo conocía?

—Oh, lo conocíamos todos —dijo Palazzi con sonrisa apenada—. Pobre hombre. Hacía, ¿cuánto?, seis años que lo conocía. —Meneó la cabeza como si lo sorprendiera el tiempo que hacía que conocía al muerto.

—¿Entonces lo conocía ya antes de que naciera su hija?

—Pobrecillo. Nadie se merece una cosa así.

—¿Nadie se merece qué, *signor* Palazzi? —preguntó Brunetti, dejando el cubo en el suelo, para dar a entender que se disponía a mantener una conversación larga.

Foa separó los pies y relajó la postura.

—Esa niña. Que naciera así. Yo tengo dos hijos, normales, gracias a Dios.

—¿Ha visto a la hija del *signor* Tassini?

—No, pero él nos hablaba de ella. Nos contó todo lo sucedido.

—¿Les dijo por qué creía él que estaba así? —preguntó Brunetti.

—¡Ay, Señor! Cien veces nos lo dijo, hasta que ya nadie quería escucharle. —Palazzi pensó un momento—: Ahora que ha muerto, siento no haberle escuchado. Tampoco costaba tanto. —Pero entonces rectificó—: De todos modos, era terrible. De verdad. Cuando empezaba, podía estar hablando una hora, o hasta que decías basta o, sencillamente, te ibas. Creo que, a veces, llegaba temprano por la noche o se quedaba después de terminar su turno por la mañana para hablarnos de eso. —Palazzi sopesó lo dicho y concluyó—: Supongo que al final dejamos de escucharle, y él debió de darse cuenta, porque últimamente no hablaba mucho.

—¿Estaba loco? —preguntó Brunetti sorprendiéndose a sí mismo.

Semejante afrenta a un muerto dejó a Palazzi con la boca abierta.

—No. Loco, no. Era sólo... en fin... era especial. Quiero decir que podía hablar de muchas cosas como cualquiera de nosotros, pero cuando se tocaban ciertos temas se disparaba.

—¿Había amenazado a su patrono, el *signor* De Cal? ¿O al *signor* Fasano?

Palazzi se echó a reír.

—¿Amenazar Giorgio? Si pregunta eso es que el loco es usted.

—¿Y a él, lo habían amenazado? —preguntó Brunetti rápidamente.

Palazzi lo miró con auténtico asombro.

—¿Por qué habían de amenazarlo? Podían despedirlo. Decirle que se fuera. Trabajaba *in nero*, no habría podido hacer nada. Habría tenido que marcharse.

—¿Son muchos los que trabajan *in nero*? —preguntó Brunetti.

Antes de acabar de decirlo, ya se había arrepentido.

Se hizo una pausa larga, y Palazzi dijo, con voz formal y controlada:

—Eso no lo sé, comisario.

Su tono dio a entender a Brunetti lo poco que a partir de este momento iba a saber Palazzi. En lugar de insistir, le dio las gracias, le estrechó la mano, esperó a que Foa hiciera otro tanto, se agachó y recogió el cubo de color rosa. Había renunciado a la idea de entrar en los edificios para tratar de localizar los puntos correspondientes a las otras coordenadas.

Palazzi se volvió y empezó a andar por el campo hacia la fábrica de Fasano, y entonces Brunetti vio las letras, descoloridas por el sol, que estaban pintadas en lo alto de la fachada posterior: «Vetreria Regini», leyó con dificultad.

—*Signor* Palazzi —dijo al que se alejaba.

El hombre se detuvo y se volvió.

—¿Qué es eso? —preguntó Brunetti señalando las letras.

Palazzi siguió con la mirada el ademán de Brunetti.

—Es el nombre de la fábrica, Vetreria Regini —gritó, silabeando lentamente, como si dudara de que Brunetti pudiera leerlo sin ayuda.

Se dispuso a seguir andando, pero el comisario gritó:

—Creí que la fábrica era de Fasano. De la familia.

—Y lo es. De la familia de su madre. —dijo Palazzi, alejándose.

22

Brunetti venció la tentación de quedarse en Murano y almorzar pescado fresco y polenta en Nanni's, y dijo a Foa que regresaban a la *questura*. Cuando llegaron, pidió al piloto que llevara el cubo a Bocchese para que averiguara qué había en aquel barro.

Como aquel día Paola y los chicos comían con los padres de ella, Brunetti entró en un restaurante de Castello y tomó dos platos a los que no prestó atención y al salir a la calle ya había olvidado. Bajó andando hasta San Pietro in Castello y entró en la iglesia para ver la estela funeraria que tiene grabados versículos del Corán. La polémica en curso, de si es un expolio cultural o una prueba de multiculturalismo, en nada afectó su admiración por la belleza de la caligrafía.

Volvió a la *questura* andando despacio. Poco antes de las seis, subió Vianello que, al ver los tomos de la *Gazzetta* en la mesa, preguntó para qué los necesitaba. Brunetti se lo explicó y preguntó al inspector qué creía él que se hacía antes de que se dictaran aquellas leyes.

—Cada cual hacía lo que le venía en gana —respondió Vianello con la natural indignación, pero añadió, para sorpresa de Brunetti—: De todos modos, no creo que en Murano se hiciera mucho daño.

Brunetti señaló la silla que estaba delante de su mesa y preguntó:

—¿Por qué?

Vianello se sentó.

—Verás, el «daño» es relativo: no era mucho, comparado con Marghera. Ya sé que esto no cambia lo que se hiciera en Murano. Pero el auténtico asesino es Marghera.

—Tú le tienes verdadero odio, ¿verdad?

Vianello lo miraba muy serio.

—Desde luego, como todo el que tenga entendimiento. Tassini decía que odiaba a Murano. Pero nunca hizo algo que lo demostrara.

Brunetti ya no lo seguía.

—No entiendo.

—Si realmente hubiera estado convencido de que la causa de lo que le había ocurrido a la niña estaba en la fábrica, habría hecho algo contra De Cal. Pero lo único que hacía era decir a los hombres que trabajaban con él en el *fornace* que De Cal tenía la culpa de todo.

—¿Lo que quiere decir...? —preguntó Brunetti.

—Lo que quiere decir que era el remordimiento el que hablaba por su boca —dijo Vianello.

Lo mismo pensaba Brunetti, que no cuestionó la opinión del inspector.

—¿Y tú por qué odias tanto Marghera? —preguntó.

—Porque tengo hijos —respondió Vianello.

—Yo también.

—Cuando llegues a casa —empezó Vianello, con una voz que se había calmado de repente—, pregunta a tu esposa si tiene el suplemento del *Gazzettino* de hoy.

—¿Qué suplemento?

Vianello se levantó y fue hacia la puerta.

—Tú pregúntale —dijo. Ya en la puerta, añadió—: He hablado con varios trabajadores de De Cal. Dicen que la empresa va mal y que él quiere venderla, pero cada uno habla de un precio distinto, aunque siempre más de un millón.

—¿Algo más?

—No hacía más de un mes o dos que Tassini era *uomo di notte* en la fábrica de Fassano.

—¿Y antes?

—Antes ya era *uomo di notte* de De Cal y aún antes había trabajado en la *molatura.*

—¿Eso supone subir o bajar de categoría? —preguntó Brunetti por simple curiosidad—. Tenía esposa y dos hijos a los que mantener.

Vianello se encogió de hombros.

—No lo sé. El vigilante que tenía Fasano se jubiló y Tassini solicitó el puesto. Por lo menos, eso me dijeron dos de los hombres. También hablaban de lo mucho que le gustaba leer y de que trabajaba de noche porque así podía «tragar libros» —terminó Vianello riendo.

Brunetti se rió también, y la tensión se desvaneció.

Cuando el inspector se fue, Brunetti, con el pretexto de la curiosidad por el suplemento del *Gazzettino,* salió temprano, y llegó a casa una hora antes de lo habitual.

Encontró a Paola sentada a la mesa del estudio con lo que parecía un manuscrito delante. Dio un beso en la mejilla que ella le presentaba y dijo:

—Vianello me ha dicho que te pregunte si has leído el suplemento que hoy venía con el *Gazzetino.*

Ella lo miró con extrañeza, pero sólo un momento,

porque apartó el manuscrito hacia un lado y lo sustituyó por un montón de papeles y revistas que tenía en el suelo.

—Típico de él preguntar eso —dijo con una sonrisa, empezando a revolver.

—¿Qué es?

Ella siguió buscando hasta que sacó un cuadernillo que exhibió triunfalmente.

—*Porto Marghera* —leyó en voz alta—. *Situazione e Prospettive.* —Lo levantó para que él pudiera leer la portada—. ¿Tú dirías que es una coincidencia que repartan esto con el periódico mientras se celebra el juicio?

—Es que ese juicio durará una eternidad —objetó Brunetti.

El juicio contra el complejo petroquímico, por contaminación del suelo, el aire y la laguna, había empezado hacía años, eso lo sabían todos los habitantes del Véneto, como también sabían que duraría muchos años más o, como mínimo, hasta que expirara el estatuto de limitaciones y su espíritu fuera a parar al limbo de los casos prescritos.

—Deja que te lea una cosa, y ya me dirás si es simple coincidencia. —Dio la vuelta al suplemento y buscó en la contraportada—. Al final, los autores dan las gracias a las personas que han colaborado en la elaboración del suplemento, publicado con el propósito de informar a la población del Véneto del peligro medioambiental que supone la existencia de semejante complejo industrial en su patio trasero. —Miró a Brunetti para cerciorarse de que él estaba atento a sus palabras y prosiguió—: ¿Y a quién dan las gracias por su colaboración? —preguntó ella, deslizando el dedo, innecesariamente, supuso él, hasta el pie de la última página—. A las autoridades de la zona industrial.

Como Brunetti no decía nada, ella arrojó el suplemento sobre la mesa y dijo:

—Venga, Guido, no me dirás que no es increíble. Es alucinante. Preparan un documento sobre ese complejo industrial que está a tres kilómetros de nosotros, que es un coladero de detritos y, probablemente, contiene toxinas y venenos suficientes para eliminar a todo el Noreste, ¿y a quién piden información sobre el peligro que pueden suponer esas sustancias si no a las mismas autoridades que dirigen el complejo? —Se echó a reír, pero Brunetti no la imitó.

Ella lo contempló un momento con el gesto de falsa seriedad de una presentadora de televisión que trata de provocar una respuesta con una exhibición de viva curiosidad. En vista de que él callaba, dijo:

—Imagina que la próxima vez que Patta quiera una estadística sobre delitos la encarga al *capo* de la mafia local o de la mafia china. —Levantó el suplemento sobre su cabeza y dijo—: Estamos todos locos, Guido.

Brunetti permanecía sentado en el sofá, callado pero atento.

—Voy a leerte otra cosa, sólo una —dijo ella abriendo el cuadernillo.

Pasó varias hojas hacia delante y luego hacia atrás.

—Aquí está —dijo—. Escucha: «Qué hacer en caso de emergencia.» —Se subió las gafas, se acercó un poco el suplemento y siguió leyendo—: «Permanezca en su casa, cierre las ventanas, cierre la llave de paso del gas, no utilice el teléfono, escuche la radio, no salga por ningún motivo.» —Lo miró y añadió—: Lo único que falta es que nos digan que no respiremos. —Dejó caer el suplemento—. Y vivimos a menos de tres kilómetros de eso, Guido.

—Hace años que lo sabes —dijo Brunetti, hundiéndose un poco más en el sofá.

—Sí, lo sé —concedió ella—. Pero no tenía esto —dijo levantando otra vez el cuadernillo y abriéndolo por la última página—. No tenía la información de que todos los años pasan por ahí treinta y seis millones de toneladas de «materias». No tengo idea de cuánto son treinta y seis millones de toneladas, y tampoco nos dicen de qué son esos treinta y seis millones de toneladas, pero imagino que, en caso de incendio, haría falta mucho menos para... —dejó la frase sin terminar.

—¿Qué te hace pensar que pueda ocurrir algo así? —preguntó él.

—Que hoy me he pasado hora y media tratando de dar a la compañía del teléfono la nueva fecha de caducidad de mi tarjeta de crédito —respondió ella con irritación.

—¿Y eso qué tiene que ver? —inquirió Brunetti con augusta serenidad.

—Me enviaron una carta por la que me comunicaban que la tarjeta había caducado y me pedían que marcara su número gratuito. Así lo hice y me recitaron su menú de amables sugerencias: pulse uno para esto, dos para lo otro y tres si desea contratar un servicio. Aquí se cortaba la comunicación. Y así, seis veces.

—¿Por qué has probado seis veces?

—¿Qué otra cosa se puede hacer? Incluso para decirles que quiero cancelar el servicio y que manden el recibo al banco tengo que hablar con ellos.

—¿Y cuándo piensas explicarme qué tiene eso que ver con Marghera? —preguntó él, que acababa de darse cuenta de lo muy cansado que estaba y lo poco que deseaba mantener esta conversación.

Ella se quitó las gafas, para verlo mejor, o para taladrarlo mejor con su mirada de basilisco.

—Porque en uno y otro sitio trabaja la misma clase de gente, Guido. Son los que hacen los programas y controlan los sistemas de seguridad. Al fin, el ser humano con el que conseguí hablar me dijo que debía enviar la fecha de caducidad de la tarjeta a un número de fax, porque el sistema no le permitía admitir la información por teléfono.

Brunetti apoyó la cabeza en el respaldo y cerró los ojos.

—Sigo sin ver la relación —dijo.

—Es que la persona que omitió poner el número de fax en la carta que me enviaron podría muy bien ser tan competente como la encargada de hacer girar una llave o una palanca en una de las fábricas de Marghera, y en lugar de hacer así —dijo, y esperó a que él abriera los ojos, y entonces la vio empuñar una imaginaria rueda gigante y hacerla girar hacia la derecha—, hace así —prosiguió, moviendo la mano hacia la izquierda—. Y adiós Marghera, y adiós Venecia, y adiós todos nosotros.

—Vamos, vamos —dijo él, cansado e irritado por su histrionismo—, no seas catastrofista.

—¿Tanto como Vianello? —preguntó ella.

Brunetti no recordaba cómo se había metido en esto, pero ya hablaba sin miramientos.

—En sus peores momentos, sí. Tanto como él.

Un tenso silencio sustituyó la vivacidad y el humorismo con que ella hablaba al principio. Brunetti se inclinó a recoger el *Espresso* de la semana. Lo abrió por la crítica de cine y se concentró en la lectura de unas críticas de películas que nunca, ni en un momento de delirio, se le ocurriría ir a ver. Cuando terminó, pasó varias páginas y encontró el tema de portada: el juicio de Marghera. Cerró la revista y la dejó caer al suelo.

—Está bien —dijo—. Está bien. —Esperó un momento y añadió—: He tenido un día muy largo, Paola. Y no quiero pasar lo poco que queda discutiendo contigo.

Cerró los ojos, la oyó acercarse y notó que, a su lado, el sofá cedía bajo su peso.

—Voy a hacer la cena —dijo ella.

El sofá se recuperó y él sintió unos labios en la frente.

Una hora después, se sentaban a cenar, y mientras la familia comía y bebía, Brunetti observaba a sus hijos y escuchaba sus quejas de los profesores y de la presión de los deberes, que nunca se acababa.

—Para ir a la universidad, hay que estudiar mucho en casa. Es el precio que hay que pagar —dijo Brunetti.

—Y si no voy, ¿qué? —preguntó Chiara.

El padre no advirtió desafío en sus palabras, pero notó que Paola aguzaba el oído.

—Pues supongo que tendrías que buscar trabajo —respondió él, procurando que su voz sonara ecuánime más que crítica; para él la elección no admitía duda.

—Es que todo el mundo dice que no hay trabajo —se lamentó Chiara.

—Los periódicos siempre están hablando de eso —agregó Raffi, con el tenedor suspendido sobre el filete de pez espada—. Mira a Kati y a Fulvio —dijo, refiriéndose a los hermanos mayores de su mejor amigo—. Los dos son licenciados y ninguno tiene trabajo.

—No es verdad —dijo Chiara—. Kati trabaja en un museo.

—Di mejor que vende catálogos en el Correr —dijo Raffi—. Eso no es trabajo para alguien que se ha pasado seis años en la universidad. Ganaría más vendiendo zapatos en Prada.

Brunetti se preguntó si para su hijo ése sería un trabajo más apetecible.

—Prada no es el lugar ideal para trabajar, si lo que buscas es un empleo para un licenciado en Historia del Arte —dijo Chiara.

—Tampoco lo es la sección de saldos del museo Correr —replicó su hermano.

Brunetti, que había visitado la última exposición y pagado más de cuarenta euros por el catálogo, no consideraba que la tienda del museo fuera una sección de saldos, pero se reservó la opinión y se limitó a preguntar:

—¿Y Fulvio qué hace?

Raffi bajó la mirada al pescado y Chiara extendió el brazo para servirse más espinacas, a pesar de que ya había alineado el cuchillo y el tenedor sobre el plato. Ninguno de los dos respondió, y el ambiente se enrareció. Brunetti hizo como si no se diera cuenta.

—Seguro que encuentra algo —dijo—. Es un chico inteligente. —Y a Paola—: ¿Me pasas las espinacas? Eso, si Chiara deja algo.

Al pasarle la fuente, Paola demostró que había detectado la reacción provocada por la alusión a Fulvio, diciendo con naturalidad:

—A mis alumnos les ocurre lo mismo. Hacen sus tesis, obtienen el título, empiezan a llamarse *dottore* y se consideran afortunados si encuentran empleo de maestro suplente en sitios como Burano o Dolo.

—La fontanería —interrumpió Brunetti, levantando una mano para reclamar su atención—. A mis hijos les aconsejo que estudien para fontaneros. Es un oficio bien remunerado. Se conoce a gente interesante y nunca falta trabajo. Nada bueno conseguiréis leyendo libros y libros, pasando horas y horas en las bibliotecas o discutiendo sobre ideas. Es malo para el cerebro. No, a mí que me den un oficio de hombres: aire puro, buen dinero y un trabajo duro pero honrado.

—¡Oh, papá! —Como siempre, Chiara fue la primera en captar la intención—. Qué tonto eres a veces.

Brunetti puso cara de inocencia y trató de convencerla para que dejara las matemáticas y aprendiera soldadura. El postre interrumpió su representación, pero para entonces ya se había disipado la sombra que las actividades de Fulvio habían proyectado sobre la cena.

Ya estaban en la cama cuando Brunetti, exhausto por el madrugón, preguntó:

—¿Qué pasa con Fulvio?

Ya habían apagado la luz, y sintió más que vio que Paola se encogía de hombros.

—Supongo que cosa de drogas.

—¿Consume?

—Quizá. —No parecía convencida.

—Entonces, vende —dijo él y se volvió del lado derecho, de cara a la tenue silueta de su mujer.

—Es probable.

—Pobre muchacho —dijo Brunetti, y añadió—: Pobres todos. —Se puso boca arriba, mirando al techo—. ¿Tú tienes idea de si...? —empezó, preguntándose por la cuantía de la venta y si era un asunto en el que tuviera que intervenir profesionalmente.

¿Y quiénes serían los compradores? Esta simple pregunta dio la salida al gusano que está siempre preparado en la línea de salida para iniciar la carrera hacia el corazón de los padres.

—Si lo que quieres saber es si a Raffi le interesa, creo que podemos estar relativamente seguros de que no. Él no consume drogas.

El policía quería saber por qué Paola podía decir eso, cuál era su fuente de información y en qué medida era fidedigna. ¿Había preguntado a Raffi o él se lo había dicho espontáneamente, o era su confidente otra persona que conocía el caso o a los sospechosos? Mientras miraba el techo, al otro lado de la calle se apagó una luz, dejándolo en una grata oscuridad. Qué ingenuidad, y qué temeridad, creer en la palabra de una madre acerca de la inocencia de su hijo.

Miraba al techo, temiendo preguntar. La ventana estaba entornada y las campanadas de San Marcos decían que era medianoche, hora de dormir. Con este acompañamiento, la voz de Paola murmuró:

—Tranquilo, Guido. No te preocupes por Raffi.

Él cerró los ojos con momentáneo alivio, y cuando los abrió, ya era de día.

23

Mientras se dirigía a la *questura* a la mañana siguiente, Brunetti pensaba en cuál sería la mejor manera de abordar el tema de Fasano con la *signorina* Elettra. No adivinaba la razón de la alta estima en que tenía a aquel hombre, siendo como ella era, una alta estima que habitualmente no le merecían los políticos, por quienes solía sentir el más absoluto desdén, lo que era prueba de su sensatez. ¿Por qué defendía a éste? Dado el peculiar carácter de los prejuicios de la *signorina* Elettra, quizá su actitud se debía, sencillamente, a que Fasano aún no había declarado abiertamente su intención de dedicarse a la política y, por eso, ella se inclinaba a tratarlo aún como a un ser humano.

Hacía años que Brunetti veía la foto y leía el nombre de Fasano en el *Gazzettino*. Era alto, atlético y fotogénico, y tenía fama de buen orador y de patrono justo. Brunetti había coincidido con él y con su esposa años atrás en una cena, y conservaba el vago recuerdo de un hombre afable y una rubia atractiva, pero poco más. Quizá habló con ella de una obra que habían visto en el Goldoni, o de una película. Lo había olvidado.

Entró en Ballarin, pidió un café y un brioche, y siguió tratando de recuperar todo lo que la marea de los cotilleos le hubiera depositado en la memoria a lo largo de los años sobre el personaje. Con el brioche a medio camino de la boca, se le ocurrió que, para obtener información acerca de una persona, no había medio más eficaz que hablar con ella. Se quedó unos segundos con el brioche en el aire y la cabeza ladeada. Un hombre se hizo un hueco en la barra a su lado, y Brunetti se vio en el espejo. Rápidamente, terminó el brioche y el café, pagó y se dirigió a Fondamenta Nuove y la parada del 42.

Ya conocía el camino que debía tomar desde el embarcadero de la ACTV de Sacca Serenella. Al final del sendero de cemento, en lugar de dirigirse hacia la derecha y la fábrica De Cal, torció a la izquierda, en dirección al otro edificio, al que hasta ahora no había prestado atención. Tenía paredes de ladrillo y tejado a dos aguas, muy inclinado, con dos hileras de claraboyas. Se entraba por unas puertas correderas metálicas, como en la mayoría de *fornaci*.

Al acercarse, Brunetti vio a Palazzi frente al edificio, fumando.

—Hola —dijo saludando con la mano al hombre—. Parece que va a hacer bueno.

Palazzi correspondió con una sonrisa bastante afable, tiró el cigarrillo y lo aplastó con la punta del zapato.

—La costumbre —dijo al ver que Brunetti observaba el movimiento—. Antes trabajaba en una fábrica de productos químicos y había que tener cuidado con los cigarrillos.

—Me sorprende que les dejaran fumar —dijo Brunetti.

—No nos dejaban —dijo Palazzi y volvió a sonreír.

Al ver que Brunetti respondía con otra sonrisa, moviendo la cabeza hacia atrás para señalar el campo que se extendía entre las dos fábricas, hasta el agua, preguntó—: ¿Han encontrado algo ahí?

—Aún no tenemos los resultados —dijo Brunetti.

—¿Esperan encontrar algo?

Brunetti se encogió de hombros.

—El jefe del laboratorio lo dirá.

—¿Qué buscan?

—Ni idea —reconoció Brunetti.

—¿Simple curiosidad? —preguntó Palazzi sacando los cigarrillos. Sacudió el paquete y ofreció a Brunetti, que rechazó la invitación con un movimiento de la cabeza. Como Brunetti no respondía, el hombre repitió—: ¿Simple curiosidad?

—Siempre he sido curioso.

—¿Es por lo de Tassini?

—En parte.

—¿Y en parte?

—Porque a la gente no le gusta que venga por aquí.

—¿Ni que haga preguntas?

Brunetti asintió.

Palazzi encendió el cigarrillo, aspiró profundamente, alzó la cara y exhaló una serie de anillos de humo perfectos que fueron agrandándose hasta alcanzar el tamaño de coronas y se desvanecieron en el aire tibio de la mañana.

—También Tassini hacía muchas preguntas —dijo Palazzi.

—¿Sobre qué? —El sol ya calentaba, y Brunetti se desabrochó la americana.

—Sobre esto y lo otro.

—¿Por ejemplo?

—Quién llevaba el registro de las sustancias químicas que entraban y salían y si alguno de nosotros conocía a alguien de otra fábrica que tuviera hijos con... con problemas.

—¿Como su hija?

—Supongo.

—¿Y?

Palazzi tiró su medio cigarrillo junto a los restos del otro y luego frotó el suelo con el pie haciendo desaparecer hasta el último vestigio.

—Tassini no empezó a trabajar con nosotros hasta hace un par de meses. Pero llevaba años en la De Cal y todos lo conocíamos. Luego, cuando se jubiló nuestro vigilante, supongo que al jefe le pareció bien que también trabajara aquí. Al fin y al cabo, *l'uomo di notte* tampoco tiene tantas cosas que hacer. —Palazzi suavizó el tono—. Entonces ya sabíamos lo de su hija. Por los empleados de De Cal. Pero, como ya le dije ayer, no queríamos escucharle, ni hablar con él, ni implicarnos en sus ideas.

Brunetti asintió, dando a entender que comprendía los motivos de su reticencia, para que Palazzi no se sintiera violento por hablar de Tassini en estos términos estando tan reciente su muerte.

Después de una pausa de reflexión, o de respeto, Palazzi añadió:

—A todos nos daba un poco de lástima. —En respuesta a la mirada interrogativa de Brunetti, aclaró—: Es que era un torpe. Era un desastre. De todos modos, lo único que tiene que hacer *l'uomo di notte* es echar los ingredientes, mezclar y vigilar la *miscela*, y remover cuando haga falta.

—¿Hacía preguntas sobre otras cosas? —preguntó Brunetti.

Palazzi se quedó pensativo. Hundió las manos en los bolsillos y se miró la puntera de los zapatos. Luego miró a Brunetti y dijo:

—Hará cosa de un mes me preguntó por el fontanero.

—¿Qué quería saber?

—Quién era el que venía a la fábrica y cuándo fue la última vez que estuvo aquí.

—¿Usted lo sabía? —Al ver a Palazzi mover la cabeza afirmativamente, preguntó—: ¿Qué le contestó?

—Que me parecía que era Adil-San. Tienen el taller en la Misericordia. Es su barco el que viene cuando hay que recoger algo o hacer alguna reparación. Eso le dije.

—¿Y cuándo vinieron por última vez? —preguntó Brunetti, sin saber por qué.

—Hace unos dos meses, me parece, por las mismas fechas en que él empezó a trabajar aquí. El taller de pulido estuvo cerrado un día, mientras trabajaban en los tanques de sedimentación.

—¿Tassini lo sabía?

—No, él trabajaba de noche y ellos se fueron a media tarde.

—Comprendo —dijo Brunetti, aunque no era así.

Palazzi miró el reloj. Al ver que su interlocutor se disponía a marchar, Brunetti preguntó:

—¿Está su jefe?

—Lo vi entrar hace un rato. Debe de estar en su despacho. ¿Quiere que vaya a ver?

—No, muchas gracias —dijo Brunetti con naturalidad—. Si me indica dónde es, yo lo buscaré. No se trata de nada importante, sólo unas preguntas sobre Tassini y el tiempo que estuvo aquí, puro trámite.

Palazzi miró a Brunetti sin pestañear y dijo:

—Es extraño que la policía haga venir hasta aquí a un comisario para unos trámites, ¿no? —El hombre sonreía y Brunetti se preguntó cuál de los dos sería el que había llevado el interrogatorio.

Una vez más, el comisario dio las gracias a Palazzi y éste volvió a la fábrica. Al cruzar el umbral, Brunetti se encontró en la ya familiar penumbra de la nave. Ante él brillaban los rectángulos incandescentes de cuatro hornos situados al fondo. A su resplandor se perfilaban las figuras de los hombres que se movían frente a ellos. Estuvo mirándolos varios minutos, vio cómo se inclinaban hacia delante y, cuidadosamente, introducían las cañas en el fulgor de los hornos. Había algo en aquellos movimientos acompasados que despertó un eco en su memoria; pero no veía más que a unos hombres que hacían girar las cañas, las introducían en el fuego y las sacaban, sin dejar de darles vueltas: lo mismo había visto hacer varias veces durante los últimos días. Se volvió hacia un lado.

En la pared de la derecha había cuatro puertas. En la primera se leía el nombre de Fasano. Al ir a llamar con los nudillos, Brunetti advirtió qué era lo que acababa de llamarle la atención al ver aquellas figuras iluminadas por el resplandor de los hornos. Los *maestri* utilizaban la mano derecha para sostener la larga caña por el extremo, a fin de hacer palanca con más fuerza, y llevaban el guante y el manguito de protección en el lado izquierdo, el más expuesto al calor. Ahora bien, Tassini era zurdo —había sostenido el vaso y el teléfono con la izquierda— y habría tenido que llevar el guante y el manguito en la mano y el brazo derechos.

Brunetti golpeó la puerta con los nudillos y, al oír una voz, entró. Fasano estaba delante de la única ventana, inclinado sobre un objeto que sostenía hacia la luz. Estaba en chaleco y mangas de camisa, mirando atentamente la pieza que tenía en las manos.

—¿El *signor* Fasano? —preguntó Brunetti, a pesar de que lo había reconocido por las fotos y ya se habían visto una vez.

—Sí —respondió Fasano volviendo la cabeza—. Ah —dijo al ver a Brunetti—, es el policía que ha estado viniendo por aquí.

—Sí. Guido Brunetti —dijo el comisario, optando por no hacer referencia a la cena de años atrás.

—Ahora lo recuerdo —dijo Fasano—. En casa de los Guzzini, hará unos cinco años.

—Tiene buena memoria —dijo Brunetti, lo que podía significar tanto que él también recordaba el encuentro como que lo había olvidado.

Fasano sonrió y fue hacia su mesa. Puso en ella el objeto, un esbelto búcaro de filigrana con una boca que se abría en forma de lirio, y fue hacia Brunetti con la mano extendida.

—¿En qué puedo servirle?

—Me gustaría hacerle unas preguntas sobre Giorgio Tassini, si me permite —dijo Brunetti.

—Ese pobre hombre que murió ahí al lado —dijo Fasano, preguntando y afirmando al mismo tiempo, mientras señalaba con la barbilla hacia la fábrica De Cal—. Que yo recuerde, es la primera vez que aquí muere un hombre.

—¿Al decir «aquí» se refiere a Murano, *signore*?

—Sí. De Cal nunca había tenido un accidente grave hasta ahora. —Y con una mezcla de alivio y orgullo añadió—: Nosotros tampoco.

—Tengo entendido que hacía poco tiempo que Tassini trabajaba para usted, ¿es así? —preguntó Brunetti.

Fasano sonrió nerviosamente y dijo:

—Sin ánimo de ofender, comisario, me parece que no entiendo por qué me hace esa pregunta a mí. —Hizo una pausa y añadió—: Y no a De Cal.

—Estoy tratando de formarme una idea de las tareas de Tassini. Y de recoger la mayor información posible para deducir qué pudo suceder. Con el *signor* De Cal ya he hablado, y puesto que Tassini también trabajaba para usted... —Brunetti dejó la frase en el aire.

Fasano desvió la mirada. Imitando inconscientemente los titubeos de Palazzi, metió las manos en los bolsillos, miró al suelo, luego se encaró con Brunetti y dijo:

—Ese hombre trabajaba *in nero*, comisario. —Sacó las manos y las levantó en un ademán deliberadamente teatral—. Antes o después se enterará, de modo que vale más que se lo diga ya.

—Eso a mí no me incumbe, *signor* Fasano —dijo Brunetti con indiferencia—. No me interesa cómo cobraba sino qué pudo causarle la muerte. Nada más que eso.

Fasano miraba a Brunetti fijamente, sin duda tratando de adivinar en qué medida podía confiar en él. Finalmente, dijo:

—Yo supongo que estaba fabricando alguna pieza. —Como Brunetti no respondía aclaró—: Algún objeto, un vaso, un jarrón, por su cuenta.

—¿Él sabía hacerlo? —preguntó Brunetti.

—Hacía años que trabajaba aquí al lado. Debía de tener por lo menos los conocimientos básicos.

—¿Usted le había visto trabajar el vidrio? ¿Allí o aquí?

Fasano movió la cabeza negativamente.

—No, apenas volví a verlo, después de contratarlo —dijo, pronunciando la última palabra con voz nerviosa—. Él trabajaba de noche —prosiguió, hablando de prisa—, y yo estoy aquí durante el día. Pero la mayoría de los hombres que trabajan en el turno de noche hacen eso: fabrican una pieza o dos, la dejan enfriar y por la mañana se la llevan a casa. Está tolerado, por lo menos aquí, por mí.

—¿Por qué?

Fasano sonrió:

—Mientras no pongan el nombre de la *vetreria* en la pieza ni traten de venderla como obra de uno de los *maestri*, la cosa carece de importancia. Con los años, todos hemos acabado cerrando los ojos y ahora se ha convertido en una especie de paga extra para los hombres, por lo menos para los de su categoría. —Se quedó pensativo un momento y añadió—: Y, por lo que me han contado, parece ser que Tassini lo estaba pasando mal, con todo eso de la niña, así que ¿por qué no ser tolerantes? —En vista de que Brunetti no hacía ningún comentario, agregó—: Además, sin la ayuda de un *servente*, no podía hacer más que una fuente o un jarrón de lo más sencillo.

—¿Los otros trabajadores sabían lo que hacía?

Fasano consideró la pregunta y dijo:

—Supongo que sí. Los empleados siempre están enterados de todo lo que pasa.

—No parece que eso le preocupe.

—Como le he dicho, creo que ese hombre merecía un poco de compasión.

—Ya —dijo Brunetti, y entonces preguntó—: ¿Le había hablado de su teoría de que el estado de su hija era consecuencia de las condiciones de trabajo que hay aquí?

—Le repito, comisario, que hablé con él una sola vez, cuando lo contraté, y no ha estado aquí más que dos meses.

Brunetti dijo con una media sonrisa:

—Perdón, no me he expresado con claridad. Ya sé que trabajó aquí poco tiempo. Lo que quería preguntar es si había usted oído comentar a alguien que él decía esas cosas. —Como Fasano tardaba en responder, Brunetti, añadió, con sonrisa cómplice—: Los empleados siempre están enterados de todo lo que pasa.

Las manos de Fasano volvieron a los bolsillos y la mirada de sus ojos a los zapatos. Finalmente, sin levantar la cabeza, dijo:

—No me gusta decir estas cosas de él.

—Nada de lo que usted diga puede hacerle daño, *signore* —dijo Brunetti.

Al oír esto, Fasano levantó la mirada.

—Bien, pues sí, oí comentarios. De que él creía haber respirado minerales y sustancias químicas trabajando para De Cal y que ello era la causa de... de los problemas de su hija.

—¿Usted lo cree posible?

—Es una pregunta muy difícil, comisario —dijo Fasano, tratando de sonreír—. He visto las estadísticas relativas a los trabajadores de aquí, y no he encontrado nada que indique... en fin, que sugiera que lo que Tassini creía sea posible. —Al ver la reacción de Brunetti, añadió—: Yo no soy científico, ni médico, desde luego, pero se trata de algo que me afecta.

—¿La salud de los trabajadores? —preguntó Brunetti.

—Sí. Desde luego —dijo Fasano con súbita vehemencia, y añadió—: Y la mía. —Aquí sonrió dando a entender que bromeaba—. Pero lo peligroso no es trabajar en Murano, comisario, sino trabajar tan cerca de Marghera. Usted habrá leído en los periódicos lo que está ocurriendo en el juicio. —Con una sonrisa maliciosa, rectificó—. Lo que no está ocurriendo. —Dio un paso hacia la izquierda y levantó una mano apuntando en dirección a lo que Brunetti supuso que era el noroeste—. El peligro está allí —dijo y, como si no quisiera dejar espacio para la duda, recalcó—: En Marghera. —Al ver que había captado la atención de Brunetti, prosiguió—: De ahí viene la contaminación, ésa es la amenaza. —Su voz se había hecho más firme—. Allí está la gente que contamina, que vierte de todo a la laguna o lo embarca y lo manda al sur, para que lo esparzan por el campo. No aquí, créame. —Fasano se interrumpió, consciente del énfasis que había ido poniendo en sus palabras. Rió, tratando de sosegar el tono, pero no lo consiguió—. Perdone si me altero al hablar de esto. Es que cuando pienso en lo que ellos están echando a la atmósfera y al agua día tras día, me... en fin me saca de quicio.

—¿Y aquí no vierten nada? —preguntó Brunetti.

Fassano respondió con un gesto que descartaba toda posibilidad.

—Aquí nunca hemos tenido un gran problema con la contaminación. Pero ahora nos tienen tan vigilados y controlados que no habría posibilidad de contaminar sin que nos descubrieran. —Al cabo de un momento, añadió—: Por el bien de mis hijos, me gustaría poder decir lo mismo de Marghera, pero no puedo.

Con los años, Brunetti había adquirido la costumbre de recelar de las personas que decían preocuparse por el bien de los demás, pero tenía que reconocer, aunque fuera sólo para sus adentros, que la forma en que se expresaba Fasano al hablar de la contaminación le recordaba a Vianello. Y, por la confianza que le merecía el inspector, estaba dispuesto a creer en la sinceridad de Fasano.

—¿La contaminación de Marghera pudo ser la causa de los problemas de la hija de Tassini? —preguntó Brunetti.

Fasano se encogió de hombros y, casi a regañadientes, dijo:

—Creo que no. Aunque estoy convencido de que Marghera está envenenándonos a todos poco a poco, no creo que sea responsable de lo que le ocurrió a la niña. —Brunetti no pidió explicación alguna, pero Fasano se la dio—. Me enteré de lo que ocurrió cuando nació.

Al ver que Fasano no iba a entrar en detalles, Brunetti preguntó:

—¿Entonces por qué echaba la culpa a De Cal?

Fasano fue a responder, pero se detuvo y miró fijamente a Brunetti un momento, como si se preguntara en qué medida podía confiar en una persona a la que no conocía. Al fin dijo:

—A alguien tenía que echar la culpa, ¿no le parece?

Fasano volvió a su mesa y se inclinó sobre el jarrón que había dejado allí. Era una pieza de unos cincuenta centímetros de alto y líneas sencillas y elegantes.

—Es hermoso —dijo Brunetti espontáneamente.

Fasano se volvió a mirarlo con una sonrisa que suavizaba sus facciones.

—Gracias, comisario. De vez en cuando, me gusta comprobar si todavía soy capaz de hacer algo que no salga contrahecho o tenga un asa más grande que la otra.

—No sabía que trabajara usted el vidrio —dijo Brunetti sin disimular la admiración.

—Pasé la niñez aquí —dijo Fasano con orgullo—. Mi padre quiso que fuera a la universidad, el primero de la familia, y fui, pero todos los veranos los pasaba aquí, en el *fornace*.

Levantó el jarrón y lo hizo girar dos veces, contemplándolo. Brunetti observó que tenía un ligerísimo tinte de color amatista, tan leve que a plena luz apenas se notaba.

Sin dejar de mirar y dar vueltas al jarrón, Fasano dijo al fin, como si hubiera estado pensándolo desde que Brunetti le había hecho la pregunta:

—Él tenía que creerse sus teorías. Aquí todo el mundo sabe lo que pasó cuando nació la niña. Supongo que por eso todos tenían tanta paciencia con él. Él necesitaba culpar a alguien, a cualquiera menos a sí mismo, y acabó por culpar a De Cal. —Volvió a poner el jarrón en la mesa—. Pero nunca hizo daño a nadie.

Brunetti se abstuvo de apuntar que bastante daño había hecho Tassini a su propia hija, y sólo preguntó:

—¿El *signor* De Cal había tenido problemas con él?

Observó que Fasano meditaba la respuesta.

—Nunca oí decir que los tuviera.

—¿Usted conoce al *signor* De Cal?

Fasano sonrió al responder:

—Hace más de cien años que nuestras familias tienen fábricas colindantes, comisario.

—Sí, por supuesto —reconoció Brunetti, con aire de disculpa—. ¿Ha dicho alguna vez algo de Tassini o de algún problema que tuviera con él?

—¿Usted conoce al *signor* De Cal?

—Sí.

—¿Cree usted que ha nacido el trabajador que pudiera causarle un problema?

—No.

—Si Tassini se hubiera permitido insinuar siquiera que era el responsable de lo que le pasó a la niña, De Cal se lo habría comido vivo. —Fasano se apoyó en la mesa, afianzando en ella las manos—. Ésa es otra de las razones por las que Tassini tenía que ir diciéndolo a unos y otros. No podía decírselo a De Cal. Debía de tenerle miedo.

—Da la impresión de que ha pensado bastante en sus acusaciones, *signor* —dijo Brunetti.

Fasano se encogió de hombros.

—Indudablemente. Al fin y al cabo, todos trabajamos con esos materiales, y no me gusta pensar que puedan ser nocivos para mí, o para nadie.

—Pero, si me permite decirlo, no parece usted creer que lo sean.

—No lo creo, no. He leído informes y publicaciones científicas, comisario. El peligro, repito, está allí. —Girando el cuerpo a medias, señaló al noroeste.

—Uno de los inspectores cree que eso nos está matando.

—Y tiene razón —dijo Fasano con vehemencia, pero no añadió más, y Brunetti casi se lo agradeció. Fasano se apartó de la mesa.

—Lo lamento, pero debo volver al trabajo —dijo. Brunetti esperaba que diera la vuelta a la mesa y se sentara, pero Fasano tomó el jarrón y fue hacia la puerta.

—Tengo que pulir unos defectos —dijo, dejando claro que Brunetti no estaba invitado a acompañarlo. El comisario le dio las gracias por el tiempo que le había dedicado, salió de la fábrica y se dirigió hacia el muelle.

24

Brunetti tomó el 42 para regresar a Fondamenta Nuove, y continuó a pie hacia la cercana Fondamenta della Misericordia. Entró a tomar café en un bar, donde preguntó por Adil-San, y fue informado no sólo de dónde estaba el taller sino también de que eran gente honrada y tenían mucho trabajo, y que el hijo del dueño hacía poco que se había casado con una danesa a la que había conocido en la universidad, pero aquello no duraría, y no porque ella fuera extranjera sino porque Roberto era un *donnaiolo*, y ésos no cambian, siempre andan detrás de las faldas. Tras asentir para darse por enterado y agradecer la información, Brunetti salió del bar, torció a la derecha y siguió el canal hasta que vio el rótulo de la fontanería, que estaba al otro lado. Cruzó el puente, retrocedió y entró en una oficina, donde encontró a una muchacha sentada detrás de un ordenador.

La joven levantó la cabeza, sonrió y le preguntó qué deseaba. Quizá tenía la boca muy grande, o usaba un lápiz de labios muy oscuro, pero era bonita, y Brunetti agradeció la sonrisa.

—¿Podría hablar con el dueño, por favor? —dijo.

—¿Es para un presupuesto, señor? —preguntó ella acentuando la sonrisa, lo que sugirió a Brunetti que quizá la boca tenía el tamaño justo.

—No, deseo hacerle unas preguntas acerca de un cliente —dijo él, sacando la credencial de la cartera.

Ella miró el documento, lo miró a él y volvió a mirar la foto.

—Nunca había visto una de éstas —dijo—. Es como en la televisión, ¿verdad?

—Un poco, sí. Pero no tan interesante, supongo —dijo Brunetti.

Ella echó una última mirada a la credencial y se la devolvió.

—Ahora mismo le aviso, comisario.

Se puso en pie. Tenía el talle más robusto de lo que él imaginaba, pero daba gusto verla cruzar el despacho. La muchacha abrió una puerta sin llamar.

Salió al cabo de un momento.

—El *signor* Repeta dice que pase, comisario.

Brunetti vio a un hombre de su misma edad que se levantaba de detrás de una mesa y venía hacia él. Tenía la boca grande, como la muchacha de la entrada, y también los ojos oscuros.

—¿Su hija? —preguntó Brunetti señalando la puerta, que volvía a estar cerrada.

—¿Tanto se nota? —sonrió el hombre.

Tenía la sonrisa afable de su hija y su misma complexión recia.

—Los ojos y la boca —dijo Brunetti.

—«*Signor* Repeta» me llama siempre en el trabajo —dijo el hombre, sin dejar de sonreír.

Llevaba un pantalón de lana negra y una camisa de color rosa con las mangas hasta el codo, enseñando los antebrazos musculosos de un trabajador. Indicó a Brunetti una silla, se instaló detrás de su mesa y preguntó:

—¿En qué puedo servirle, comisario?

—Deseo saber la clase de trabajo que hacen ustedes para la Vetreria Regina —dijo Brunetti.

Era evidente que la pregunta sorprendió a Repeta. Al cabo de un momento, respondió:

—Lo mismo que para todas las *vetrerie* que contratan nuestros servicios.

—¿Y es?

—Oh, disculpe —dijo Repeta—. ¿Cómo va usted a saberlo? —Se pasó la mano derecha por el pelo canoso, dejándolo parcialmente de punta—. Nos encargamos del mantenimiento de los sistemas de agua y de la eliminación de los desperdicios de la sección de pulido.

Brunetti esbozó la sonrisa del profano, levantó las manos y preguntó:

—¿Y para que lo entienda una persona como yo, *signore*?

Como a tantos hombres que viven para su trabajo, a Repeta le costaba encontrar palabras para explicarse con claridad.

—Lo del mantenimiento básicamente se reduce a comprobar que se puede abrir y cerrar el agua y regular el caudal en la sección de pulido.

—No parece muy complicado —dijo Brunetti, a media voz, como si de tan sencillo hubiera de complacerles a ambos por igual.

—No —reconoció Repeta con una sonrisa—, no es complicado. Pero los tanques sí lo son.

—¿Por qué?

—Hay que hacer que el agua pase de uno a otro lo bastante despacio como para permitir la sedimentación.

—Al ver la expresión de Brunetti, tomó una carta que tenía encima de la mesa, la miró un momento, le dio la vuelta y agarró un lápiz—. Mire —dijo, y Brunetti acercó la silla a la mesa.

Rápidamente, con la soltura que da la práctica, Repeta dibujó una hilera de rectángulos del mismo tamaño. Una línea, trazada cerca del extremo superior, que debía de representar un tubo, comunicaba el primer recipiente con el segundo y éste con el tercero; después del último tanque, la línea descendía y desaparecía por el borde inferior de la hoja.

Señalando el primer rectángulo, Repeta dijo:

—Mire, el agua de la *molatura,* que viene de la sección de pulido, entra en el primer tanque arrastrando todo el desperdicio. Son partículas pesadas que empiezan a caer al fondo, mientras el agua pasa al segundo tanque. Y así sucesivamente —añadió golpeando el tercer y cuarto rectángulos con la punta del lápiz—. Al final, todas las partículas están en el fondo de los tanques y el agua que sale del último va al desagüe —terminó resiguiendo la línea diagonal que desaparecía por el borde inferior de la hoja.

—¿Agua limpia?

—Bastante limpia.

Brunetti miró el croquis un momento y preguntó:

—¿Qué se hace con el sedimento?

—Ésa es la segunda parte de nuestra tarea —dijo Repeta apartando el papel hacia un lado y volviendo a fijar la atención en Brunetti—. Cuando purgan los tanques, nos llaman y nosotros nos llevamos el sedimento.

—¿Y después?

—Lo llevamos a la empresa que se encarga de eliminarlo. Es una especie de lodo pesado.

—¿Cómo lo eliminan?

—Lo calientan y las partículas de vidrio se funden con los minerales.

—¿Qué minerales? —preguntó Brunetti, con más interés.

—Todos los que entran en la fabricación del vidrio —respondió Repeta—: cadmio, cobalto, manganeso, arsénico, potasio.

—¿Cómo llegan al agua?

—Están en el vidrio. Durante el pulido, las partículas pasan al agua de los tanques. —Acercó el papel y señaló con el lápiz el primer rectángulo y después fue punteando toda la hilera—. El agua también impide que el polvo llegue a los pulmones de los pulidores.

—¿Para cuántas *vetrerie* trabajan ustedes?

—Más de treinta. Pero si quiere que se lo diga con exactitud, tendré que mirar la lista de clientes.

—¿Con qué frecuencia hacen ustedes la recogida?

—Según el trabajo que tengan. Cada tres meses, cada seis. Vamos cuando nos llaman. Depende.

—¿Van antes de las veinticuatro horas de recibir el aviso? —preguntó Brunetti, imaginando un cuadro de fregaderos atascados y cocinas inundadas.

—No —respondió Repeta riendo—. Generalmente, nos llaman con una semana de antelación. Eso nos permite programar cinco o seis recogidas para un mismo día. —Repeta miró al comisario para comprobar que lo seguía y agregó—: Así reducimos costes. El cargo por el servicio es fijo, sea cual sea la cantidad que nos llevemos. Mejor dicho, facturamos por peso, pero la tarifa por desplazamiento no varía, de manera que a ellos les conviene esperar a que los tanques estén llenos.

—Uno de los operarios me dijo que había visto un

barco de ustedes en la Vetreria Regini hace un par de meses —dijo Brunetti—. ¿Fue a hacer una recogida?

Repeta movió la cabeza negativamente.

—No lo sé —dijo echando hacia atrás la silla para levantarse—. Se lo preguntaré a Floridana. —Antes de que Brunetti tuviera tiempo de abrir la boca ya se había ido.

Mientras esperaba, el comisario examinó el despacho: carteles de agencias de viajes, una ventana tan sucia que apenas dejaba pasar luz ni ruido y tres archivadores metálicos. Ni ordenador, ni teléfono, lo que sorprendió a Brunetti.

Repeta entró con un papel en la mano.

—No —dijo acercándose a Brunetti—. Parece ser que necesitaban que se les reparase una fuga.

—¿Qué clase de fuga?

Repeta le entregó el papel.

—En uno de los tanques. Para eso nos llamaron.

Lo escrito en el papel no tenía sentido para Brunetti, que lo devolvió.

Repeta volvió a sentarse detrás de la mesa. Cerró los ojos y dijo:

—A ver si recuerdo esos tanques. —Estuvo un rato sin mover ni un músculo de la cara, abrió los ojos y dijo—: Sí, ya recuerdo. Están montados sobre patas metálicas, a unos cinco centímetros del suelo, y adosados a la pared. —Volvió a mirar la factura—. Según esto, supongo que una junta, probablemente, en una de las esquinas, debía de estar suelta. —Volvió a mostrar el papel a Brunetti—. ¿Ve? Dice que tuvieron que tapar una fuga en la pared del tercer tanque. Eso debió de ser.

—¿Dice la factura quién hizo el trabajo? —preguntó Brunetti.

—Sí. Biaggi. Es uno de nuestros mejores hombres.

Brunetti, que había pagado a un fontanero ciento sesenta euros por cambiar un grifo, no estaba seguro de que ambos dieran el mismo significado al calificativo.

—¿Podría informarme de qué se hizo exactamente? —preguntó Brunetti, recordando las coordenadas de Tassini.

Repeta lo miró con curiosidad, pero se levantó y salió a la otra oficina. Brunetti volvió a abstraerse en la contemplación de los carteles de viajes, pensando en lo poco que le apetecía solazarse en una playa tropical.

A los pocos minutos, Repeta volvió a entrar y dijo:

—Está en el taller. Ahora mismo viene.

Mientras esperaban, Brunetti preguntó cómo se eliminaban otras sustancias de las *vetrerie* y si Repeta se encargaba de llevarse también los ácidos, y se enteró de que los recogía una empresa aún más especializada, que trasvasa los líquidos a camiones cisterna, los cuales los transportaban a unas plantas de Marghera, encargadas de la eliminación de sustancias tóxicas.

Antes de que Brunetti pudiera pedir más información, oyó una voz a su espalda.

—¿Me has llamado, Luca?

Pronuncia la palabra «fontanero» y en tu imaginación aparecerá la figura de Biaggi, el hombre que ahora estaba en la puerta: estatura mediana, cuadrado de los hombros a las caderas, nariz no menos cuadrada, pelo escaso, piel basta y manos y antebrazos enormes. El recién llegado sonreía a Repeta como si la jovialidad fuera su condición natural.

—Pasa, Pietro —dijo Repeta—. Este señor quiere saber qué hicisteis en la fábrica de Fasano la última vez.

Biaggi dio unos pasos y saludó a Brunetti con un movimiento de la cabeza. Ladeó el mentón y miró al techo, como si esperara ver allí la copia de la factura. Frunció los labios y, con un gesto sorprendentemente femenino, bajó el mentón y dijo:

—El tercer tanque tenía una fuga y el encargado quería que la soldáramos. El dueño estaba de vacaciones o no sé qué, bueno, no podían localizarlo y el encargado nos llamó. Hizo bien porque, si llegan a esperar un par de días, habrían tenido un buen fregado.

—¿Por qué?

—Ya había por todo el suelo un agua gris, mezclada con el sedimento del mismo tanque o del agua que entraba con su sedimento.

—¿Qué hicisteis? —preguntó Repeta.

—Lo normal, cerrar el agua de la *molatura*. Dijimos a los operarios que fueran a tomar café y volvieran al cabo de una hora. Mejor eso que tenerlos dando vueltas por allí sin hacer nada o tratando de ayudar.

—¿Quién iba contigo?

—Dondini.

—¿Qué tuvieron que hacer? —preguntó Brunetti.

Antes de que Biaggi pudiera empezar la explicación, Repeta le dijo que se acercara y se sentara. El hombre así lo hizo. Cuando su cuerpo se aposentó sobre la silla, abultaba aún más que estando de pie.

—Lo primero que vi es que aquello iba a llevarnos mucho tiempo, más de una hora. —Miró a Brunetti, sonrió y dijo—: Antes de que piense que esto es lo que dicen siempre los fontaneros, *signore*, le aseguro que en ese caso era verdad. Esos tanques están muy cerca del suelo, no puedes meterte debajo para echar un vistazo, ni detrás, porque están adosados a la pared. Para buscar el fallo y poder trabajar, has de purgarlos.

—¿Se puede ver algo, con el lodo que hay dentro?

—preguntó Brunetti, presumiendo de su dominio de la materia.

—Tuvimos que vaciarlo. Menos mal que sólo hacía un mes que habíamos estado allí y casi todo era agua. Cerramos el grifo del taller de pulido y, con un balde, pasamos el agua al tanque de al lado, hasta que el nivel bajó unos cuarenta centímetros. Ahí estaba la fuga.

—¿En una soldadura de una esquina? —preguntó Repeta.

—No —respondió Biaggi—. Parece que antes purgaban el tanque por detrás, a través de la pared. O quizá lo usaban para otra cosa antes de instalarlo allí para depurar el agua de la *molatura*. Supongo que por eso cambiaron de sitio los tubos —dijo con displicencia—. Eso no es asunto mío, ¿no le parece? —preguntó a Brunetti, que asintió dándole la razón—. No sé quién les hizo el trabajo, pero era una chapuza —prosiguió Biaggi—. Habían tapado el tubo con una plancha circular, de estaño o qué sé yo, que tenía una especie de bisagra soldada a un lado, que permitía abrirla y cerrarla. Pero los que montaron el tubo no sabían lo que se hacían, no lo soldaron bien y había empezado a perder.

—¿Y qué hizo usted? —preguntó Brunetti.

—Taparlo.

—¿Cómo?

—Sacando la plancha circular y cubriendo el agujero del tubo con una placa de material plástico y un buen adhesivo. La reparación durará tanto como el tanque —concluyó Biaggi con orgullo.

—¿Y los otros tanques? ¿Tenían el mismo problema?

Biaggi se encogió de hombros.

—A mí me llamaron para que tapara una fuga, no para que revisara todo el sistema.

—¿Dónde estaba exactamente ese agujero? —preguntó Brunetti.

Biaggi repitió el gesto que había hecho al recordar los tanques.

—A unos cuarenta centímetros del borde superior, quizá un poco menos.

—¿Cómo sería el líquido que había a esa profundidad, *signor* Biaggi? —preguntó Brunetti.

Nuevamente Biaggi hizo con los labios aquel mohín femenino

—Tendría bastante sedimento.

—¿Adónde iba el viejo tubo?

Biaggi volvió a repasar la escena mentalmente y dijo:

—Donde yo estaba, apenas tenía ángulo, no veía el interior, hacia dónde iba ni hasta dónde llegaba. Lo único que sé es que se metía en la pared. Pero ahora está bien tapado. No volverá a perder.

—¿Podría decir cuándo se hizo ese trabajo?

—¿Se refiere a la soldadura?

—Sí.

—No con exactitud. Hace diez años. Quizá más, pero es sólo una suposición. No hay forma de saberlo.

Biaggi miró su reloj, lo que indujo a Brunetti a decir:

—Sólo una pregunta más, *signore*. ¿Era fácil descubrir lo de ese tubo?

La pregunta desconcertó al hombre, que preguntó:

—¿Quiere decir la abertura del tanque?

—Sí.

—Pero ¿para qué iba a mirar nadie eso?

—Oh, no sé —respondió Brunetti con indiferencia—. Pero si alguien hubiera buscado, ¿lo habría encontrado?

Biaggi miró a su jefe, que asintió. Miró otra vez el reloj, se frotó las manos produciendo un ruido seco como de papel de lija y al fin dijo:

—Si sabía que estaba ahí, supongo que habría podido encontrarlo palpando con la mano. Por la noche, el agua se cierra a uno y otro extremo, de manera que, si abrió el drenaje del final para que saliera el agua, podría ver la pared, por lo menos hasta el nivel del sedimento. Luego, cuando quisiera volver a llenar los tanques, no tendría más que cerrar el desagüe, pasar a la otra sala, dar el agua y esperar. Así de sencillo.

Con una sonrisa que trataba de que fuera tranquilizadora, Brunetti dijo:

—Perdone, pero se me ha ocurrido otra última pregunta, y le prometo que será realmente la última.

Biaggi asintió y Brunetti dijo:

—¿Cuánto tiempo cree que hacía que el tanque perdía?

—Yo diría que un mes —fue la rápida respuesta de Biaggi.

—Parece muy seguro —comentó Brunetti.

—Lo estoy. Había señales de que alguien había tratado de arreglarlo. Como si hubieran intentado soldar el disco al tubo, pero eso no podía funcionar. Cuando pregunté, el encargado me dijo que hacía un par de semanas que los operarios se quejaban de que el suelo estaba mojado. —Miró a Brunetti con una sonrisa de interrogación, como preguntando si había contestado suficientes preguntas, y Brunetti sonrió a su vez, se levantó y le tendió la mano.

—Me ha sido de una gran ayuda, *signor* Biaggi. Siempre da gusto hablar con un hombre que conoce su oficio.

Cuando Biaggi, un poco incómodo por el elogio,

hubo salido, Repeta preguntó sin tratar de disimular la curiosidad que habían despertado en él las preguntas de Brunetti:

—¿Usted es un hombre que conoce su oficio, comisario?

—Empiezo a creer que sí —dijo Brunetti, le dio las gracias y regresó a la *questura*.

25

La mente de Brunetti derivó hacia cuestiones tácticas. Patta rechazaría la idea de que un hombre como Fasano —que ya contaba con cierta influencia política e iba camino de ampliarla— pudiera estar implicado en un crimen. El *vicequestore* no autorizaría a Brunetti a emprender una investigación a fondo sin más base que indicios e informes inconexos que habría que hacer encajar en un hipotético esquema. Pruebas. Brunetti suspiró sólo de pensar en esa palabra. No tenía nada más que sospechas y unos hechos que admitían varias interpretaciones.

Marcó el número de Bocchese. El técnico contestó dando el apellido.

—¿Ha tenido tiempo de ver esa muestra? —preguntó Brunetti.

—¿Muestra?

—La que le llevó Foa.

—No. Se me olvidó. ¿Mañana?

—Sí.

Brunetti comprendió que nada podía hacer mientras no tuviera los resultados de los análisis de Bocchese:

hasta entonces no podría formarse una idea clara de lo sucedido ni saber qué había ido a parar al campo situado entre las dos fábricas. De Cal se sulfuraba al pensar que su yerno, el ecologista, pudiera llegar a influir en la dirección de la fábrica, y prefería venderla antes que consentir que pasara a su hija y, por consiguiente, al marido. Venderla a Gianluca Fasano, astro emergente en el turbio firmamento de la política local, cuya ascensión era precedida por la propaganda de su honda preocupación por la degradación del entorno de su ciudad natal. Al parecer, a los ojos de De Cal unos ecologistas eran más iguales que otros.

Nada de esto habría tenido mayor trascendencia de no ser por Giorgio Tassini, el hombre al que los azares de la vida habían lanzado a una órbita errática. Buscando la prueba que lo liberara del remordimiento de haber destruido la vida de su hija, ¿con qué se había tropezado?

Brunetti trató de recordar su conversación con Tassini. Le parecía extraño que hubiera tenido lugar hacía pocos días. Cuando Brunetti le preguntó si De Cal estaba enterado de la contaminación, Tassini respondió que «los dos» sabían lo que ocurría, de lo que Brunetti dedujo, naturalmente, que la otra persona aludida era la hija de De Cal. Pero eso fue antes de que Foa diera a Brunetti un mapa detallado de Murano, en el que se indicaban la latitud y la longitud y la situación de todos los edificios, y el comisario comprobara que las últimas coordenadas anotadas por Tassini correspondían a un punto que se encontraba dentro de la fábrica de Fasano.

Sonó el teléfono mientras Brunetti miraba el mapa fijamente, buscando la manera de enlazar todas las informaciones recogidas. Distraídamente, contestó dando su apellido.

—¿Guido? —preguntó una voz conocida.

—Sí.

En su tono había algo que provocó una larga pausa.

—Soy yo, Guido. Paola. Tu mujer. ¿Me recuerdas?

Brunetti respondió con un gruñido.

—Pues, si no, la comida. Te acuerdas de la comida, ¿verdad, Guido? De eso que se llama comer.

Él miró el reloj y vio con asombro que eran más de las dos.

—Ay, Dios, lo siento. Se me ha olvidado.

—¿Venir a casa o comer?

—Las dos cosas.

—¿Estás bien? —preguntó ella, preocupada.

—Es ese asunto de Tassini. No hay manera, no encuentro las pruebas de lo que creo que pasó.

—Ya las encontrarás —dijo ella—. O quizá no. En cualquier caso, siempre serás mi sol.

Él lo aceptó sin discusión.

—Gracias, cariño. Necesito oír eso de vez en cuando.

—Bien. —Siguió una larga pausa—. ¿Vas a...? —empezó ella.

Brunetti habló al mismo tiempo:

—Llegaré temprano.

—Está bien —dijo Paola y colgó.

Brunetti volvió a mirar el mapa. Nada había cambiado, pero, de repente, todo aquello ya no parecía tan terrible, a pesar de que él sabía que no había razón para que no lo fuera.

«Ante la duda, provoca.» Éste era uno de los principios que, con los años, había aprendido de Paola. Buscó en su libreta de direcciones el número del despacho de Pelusso.

—Pelusso —contestó el periodista a la tercera señal.

—Soy yo, Guido —dijo Brunetti—. Necesito que publiques una cosa.

Quizá fue el tono del comisario lo que indujo a Pelusso a abstenerse de hacer el comentario irónico que normalmente habría provocado en él esa introducción.

—¿Dónde? —fue lo único que preguntó.

—A poder ser, en la primera página de la segunda sección.

—Información local, ¿eh? ¿Qué hay que poner?

—Que las autoridades... no creo que sea necesario nombrarlas, pero no estaría de más sugerir que se trata del Magistrato alle Acque, las autoridades, pues, han tenido conocimiento de la presencia de sustancias peligrosas en un campo de Murano y se disponen a investigar su procedencia.

Pelusso murmuraba entre dientes mientras escribía.

—¿Qué más? —preguntó.

—Que la investigación está relacionada con otra que ya se halla en curso.

—¿Tassini? —preguntó Pelusso.

Tras una mínima vacilación, Brunetti dijo:

—Sí.

—¿Vas a decirme de qué se trata?

—Con la condición de que no salga en el artículo —dijo Brunetti.

Pelusso tardó en contestar, pero al fin dijo:

—De acuerdo.

—Parece ser que los patronos de Tassini utilizaban medios ilegales para el vertido de residuos peligrosos.

—¿Qué hacían?

—Lo mismo que todas las fábricas hasta 1973: echarlos a la laguna.

—¿Qué clase de residuos?

—De la *molatura*. Polvo de vidrio y minerales —respondió Brunetti.

—Eso no me parece muy tóxico.

—No estoy seguro de que lo sea —convino Brunetti—. Pero es ilegal.

—Y *che brutta figura*, si uno de esos patronos resulta ser el hombre cuyo nombre empieza a asociarse con la defensa del medio ambiente —apuntó Pelusso.

—Sí —dijo Brunetti, advirtiendo que estaba hablando demasiado, y con un periodista—. Pero esto no debe aparecer —añadió—. Me refiero a lo que ahora estamos hablando.

—Entonces ¿por qué publicar nada? —preguntó Pelusso en tono beligerante.

Brunetti optó por responder a la pregunta haciendo caso omiso de la entonación.

—Es como abrir un hormiguero. Lo haces y esperas a ver qué pasa.

—Y quién sale —añadió Pelusso.

—Exactamente.

Pelusso se echó a reír, olvidando su irritación, y dijo:

—Aún no son las tres. Saldrá mañana por la mañana. Es de lo más fácil; no te preocupes.

En ese momento Brunetti cayó en la cuenta de que debía preguntar:

—¿Habrá problemas si resulta que todo es falso y no hay indicios de contaminación?

Pelusso volvió a reír, ahora con más fuerza.

—¿Cuánto hace que lees el *Gazzettino*, Guido?

—Claro, claro — reconoció Brunetti—. Qué tontería.

—Desde luego, no hay por qué preocuparse —dijo Pelusso.

—Pero pueden preguntarte por tu fuente —dijo

Brunetti en un tono que quería ser jocoso—. Y entonces yo tendría que buscarme otro empleo.

—Puesto que mi fuente de información se encuentra en la misma oficina del alcalde —dijo Pelusso con la voz de indignación que sin duda utilizaría si sus jefes lo interrogaban—, no pretenderán que la revele. —Pelusso esperó un momento y agregó—: Aparecerá al lado de la noticia sobre la *questura*.

—¿Qué noticia? —preguntó Brunetti, sabiendo que eso era lo que su amigo quería que dijera.

—Eso de las funcionarias del Ufficio Stranieri. Ya estarás enterado, ¿no?

Contento de su ignorancia, Brunetti pudo responder con sinceridad:

—No, no sé nada. —Como Pelusso callaba, preguntó—: Qué pasa?

—Un amigo mío está al corriente de todo lo que ocurre en la Oficina de Extranjeros —dijo Pelusso, dejando que Brunetti dedujera lo que para un periodista era un «amigo».

—¿Y?

—Pues me ha dicho que esta semana dos mujeres que trabajaban allí desde hace décadas han solicitado, y les ha sido concedida, la jubilación anticipada.

—Perdona, Elio —dijo Brunetti con impaciencia—, pero no sé de qué me hablas.

Sin dejarse intimidar por el tono de Brunetti, Pelusso prosiguió:

—Dice mi amigo que desde hace años se han quedado con dinero de las tasas de las solicitudes de residencia y los permisos de trabajo.

—No puede ser —protestó Brunetti—. ¿No tenían que dar un recibo?

—Según me han contado —explicó Pelusso con paciencia—, ellas eran las únicas que trabajaban en el departamento, y a todo el que se presentaba solo o sin un gestor italiano, le pedían el pago en efectivo. Una cobraba y enviaba al solicitante a la otra, que le hacía firmar en un libro registro y le decía que la firma en el registro hacía las veces de recibo. Parece ser que llevaban años haciéndolo.

—Pero ¿quién puede creer tal cosa? ¿Una firma en un registro? —preguntó Brunetti.

—Eres extranjero, casi no hablas italiano, estás en una oficina municipal y dos funcionarias te dicen lo mismo. Debía de firmar mucha gente.

—¿Y qué pasó?

—Alguien se quejó al *questore*, y el mismo día éste hizo ir a su despacho a las dos mujeres. Con el registro. Ahora ellas están de baja administrativa, pero a últimos de mes se jubilan.

—¿Y los que firmaron el registro? ¿Qué les pasará? ¿Conseguirán los permisos?

—Eso no lo sé —dijo Pelusso—. ¿Quieres que me entere?

Durante un momento, Brunetti estuvo tentado de decir que sí, pero la prudencia le hizo responder:

—No. Gracias. Me basta con estar al corriente.

—La justicia alborea en nuestra bella ciudad —declamó Pelusso con voz hueca.

Brunetti profirió un sonido de desagrado y colgó. Marcó el número de la *signorina* Elettra y le preguntó:

—¿Su amigo Giorgio aún trabaja en Telecom?

—Sí, señor —respondió ella, y añadió—: Aunque ahora ya no necesito consultarle.

—Hoy bromas no, *signorina*, por favor —dijo Brunetti y, al darse cuenta de cómo sonaban sus palabras, se apresuró a añadir—: No me diga que ahora utiliza los conductos oficiales para obtener información.

Si ella percibió el cambio de tono, no lo dejó traslucir.

—No, comisario —dijo—. Es que he encontrado una vía más directa para acceder a su información.

Nada de conductos oficiales, pues, pensó Brunetti. Los menores gitanos no eran los únicos reincidentes de la ciudad.

—El número de teléfono del domicilio de Tassini ya lo tenemos. Me gustaría que consiguiera los de Fasano y De Cal: particular, despacho y *telefonini*. Y las llamadas que se hayan hecho entre ellos —añadió, preguntándose por qué no se le habría ocurrido hacer esto antes.

Aunque sin decirlo explícitamente, Fasano había dado a entender que de Tassini no sabía sino que no figuraba en la nómina y que tenía una hija discapacitada, lo que sabían todos los de la fábrica.

—Está bien —dijo ella.

—¿Cuánto tardará? —preguntó Brunetti, esperando poder tener la información a la mañana siguiente.

—Oh, un cuarto de hora, comisario.

—Mucho antes que con Giorgio —dijo Brunetti con franca admiración.

—Es verdad. Siento decirlo, pero me parece que él no ponía todo su empeño —dijo ella y colgó.

Tardó casi veinte minutos, pero entró sonriendo.

—Parece que De Cal y Fasano son buenos amigos —soltó, dejando unos papeles en la mesa—. Pero no quiero estropearle la sorpresa, comisario. Vea las listas usted mismo —dijo, añadiendo más papeles.

Él miró los números y las horas de la primera hoja, y cuando levantó la cabeza, ella ya no estaba.

Efectivamente, durante los tres últimos meses, De Cal y Fasano habían hablado con cierta frecuencia. Había por lo menos doce llamadas, la mayoría hechas por Fasano. Brunetti miró el número de Tassini: durante los años en que había trabajado para De Cal, había llamado a la fábrica siete veces. No había recibido llamada alguna del despacho ni del domicilio de De Cal.

Con Fasano, los datos eran distintos. Hacía sólo dos meses que Tassini trabajaba para él y, no obstante, el registro indicaba que había llamado seis veces al *telefonino* de Fasano y dos a la fábrica. Por su parte, Fasano había llamado a casa de Tassini una vez diez días antes de la muerte de éste y otra la víspera. Además, desde el *telefonino* de Fasano se había hecho una llamada a la fábrica De Cal a las 11.34 de la noche en que había muerto Tassini.

Brunetti sacó las Páginas Amarillas, buscó en *Idraulici* y marcó el número de Adil-San. Cuando la joven de la sonrisa simpática contestó, él le dio su nombre y le preguntó si podía hablar con su padre.

Después de unas notas musicales y varios chasquidos, Brunetti oyó decir a Repeta:

—Buenas tardes, comisario. ¿En qué puedo servirle hoy?

—Una pregunta, *signor* Repeta —dijo Brunetti, que no vio motivo para perder el tiempo en un intercambio de fórmulas de cortesía—. Cuando estuve en su despacho, no me enteré muy bien del procedimiento que siguen cuando vacían los tanques.

—¿Qué desea saber, comisario?

—¿Cómo los vacían?

—Me parece que no entiendo la pregunta —dijo Repeta.

—¿Los vacían del todo? —aclaró Brunetti—. Es decir, para poder ver el interior.

—Tendría que mirar la factura —dijo Repeta y explicó—: No sé qué sistema utilizamos con cada cliente, pero en la factura está el detalle de los cargos y eso me dirá lo que hemos hecho. —Hizo un pausa y preguntó—: ¿Quiere que le llame?

—No, gracias —dijo Brunetti—. Ya que lo tengo al teléfono, prefiero esperar.

—De acuerdo. Serán sólo unos minutos.

Brunetti oyó un golpe seco cuando Repeta dejó el teléfono, luego unos pasos y un roce áspero que tanto podía ser de una puerta como de un cajón al abrirse. Y después silencio. Brunetti miraba por la ventana al cielo, contemplando las nubes y pensando en el tiempo. Trataba de controlar la imaginación, de concentrarse únicamente en el cielo azul y en el ir y venir de las nubes.

Volvieron los pasos y Repeta dijo:

—Según la factura, lo único que hacemos es recoger los barriles de lodo. Por lo tanto, los tanques los limpian ellos.

—¿Eso es normal?

—¿Se refiere a si las otras *vetrerie* hacen lo mismo?

—Sí.

—Unas sí y otras no. Yo diría que las dos terceras partes nos encargan la limpieza a nosotros.

—Otra última pregunta —dijo Brunetti y, antes de que Repeta tuviera tiempo de acceder a responder, añadió—: ¿Van también a la fábrica De Cal?

—¿Ese viejo pirata? —preguntó Repeta sin asomo de buen humor.

—Sí.

—Íbamos hasta hace unos tres años.

—¿Qué pasó?

—Nos debía dos recogidas, y cuando le reclamé el pago, me dijo que tendría que esperar para cobrar.

—¿Y entonces?

—Dejamos de ir.

—¿Trató usted de hacerle pagar?

—¿Cómo? ¿Presentando una demanda y pasándome diez años en los juzgados? —preguntó Repeta, sin mejor humor.

—¿Sabe quién le hace la recogida? —preguntó Brunetti.

Repeta titubeó, pero dijo:

—No. —Y colgó.

26

La esperada llamada llegó a las once de la mañana siguiente, cuando Brunetti ya había leído tres veces el artículo del *Gazzettino*, que no llevaba la firma de Pelusso. Informaba de que un departamento de la administración municipal, alertado de un vertido ilegal en una fábrica de Murano, iba a iniciar una investigación. Seguía el detalle de las distintas inspecciones que estaba llevando a cabo el Magistrato alle Acque, con lo que, implícitamente, se daba a entender que éste era el departamento aludido. Como todos los casos que se citaban implicaban un vertido de residuos tóxicos, el lector también deduciría que la causa era la misma. En el último párrafo se indicaba que en el caso intervenía la policía, que ya investigaba una muerte sospechosa.

—El *vicequestore* desea verlo —dijo la *signorina* Elettra por teléfono, sin más explicaciones, señal inequívoca de tormenta.

—Bajo ahora mismo —respondió él, y decidió llevar consigo la carpeta en la que guardaba toda la información acumulada desde que había empezado a seguir la estela de Giorgio Tassini.

La puerta del despacho de Patta estaba abierta, por lo que Brunetti no pudo sino sonreír a la *signorina* Elettra, quien lo sorprendió levantando la mano derecha con el índice y el mayor abiertos en una «V». ¿*Vittoria*?, se preguntó Brunetti. Probablemente, *vittima*. O, quizá, *vendetta*.

—Cierre la puerta, Brunetti —dijo Patta a modo de saludo.

Él obedeció, se acercó y se sentó, sin ser invitado, frente a la mesa de Patta. En momentos como éste, siempre tenía la impresión de que había vuelto al colegio.

—Este artículo —dijo Patta golpeando la primera página de la segunda sección del *Gazzettino* con un índice de uña bien cuidada—, ¿es cosa suya?

¿Qué podía hacerle Patta? ¿Expulsarlo? ¿Enviarlo a casa con una nota para sus padres? Su padre había muerto y su madre era una ausente, con el cerebro enredado en los filamentos del Alzheimer. Guido no tenía a quién entregar la nota.

—Si se refiere a si soy el responsable —dijo Brunetti, súbitamente cansado—, sí, señor.

La sorpresa de Patta fue evidente. Se acercó el periódico y, olvidando ponerse las gafas que tenía en la mesa para impresionar, volvió a leer el artículo.

—Fasano, ¿eh?

—Parece que está implicado —dijo Brunetti.

—¿En qué? —preguntó Patta con verdadera curiosidad.

Brunetti tardó casi media hora en hacer la exposición de los hechos, empezando por su visita a Mestre para hablar en favor de Marco Ribetti (dejando que Patta dedujera que eran viejos amigos) y terminando con el registro de las llamadas telefónicas y un croquis de los tanques de sedimentación de la fábrica de Fasano.

—¿Cree que Fasano lo mató? —preguntó Patta cuando Brunetti acabó de hablar.

Brunetti respondió evasivamente:

—De lo dicho, podría deducirse que sí.

Patta suspiró.

—No es eso lo que le he preguntado, Brunetti. ¿Usted cree que él lo mató?

—Sí.

—¿Por qué no el otro? ¿Cómo se llama? —preguntó, revolviendo los papeles hasta que lo encontró—. ¿De Cal?

—No tenía con Tassini más trato que el de patrono y empleado, y apenas sabía quién era. Por otra parte, ¿qué supondría para él ser acusado de contaminar el medio ambiente? ¿Una multa? ¿Unos miles de euros? Además, está enfermo. Ningún juez lo enviaría a la cárcel. No tiene nada que perder.

—No como Fasano, ¿verdad? —preguntó Patta con lo que a Brunetti le pareció una satisfacción malsana.

Brunetti no sabía si Patta se refería a que Fasano tenía mucho que perder o a que estaba sano.

—Él puede perder mucho. Es presidente de los vidrieros de Murano, pero tengo entendido que eso no es más que un primer paso.

Patta asintió.

—¿Adónde cree usted que quiere llegar?

—¿Quién sabe? Primero, a la alcaldía de la ciudad y, después, a Europa, de diputado. Es la trayectoria habitual. Incluso puede que consiga las dos cosas y, además, siga dirigiendo la fábrica. —Brunetti prefería no pensar en los políticos que llegaban a acumular dos, tres y hasta cuatro sueldos—. Ha abrazado la causa ecologista, pero sigue siendo un empresario que, por encima de todo, busca beneficios. ¿Qué mejor combinación en nuestros tiempos? —preguntó Brunetti, pensando que era extraño estar hablando abiertamente de estas cosas nada menos que con Patta.

El *vicequestore* volvió a mirar los papeles.

—Ha dicho usted que había enviado unas muestras a Bocchese. ¿Ya tiene los resultados?

—Lo he llamado al llegar, pero aún no habían terminado de analizarlas —dijo Brunetti.

Patta levantó el teléfono y pidió a la *signorina* Elettra que le pusiera con el laboratorio. Casi al momento, dijo:

—Buenos días, Bocchese. Sí, soy yo. Es sobre esas muestras que le envió el comisario Brunetti.

Patta miraba a Brunetti con una cara tan tersa como pretendía que fuera su voz. Segundos después dijo:

—¿Cómo? Sí, está aquí. —Los ojos de Patta reflejaron un vivo asombro, como si Bocchese le hubiera dicho que las muestras contenían peste o botulismo—. Sí —repitió—, está aquí. Un momento. —Sostuvo el teléfono en alto, sobre la mesa—. Quiere hablar con usted.

—Buenos días, Bocchese —dijo Brunetti.

—¿Puedo decírselo?

—Sí.

—Pásemelo.

Inexpresivamente, Brunetti devolvió el teléfono a Patta.

Patta se lo llevó al oído y, con voz seca y autoritaria, espetó:

—¿Y bien? —Brunetti oía la voz de Bocchese, pero no distinguía las palabras. Patta se acercó una hoja de papel y empezó a escribir—. Repita, por favor —dijo.

Brunetti veía aparecer las palabras cabeza abajo: «manganeso», «arsénico», «cadmio», «potasio», «plomo» y otras más, sustancias nocivas, si no letales, todas ellas.

Patta dejó la pluma y se quedó escuchando unos minutos.

—¿Por encima de los límites? —Bocchese se extendió un tanto en la respuesta—: Gracias, Bocchese —dijo Patta y colgó. Dio la vuelta a la hoja, para que Brunetti pudiera leer con más facilidad—: Un buen cóctel.

—¿Qué ha dicho Bocchese cuando le ha preguntado si estaba por encima de los límites?

—Que habría que tomar una muestra mayor, pero que, si ésta es indicativa, el lugar es peligroso.

Brunetti sabía que ése era un término relativo. Peligroso ¿para quién, para qué clase de criaturas y con cuánto tiempo de exposición? Pero, no deseando poner en peligro la tregua con Patta, sólo dijo:

—Necesitará que un juez le autorice a tomar muestras.

—Eso ya lo sé —dijo Patta secamente.

Brunetti calló.

Patta extendió el brazo y volvió a golpear el periódico.

—¿Esto es todo mentira? ¿No hay investigación?

—No, señor.

Vio a Patta sopesar la información. La respuesta de Brunetti destruía las esperanzas de Patta de sumarse a otra investigación y no le dejaba más opción que la de hacer de tiburón en lugar de carroñero. Miró a Brunetti, apoyó la palma de la mano en los papeles que éste le había traído y preguntó:

—¿Cree que tiene suficientes pruebas para relacionarlo con el vertido?

El vertido, en opinión de Brunetti, podía ser el motivo por el que Fasano había eliminado a Tassini. Si se demostraba que venía haciéndose durante mucho tiempo y que Tassini lo había descubierto, ¿se podría relacionar a Fasano con Tassini, quizá encontrar una prueba tangible, quizá un testigo que recordara haber visto a Fasano cerca de la fábrica la noche en que murió Tassini? Nada más considerar tal posibilidad, Brunetti se preguntó qué podía haber más natural en una fábrica que la presencia de su dueño. Decidió responder a la pregunta brevemente:

—Sí. Si no él personalmente, su fábrica. Alguien utilizó ese tubo, y quizá otros tres, para eliminar el sedimento de la *molatura*.

—Como en los viejos tiempos —dijo Patta, sin asomo de ironía, y luego preguntó—: ¿Cuánto puede haberse ahorrado?

—No lo sé.

—Averígüelo. Pregunte cuánto cuesta cada recogida. —Patta hizo una pausa, lanzó a Brunetti una mirada larga y calculadora y dijo—: Lo conozco del Lions Club, y nunca nadie le ha visto invitar. No me sorprendería que esa rata roñica hiciera cualquier cosa con tal de ahorrarse un par de cientos de euros. O menos.

No se habría sorprendido más Brunetti si hubiera oído a una dama de honor llamar furcia a una reina. Fasano, un hombre rico y poderoso, ¿era «una rata roñica» a los ojos de Patta?

—¿Algo más, señor? —dijo Brunetti, al que el asombro había vuelto lacónico.

—Nada más, de momento. Yo me encargaré de que un juez firme la orden para que Bocchese pueda tomar más muestras. Y dígale que vale más que se deshaga de las que tiene. Es una investigación nueva, y no quiero que haya pruebas de que ya hemos indagado.

—Sí, señor —dijo Brunetti poniéndose en pie.

—Y vuelva usted a hablar con los fontaneros, pero aquí, delante de una cámara de vídeo. —Brunetti asintió y Patta prosiguió—: Asegúrese de que describen ese tubo de la pared trasera y pregúnteles si sabe qué minerales hay en los residuos que se llevan y si son peligrosos. Y pregúnteles otra vez cuándo les parece que pusieron esa plancha en el tubo.

—Sí, señor.

—Puede venir a recoger la orden después de comer, y en cuanto la tenga, quiero allí a Bocchese —dijo Patta con creciente perentoriedad. Y añadió—: Y que lleve consigo a los de Medio Ambiente. No quiero que puedan decir que las muestras han sido contaminadas. Quizá también los de Medio Ambiente deberían tomar muestras y hacer sus propios análisis, al mismo tiempo que Bocchese.

—Entendido.

—Bien. —Patta sonrió con fruición—. Eso será suficiente.

—¿Suficiente para qué, señor? ¿Para demostrar que tenía un motivo para asesinar a Tassini?

Patta no habría mostrado más estupefacción si a Brunetti se le hubiera incendiado el pelo de repente.

—¿Quién ha hablado de asesinato, Brunetti? —El *vicequestore* ladeó la cabeza y miró al comisario como si dudara de que habían estado todo el rato en este mismo despacho, hablando del mismo asunto—. Lo que yo quiero es pararle los pies. Si consigue el cargo y nombra a un nuevo consistorio, ¿en qué quedarán las relaciones que he estado tejiendo durante diez años? —inquirió—.

¿Se le ha ocurrido pensarlo? —Estudió la expresión de Brunetti y agregó—: Y no vaya a creer, Brunetti, que Fasano utiliza esas monsergas del medio ambiente con fines políticos. Él se las cree. —Patta levantó las manos ante la idea—. Yo le he oído hablar. Es un fanático, como todos los conversos. Es lo único que le importa. Si Fasano sale elegido alcalde, ya puede usted despedirse del metro del aeropuerto, de los diques de la laguna y de las licencias para la construcción de más hoteles. Hará que la ciudad vuelva atrás cincuenta años. ¿Y qué haremos entonces?

Atónito, Brunetti no pudo decir sino:

—No lo sé, señor.

Sonó el teléfono y Patta lo cogió. Al oír la voz del otro extremo, agitó una mano, despidiendo a Brunetti, que salió del despacho.

27

Brunetti, como gran lector que era, estaba familiarizado con Juggernaut, el ídolo de Krishna en la religión hindú, que es llevado en procesión en un enorme carruaje bajo cuyas ruedas se arrojan los piadosos, con el resultado de que muchos de los imprudentes son aplastados. Era la imagen que se le aparecía una y otra vez al ver cómo todos los indicios que podrían conducir al esclarecimiento de la muerte de Tassini iban cayendo o siendo arrojados, uno tras uno, bajo las ruedas de la investigación promovida por Patta.

Desde el momento en que Bocchese, acompañado por los inspectores de Medio Ambiente, envueltos en sus monos protectores, y armado de un mandamiento firmado por el más acérrimo ecologista de los jueces locales, se presentó en la fábrica de Fasano, éste emprendió el contraataque. Respaldado por su abogado y seguramente alertado por el artículo del *Gazzettino*, se encaró con Bocchese en el campo de detrás de la fábrica. En un principio, trató de impedir que los inspectores pusieran los pies en su propiedad, pero cuando Bocchese mostró al abogado la orden del juez, Fasano tuvo que claudicar.

Una vez que los técnicos empezaron a cavar, recoger, etiquetar y guardar, Fasano señaló que se encontraban trabajando sobre la línea que separaba su propiedad de la de De Cal, y que fuera lo que fuese lo que estuvieran buscando —aquí hizo alarde de su ignorancia—, debía de proceder de su vecino. Los técnicos hicieron oídos sordos, y al fin Fasano y su abogado volvieron a la fábrica y los dejaron trabajar en paz.

Brunetti pensó otra vez en Juggernaut dos días después, cuando el *Gazzettino* publicó una foto de la excavadora gigante que iba descubriendo la tubería que se extendía desde el descampado —muy contaminado— hasta la *vetreria*. Revelaba el artículo que, al acercarse a las fábricas, la máquina había puesto al descubierto la unión de dos tuberías más pequeñas, procedentes cada una de una fábrica.

Brunetti miraba la foto, consciente de que, bajo las anchas huellas de la oruga que con tanto empeño perseguía la destrucción de las aspiraciones políticas de Fasano, quedaba enterrada toda esperanza de que Patta se interesara por esclarecer la muerte de Tassini. Patta, siempre dispuesto a aprovechar cualquier oportunidad en beneficio de sus intereses, se volcó en la tarea de demostrar que Fasano había incurrido en el delito en cuya denuncia había basado su carrera política: la degradación de la laguna. Una condena por delito contra el medio ambiente frustraría sus aspiraciones políticas, y esto era suficiente para satisfacer a Patta y, de paso, a los estamentos a los que el *vicequestore* esperaba complacer con la destrucción de Fasano. Este objetivo era seguro, mientras que la solución del misterio de la muerte de

Tassini implicaría una larga y complicada investigación que muy bien podía no acabar en una condena. Así que mejor dejarlo, considerarlo muerte accidental y archivarlo todo.

Brunetti siguió el caso a distancia y —gracias a la *signorina* Elettra— leyó las transcripciones de las sesiones grabadas en vídeo, durante las cuales Fasano, y después De Cal, fueron interrogados por un magistrado y por el teniente Scarpa.

De Cal lo admitió todo desde el principio, dijo que él había hecho lo que cualquier empresario sensato haría: utilizar el recurso más barato para resolver un problema de producción. Los tubos ya estaban allí en tiempos de su padre y él había seguido utilizándolos. Cuando el juez ordenó que se purgaran los tanques de sedimentación, en todos ellos se encontró, a unos cuarenta centímetros del borde superior, un segundo tubo de desagüe que atravesaba la pared. Cada tubo estaba provisto de un disco, lo mismo que los de la fábrica de Fasano, que podía hacerse girar para abrir o cerrar el tubo y regular así el caudal del desagüe que vertía los residuos a la laguna. El encharcamiento del campo se debía a una fuga de la centenaria tubería. La excavadora puso al descubierto que llegaba hasta el borde del agua, y allí se adentraba en la laguna, por debajo de un muelle abandonado.

Cuando se le notificó que sería multado, De Cal se quedó impasible, porque sabía que la multa sería irrisoria. El magistrado le preguntó si le constaba que el *signor* Fasano utilizaba el mismo sistema, a lo que De Cal contestó riendo que eso debía preguntárselo al *signor* Fasano.

La reacción de Fasano a las preguntas del juez fue

totalmente distinta. Explicó que él se había hecho cargo de la dirección de la fábrica hacía sólo seis años y que no sabía nada de los tubos. Seguramente, los habría puesto su padre, cuya memoria él veneraba, pero que era un hombre de su tiempo y, por lo tanto, no se preocupaba por los problemas ecológicos de Venecia. Por supuesto, Fasano había sido informado de la fuga del tanque de sedimentación y del trabajo del fontanero. En aquel momento, él se encontraba en Praga, en viaje de negocios, y del asunto se había ocupado su encargado, que le había puesto al corriente a su regreso. Era tarea del encargado atender los pequeños problemas de la *vetreria*. Para eso lo tenía.

Scarpa, provocado sin duda por la altanería de Fasano, intervino para preguntar —al leer el informe, a Brunetti le parecía oír el sarcasmo en la voz del teniente— si era también su encargado el que se había ocupado de la muerte de uno de sus trabajadores.

«Pobre diablo —decía la transcripción—. Aquella mañana, yo volvía de mi casa de campo y me enteré al llegar a la fábrica. Pero no, teniente, eso no lo dejé en manos de mi encargado. Aunque apenas conocía al hombre, fui a preguntar si podía hacer algo, pero ya se lo habían llevado.»

Resentido, al parecer, Scarpa no hizo más preguntas y el magistrado volvió a referirse a los tanques de sedimentación y a los discos que abrían y cerraban los tubos. Todos estaban cerrados cuando los hombres de Bocchese los habían descubierto, y Fasano insistía en que no sabía nada de ellos. Al leer este pasaje de las actas, Brunetti empezó a pensar que Fasano podía librarse. Su venerado padre, o quizá su no menos venerado abuelo, sería el responsable de la colocación de aquellos tubos, que debían de haber sido utilizados cuando aún era legal verter a la laguna. No había pruebas concluyentes de que se hubieran utilizado recientemente, y el proceder de Fasano, por lo que a la defensa del medio ambiente se refería, no quedaba en entredicho.

El magistrado no hizo preguntas acerca de la relación de Fasano con Tassini ni presentó pruebas de que entre los dos hombres hubiera más trato que el normal entre patrono y trabajador. El magistrado tampoco mencionó las conversaciones telefónicas entre Tassini y Fasano. Brunetti imaginaba que, si se hubiera referido a ellas, Fasano habría protestado que no se le podía pedir que recordara todas las conversaciones que mantenía con sus trabajadores. Ni Patta ni ningún juez de la ciudad autorizaría una investigación ante esta falta de pruebas.

Brunetti ignoraba en qué medida la investigación de la contaminación de la laguna podía afectar a las ambiciones políticas de Fasano. Ya hacía tiempo que la asociación con delincuentes o las pruebas de conducta delictiva no eran obstáculo para el desempeño de un cargo político, por lo que era posible que un número suficiente de votantes estuvieran dispuestos a elegirlo para alcalde. Si esto sucedía, lo mejor que podría hacer Brunetti sería consolarse pensando en el berrinche de Patta y, por lo demás, seguir el consejo que Paola le había dado, extraído de una novela de Jane Austen que acababa de leer: «Guárdate tus alientos para enfriar el té.» Por otra parte, Patta preferiría ver a Fasano de alcalde que tener que enfrentarse al clamoroso escándalo suscitado por la investigación de un asesinato en el que estuviera involucrado un hombre rico y poderoso, relacionado con hombres aún más ricos y poderosos.

Ante semejante perspectiva, Brunetti sintió el deseo de salir de la *questura*; fue un impulso irresistible que le hizo levantarse y bajar la escalera. Aunque no hiciera nada más que ir hasta la esquina a tomar un café, por lo menos, sentiría el sol en la cara y quizá captaría un soplo de perfume de las lilas del otro lado del canal. Parecía que habían pasado muchas cosas y, sin embargo, aún era primavera.

Y eran lilas lo que encontró, pero dentro de la *questura*. La *signorina* Elettra bajaba la escalera, con una blusa que él no le conocía: sobre un fondo de seda de color crema, unas panículas de color rosa y magenta competían entre sí, aunque era el buen gusto el que salía vencedor

—Ah, comisario —dijo ella, mientras Brunetti le sostenía la puerta—. Lamentándolo mucho, tengo que darle una mala noticia.

Su sonrisa desmentía sus palabras, y Brunetti preguntó en el mismo tono:

—¿Qué mala noticia?

—Lo siento, no ha ganado en la lotería.

—¿Lotería? —preguntó Brunetti, distraído por las lilas y por el aire cálido que los envolvió al salir.

—El *vicequestore* ha recibido carta de la Interpol. —Ella borró la sonrisa y añadió—: No ha sido seleccionado para el cargo de Inglaterra.

Se habían detenido y el reverbero del canal les bailaba en la cara.

—Esa noticia supone un grave perjuicio para la nación —dijo Brunetti con voz grave.

Ella sonrió, dijo que estaba segura de que el *vicequestore* tendría la suficiente fortaleza de ánimo para soportarlo, dio media vuelta y se alejó.

Brunetti vio a Foa seguir con la mirada a la *signorina* Elettra desde la cubierta de la lancha. Cuando ella dobló la esquina, el piloto miró a Brunetti.

—¿Lo llevo, comisario? —preguntó.

—¿No está de servicio?

—Hasta las dos, no. A esa hora he de recoger al *vicequestore* en el Harry's Bar.

—Ah —musitó Brunetti, reconociendo el buen gusto de su superior—. ¿Y hasta entonces?

—Imagino que debería quedarme aquí, por si hay alguna llamada —dijo el piloto, sin entusiasmo—, pero preferiría que usted me pidiera que lo llevara a algún sitio. Hace tan buen día...

Brunetti levantó una mano para protegerse los ojos del sol de la mañana.

—Sí —dijo, dejándose contagiar del buen humor de Foa—. ¿Y si fuéramos Gran Canal arriba?

Cuando pasaban por delante del Harry's Bar, donde Patta estaría ahora departiendo con algún poderoso, Brunetti empezó a percibir la vuelta a la vida de los jardines de una y otra orilla. El azafrán silvestre se disimulaba entre los arbustos mientras los narcisos no hacían nada por esconderse. El magnolio habría florecido dentro de una semana, o antes, si llovía.

Vio la placa que señalaba la casa de lord Byron, quien, lo mismo que el pequeño Brunetti, había nadado en estas aguas. Eran otros tiempos.

—¿Vamos a Sacca Serenella? —preguntó Foa mirando el reloj—. Tendría tiempo hasta de almorzar allí.

—Gracias, Foa, pero no creo que vaya a volver a Murano por ahora, por lo menos, para asuntos de trabajo.

—Sí, ya lo he leído, y Vianello me ha contado algo —dijo Foa saludando con la mano a un *gondoliere* que pasaba a cierta distancia por delante de ellos—. ¿Así que pueden contaminar cuanto quieran y no les pasa nada?

—Los tubos de la fábrica de Fasano habían sido tapados no se sabe cuándo. Quizá hace años —explicó Brunetti—. Y no hay pruebas de que él estuviera enterado de su existencia. Pudo ponerlos su padre. Incluso su abuelo.

—Todos han sido unos canallas roñosos —dijo Foa.

—¿Quién lo dice?

Foa apartó una mano del timón, se desabrochó la chaqueta y se aflojó el nudo de la corbata en deferencia al sol.

—El padre de un amigo que vive allí y los conoció a los dos, al padre y al abuelo. Y un tío mío que trabajó para el padre. Dice que habría hecho cualquier cosa para ahorrarse cincuenta liras. —Y, con una risa incipiente, como si acabara de recordar algo, agregó—: Y un antiguo compañero del colegio.

—¿Qué le parece tan divertido? —preguntó Brunetti, con la mirada puesta en los árboles de un jardín de su izquierda.

—Mi amigo es capitán de la ACTV —dijo Foa, con un resto de hilaridad en la voz—. Vive en Murano, y conoce a Fasano, y su padre conocía al padre, etcétera. —Este tipo de conocimiento era muy frecuente, y Brunetti asintió—. Un par de días atrás me contó que, hará cosa de una semana, pillaron a Fasano en su barco viajando sin pagar. Decía que había olvidado sellar el billete, pero lo cierto es que ni lo llevaba.

—¿Los revisa el capitán? —preguntó Brunetti, intrigado por quién llevaría el barco en tal caso.

—No, no, los revisores. Normalmente, sólo trabajan de día, pero desde hace cosa de un mes también vigilan de noche, porque es cuando el público no se lo espera. —Foa se interrumpió para lanzar un grito de saludo a un hombre que pasaba en una barca de transporte muy cargada, y Brunetti pensó que el tema se había agotado. Pero el piloto prosiguió—: Lo cierto es que reconoció a Fasano, que viajaba de pie en cubierta, y al final de la travesía, sabiendo quién era, preguntó a los revisores qué les había dicho. Lo de siempre: «He olvidado sellar el billete.» «Se me pasó sacarlo.» Las excusas habituales —dijo Foa riendo—. Una vez, una mujer hasta les dijo que iba al hospital a dar a luz.

—¿Y qué pasó?

—El revisor le pidió que se abriera el abrigo, y estaba tan delgada como... —Foa miró a Brunetti—. Tan delgada como yo —terminó. Quizá para poner fin a una pausa incómoda, el piloto volvió al tema principal—. Los revisores pidieron a Fasano la tarjeta de identidad y él dijo que no la llevaba. Que había olvidado la cartera en casa. Pero luego sacó dinero y pagó la multa en el acto. Dijo Nando que, con lo tacaño que es Fasano, creyó que les daría el nombre y luego haría que algún amigo se la pagara, pero pagó en ese momento, antes de que pudieran tomarle el nombre, para enviarle la notificación y la multa.

Brunetti volvió la cabeza, saliendo de la contemplación del avance de la primavera, y preguntó:

—¿Qué barco era?

—El 42 —respondió Foa—. Iba a la fábrica.

—¿Por la noche?

—Sí. Eso me dijo Nando.

—¿Le dijo la hora?

—¿Eh? —preguntó Foa, acercándose a un barco de carga.

—¿Le dijo a qué hora ocurrió?

—No que yo recuerde. Pero normalmente los de ese turno terminan a medianoche —respondió Foa, avisando con un largo toque de sirena al barco al que estaban adelantando.

—¿Cuándo ocurrió eso exactamente? —preguntó Brunetti.

—Fue la semana pasada, me parece —respondió Foa—. Eso me dijo Nando por lo menos. ¿Por qué?

—¿Podría comprobarlo?

—Supongo que sí. Si él lo recuerda —dijo Foa, intrigado por la repentina curiosidad de su superior.

—¿Querría usted llamarlo?

—¿Cuándo?

—Ahora.

Si la petición le pareció extraña, Foa no lo demostró. Sacó el *telefonino*, pulsó unas teclas, miró la pantalla y pulsó más teclas.

—*Ciao*, Nando —dijo—. Sí, soy Paolo. —Hubo una pausa larga y Foa prosiguió—: Estoy trabajando y tengo que hacerte una pregunta. ¿Recuerdas que me dijiste que la semana pasada llevabas a Fasano en el barco y lo multaron por viajar sin billete? Sí. ¿Sabes qué noche fue? —Siguió un silencio, Foa se apoyó el móvil en el pecho y dijo—: Está mirando su registro.

—Pregúntele qué hora era, por favor —dijo Brunetti.

El piloto asintió y se puso el teléfono entre el hombro y el oído, y Brunetti contempló la fachada de Ca' Farsetti, el ayuntamiento. Qué bella, tan blanca, tan perdurable, con las banderas delante, sacudidas por el viento. Gobernar Venecia ya no era gobernar el Adriático y Oriente, pero aún era algo.

—Sigo aquí, sí —dijo Foa, por teléfono—. ¿El martes? ¿Seguro? —preguntó—. ¿A qué hora? ¿Te acuerdas? —Una pausa, y—: No, eso es todo. Gracias, Nando. Nos llamamos, ¿vale? —Unas amistosas palabras más, y Foa se guardó el móvil en el bolsillo—. ¿Lo ha oído, comisario?

—Sí, Foa. Lo he oído. —La noche en que Tassini murió, la noche en que, durante el interrogatorio, grabado en vídeo cuya transcripción había sido firmada por Fasano, éste había declarado que estaba fuera de la ciudad—. ¿Y qué hora era?

—Dice que poco antes de medianoche, pero que la hora exacta estará en el recibo de la multa.

—¿El recibo que le dieron? —preguntó Brunetti, pidiendo al cielo que no fuera el único ejemplar.

—Y que él habrá guardado. Con lo roñoso que es, lo habrá guardado para deducirlo de sus impuestos. Viaje de negocios o cosa así. Pero la hora estará también en la copia archivada en las oficinas de la ACTV.

—¿Con el nombre?

—No, señor. Nando dice que no dio su nombre, sólo pagó la multa. Pero uno de los revisores también lo reconoció. Él y Nando se rieron del caso cuando él desembarcó.

La lancha cruzó bajo el puente de Rialto y entró en la amplia curva que el canal describe por delante del mercado en dirección al tercer puente. Al cabo de un momento, Brunetti miró el reloj y vio que era poco más de la una.

—Foa, cuando pueda, haga el favor de dar la vuelta y llevarme al Harry's Bar.

—¿Va a comer con el *vicequestore*? —preguntó Foa, reduciendo la marcha y mirando hacia atrás para ver cuándo podría virar en redondo.

Brunetti esperó, para no distraer al piloto durante la maniobra. Al fin dieron la vuelta y Brunetti ya avanzaba en la buena dirección.

—No —dijo, iniciando una sonrisa—. En realidad, me parece que voy a estropearle el almuerzo al *vicequestore.*

Impreso en el mes de junio de 2006
en Talleres Brosmac, S. L.
Pol. Ind. Arroyomolinos, 1, Calle C, 31
28932 Móstoles (Madrid)

Todos los casos del comisario Brunetti

Muerte en La Fenice

Un renombrado director de orquesta es encontrado muerto durante una representación de *La Traviata* en el célebre teatro veneciano de La Fenice. Con esta primera novela Donna Leon dio a conocer al carismático comisario Brunetti.

Muerte en un país extraño

El cadáver de un ciudadano americano aparece en un canal de Venecia. Resistiendo a presiones superiores debidas a razones políticas, Brunetti llega a relacionar esta muerte con una trama controlada por el gobierno italiano, el ejército americano y la mafia.

Acqua alta

La arqueóloga americana Brett Lynch sufre una agresión en Venecia. Días después, el director del museo del Palacio Ducal aparece asesinado. Las pesquisas de Brunetti le llevarán a desvelar una red dedicada al tráfico internacional de arte.

Mientras dormían

El comisario Brunetti investiga las extrañas circunstancias de la muerte de unos ancianos en una residencia geriátrica. Se topará con el todopoderoso Opus Dei y descubrirá las perversas prácticas que llevan a cabo algunos miembros de la iglesia católica.

Vestido para la muerte

Un travesti ha sido asesinado y su cuerpo es hallado con el rostro desfigurado. En el curso de sus pesquisas, el comisario Brunetti se enfrentará a una trama en la que están implicados los niveles más altos del mundo financiero, gubernamental y eclesiástico.

Muerte y juicio

La investigación del homicidio de un influyente abogado conducirá a Brunetti hasta el sórdido ambiente de los burdeles de Venecia y a los platós clandestinos donde se filman las más escabrosas escenas de violación y asesinato.

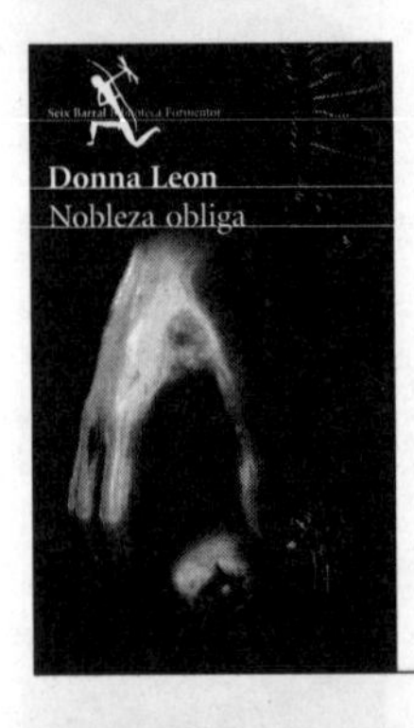

Nobleza obliga

Brunetti necesitará el apoyo de la rama noble de su familia para adentrarse en el palpitante corazón de la aristrocracia veneciana, donde los secretos están más que bien guardados.

El peor remedio

Paola se ve envuelta en una conspiración en torno a la explotación del turismo sexual en países asiáticos, poniendo a Brunetti en una dramática encrucijada.

Amigos en las altas eferas

Mientras investiga la muerte de un inspector del catastro, Brunetti se ve envuelto en facetas desconocidas de la vida veneciana —drogas, chantaje, corrupción y especulación— que van a demostrarle que en Venecia es indispensable tener amigos en las altas esferas.

Un mar de problemas

En una pequeña isla de la laguna de Venecia, dos pescadores, un padre y un hijo, han sido asesinados. En la resolución del caso, el comisario Brunetti se encontrará con la dificultad de vencer la desconfianza de la cerrada cofradía de almejeros, donde imperan unos curiosos códigos de lealtad.

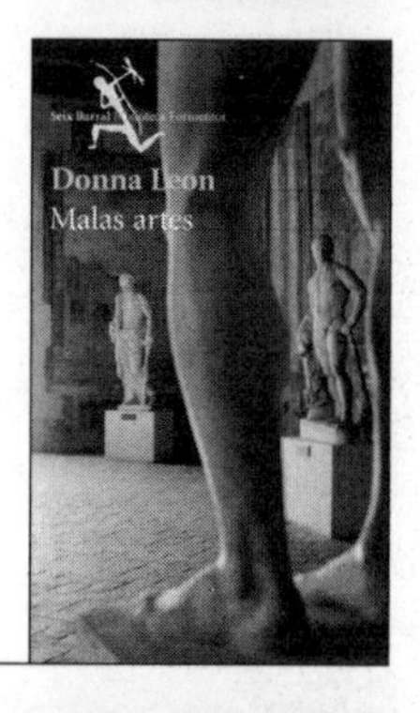

Malas artes

La investigación de un crimen transporta al comisario Brunetti a la Segunda Guerra Mundial, cuando los judíos italianos fueron despojados de sus obras de arte por parte de los nazis.

Justicia uniforme

Un cadete de una academia militar aparece ahorcado. Todo indica que es un suicidio, pero el comisario Brunetti empieza a sospechar. ¿Qué relación existe entre el código de honor de la academia y las más altas instancias del ejército y la política?

Pruebas falsas

Una anciana odiada por sus vecinos es brutalmente asesinada. Las sospechas se ciernen sobre su criada rumana, pero Brunetti inicia una investigación en la que debe enfrentarse a los prejuicios que existen hacia los inmigrantes.

Piedras ensangrentadas

Una fría noche, un vendedor ambulante africano es asesinado. Brunetti se adentrará en los bajos fondos venecianos para descubrir qué asuntos hay en juego entre la sociedad inmigrante y qué trama se esconde bajo este misterioso asesinato.